てふてふ荘へようこそ

乾 ルカ

角川文庫 17584

目次

※「てふてふ」は、「蝶々」の旧仮名遣い表記で、「ちょうちょう」と読むのが慣例ですが、本作では作品の舞台となるアパートの名称として字面通り「てふてふ」と読みます。

てふてふ荘　見取り図

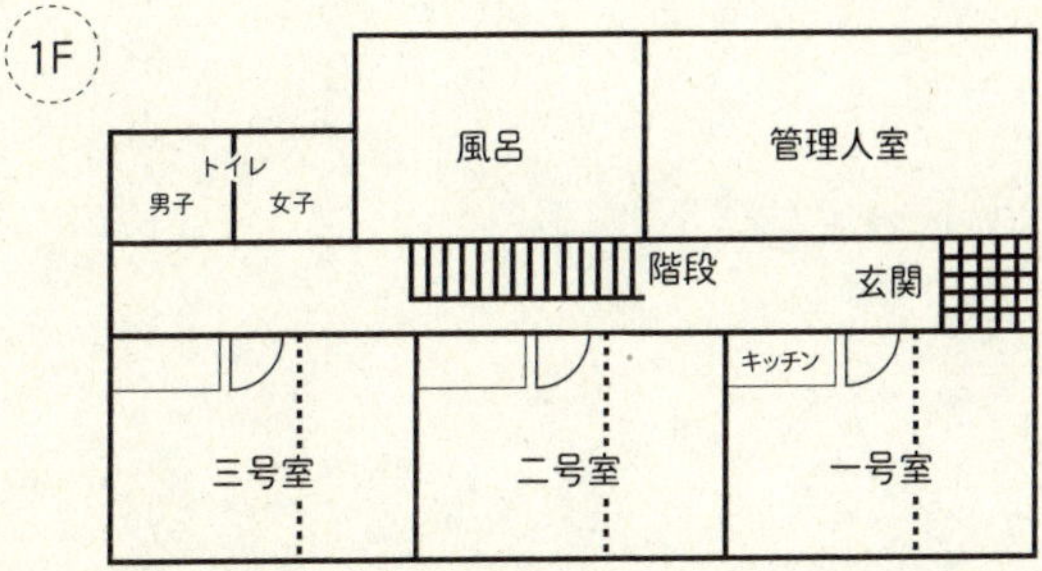
1F
トイレ
男子
女子
風呂
管理人室
階段
玄関
キッチン
三号室
二号室
一号室

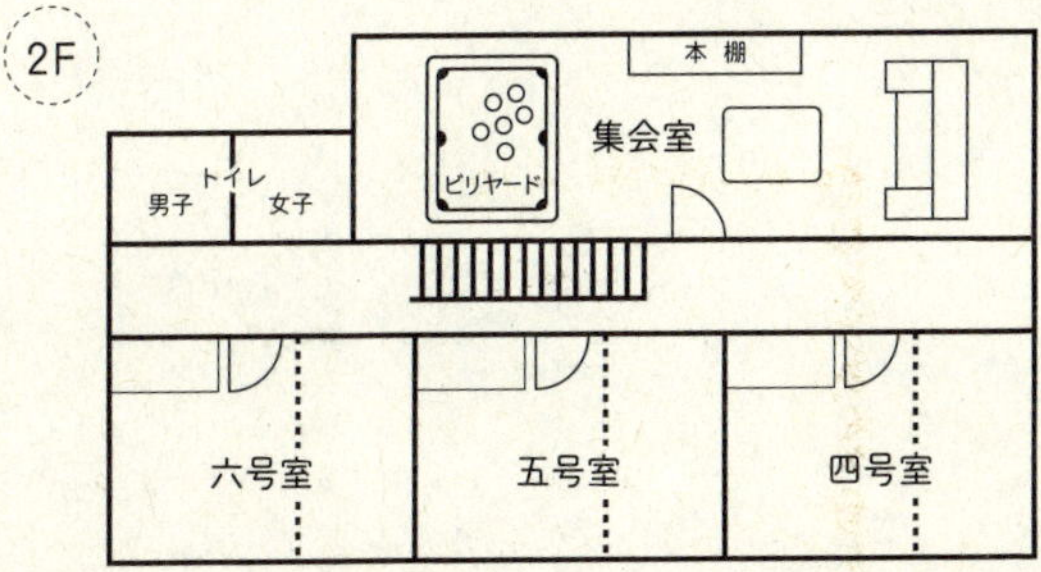
2F
本 棚
集会室
ビリヤード
トイレ
男子
女子
六号室
五号室
四号室

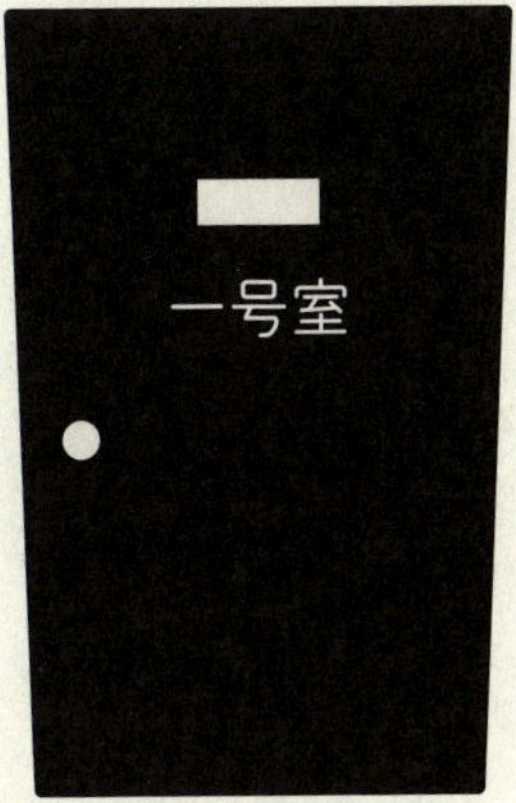
一号室

帰り着いた部屋は暗く、かつ蒸していた。南に向いた窓からは、足場が組まれた建築途中のマンションしか見えない。

高橋真一（たかはししんいち）は玄関のすぐ横にあるキッチンの床に、手にぶら下げていたコンビニのビニール袋を置いた。窓を開け、そのまま座り込む。

コンビニ内に流れていた有線の曲が、まだ鼓膜を震わせている。

――もう恋なんてしないなんて言わないよ絶対……（＊1）

耳になじんだ旋律が高橋を過去に引きずり戻す。中学一年生、同級生だった少女がそのアーティストを好んで聴いていた。彼女は高橋にMDをくれた。彼女が選んだ十三曲がそれに入っていた。

部屋の隅に押しやられている一年以上敷きっぱなしの布団は、綿がすっかり空気を吐き出し、砂浜に捨てられたビーチサンダルの底みたいだ。汚れものを入れておく大きな紙袋から落ちた靴下の片方に、高橋は吐息する。

布団のちょうど枕もとにある、青いスクラップファイルを手に取る。

めくるとまず新聞記事の切り抜きがある。

もう一ページめくると、それは現れた。

ビニールに入っているシルバーのＭＤ。

これをコンポに突っ込んで再生を押せば、五曲目にあれが聞こえるはずなのだ。

今も彼女の笑顔とともに離れていかないあの曲。

――もう恋なんてしないなんて……

ファイルを閉じて、高橋は呟く。

「言ってやる……絶対」


八畳ワンルーム。ユニットバス、キッチン。最寄りの地下鉄駅から徒歩三分。管理費は月に五千五百円。家賃七万円。

地方都市の、若者向け独居マンションとしては、高い部類の家賃だった。実家からの仕送りは、大学卒業後に途絶えた。定職のない高橋は、そろそろ生活が苦しい。

就職活動を怠けたわけではない。高橋なりに全力は尽くしたのである。民間はもちろん、試験日程の重複しない公務員試験も受けた。だが実を結ぶことはなかった。極度の緊張症で、試験では本来の力の半分も出せなかった。面接まで進んでも、そこで落とされた。

――君、なんでそんなにおどおどするの？

どんなに取り繕おうとしても、彼らは二十二年間で培われてきた高橋の不安や怯え、劣等感を見抜いた。そして、不要の烙印を押す。

履歴書はことごとく不採用通知に変わった。

通知が三桁を超える頃には、高橋はすっかり無気力になっていた。生来の自分の情けなさを、就職活動で徹底的に思い知らされた感じであった。

加えて、あの事件。

（もう、なにもかもどうでもいい）

今年の春から高橋は、ごく短期のアルバイトや日雇い労働などをして暮らしている。

両親は実家へ帰って来いと言う。

返事はしていない。戻れば生活は楽になるが、それが自分のなにを変えるわけでもない。どうせ社会には必要とされていないのだ。気を晴らしてくれる遊び友達もいない。恋人も——高橋は青のスクラップファイルを睨む——いない、いてはいけない。

暗がりに一人過ごし続けて、高橋は悟った。

できる限り世の中とは関わらずに生きる。

『あの法則』もその一環なのだ、自分はそういう星の下に生まれたのだ、と。

卒業してから三ヶ月と少し。今のマンションはもう限界である。ならばこれを機にいっそ全部を捨て、誰にも知らせずどこかへ消えてしまおう。社会と人間、特に女性と接触せずにすむ環境へ。短期バイトとたまの日雇い程度で生きていける部屋を探そう。身元保証人のチェックが甘ければ言うことはない。

どこかにそういった物件はないだろうか？

朝八時過ぎにマンションを出て、地下鉄からＪＲへ乗り継ぐ。快速に四十分ほど揺られ、降り立ってからまた歩く。大学の正門へ続く道はきつい登りで、学生たちからは地獄坂と呼ばれていた。

午前中から暑い日だった。面倒くさくて床屋へ足が向かないために伸びすぎた髪の毛から汗が滴る。坂の半ばから振り返ると、凪(な)いだ初夏の海は晴れやかに青く、その色は沖にいくにつれ深く濃くなってゆく。

高橋の通っていた大学の学生部には、下宿やアパートを紹介する閲覧資料があった。昨夜、高橋はそれを思い出したのだ。

学生部棟はひっそり閑としていた。

事務局の窓口が並んだ廊下の中央に一つキャビネットがある。資料はそこに突っ込まれているはずだ。探しあてて手に取り、長椅子に腰かける。職員が高橋に注意を払う気配はない。

資料はさほど多くなかった。この中に果たしてこれぞという格安物件はあるのか——？

杞憂(きゆう)だった。あたかも息を潜めて高橋だけに見つけられるのを待っていたかの如く、それは目に飛び込んできた。

【家賃：月一万三千円】

【間取り：2K】
【敷金・礼金：なし】
【管理費：なし】

トイレ・風呂・玄関が共同という点に古さを感じるが、それでも破格の家賃であることに違いはなかった。極端に不便な立地ではないようだが、適度に街の中心部からは離れており、ひきこもるにはうってつけである。

備考欄には、『入居希望者は電話連絡をください』と印字されていた。高橋は携帯を取り出し、連絡先の電話番号を登録した。

その物件は、起伏の多い街に幾つかある高台の一つの、ほぼ頂上付近に位置していた。資料に書かれていた最寄りのバス停から徒歩で十分ほどかかった。辺りに人家はあまりなく、数少ないそれらも古びたものばかりで、トタン屋根は海から吹き込んでくる潮風に錆を浮かせていた。だから木造建築『てふてふ荘』の前世紀の遺物的なたたずまいも、逆にそのような景色にきれいに溶け込んでいる感があった。

共同玄関はすりガラスがはめ込まれた灰色の簡素なドアで、横に呼び出しブザーがあった。緊張と躊躇いの末にようやくそれを押すと、すぐに中から四十代後半の男が出てきた。大家と思われた。仕立ての良さげな白のシャツに麻のズボンを穿いていた。

大家は実に友好的に、薄汚れた高橋を迎えた。

「さ、どうぞお上がりください」

外見的にはどうという特徴のない、いたって平凡な男だったが、声は違った。携帯電話越しのそれよりずっと柔和で心地よく、しかも一言一句はっきりと発音する。高橋はどこか環境音楽を聴いている気分になった。脂汗が引き、鼓動が穏やかになってゆく。

中に入ると、横に一号室から六号室までナンバリングされた下足入れがあった。玄関から真っ直ぐに続く廊下は薄暗いが、清潔さという点では申し分ない。左手に三つドアが並び、右手には階段がある。屋内は非常に涼しかった。建物全体に空調が効いているようだ。

「一階のここが管理人室です」

階段の手前にある部屋に、大家は高橋を招じ入れた。

管理人室というよりは、ほとんど個人の部屋であった。大家が住んでいるのだろう。生活臭あふれる室内に事務的な要素は一つも見当たらない。他人の私生活に土足で踏み込んでいる感覚に、高橋は気おくれしたが、大家が意に介した様子はなかった。大家は焦茶のソファに高橋を座らせてから、窓の横にある戸棚からA4サイズの封筒を取り出し、向かいに腰をおろした。

「入居は大歓迎です」大家は嬉(うれ)しそうだった。「さっそく部屋を決めましょう」

大家は封筒の中から六枚の写真を取り出し、二人の間にあるテーブルの上に置いた。

各室内でも写したものだろうか？　目にした瞬間はそのように見えた。が、次に高橋は眉根を寄せて上体を乗り出すこととなった。

部屋ではない、顔写真だった。それぞれに違う老若男女が六人。

　そのうちの三枚を、大家は伏せた。

「高橋さんはこの中のどれがいいです？」

　部屋を借りに来たはずなのに、大家が人の好みを尋ねる意図がまったく摑めないが、かといって理由を問いただす積極性は、高橋にはなかった。大家の声は蚕が吐く糸のように高橋をゆっくりと包み込んでゆく。

　もう一度促され、高橋は残された三枚の写真に視線を落とした。

　左端の一枚目は女だった。肩よりちょっと短めのボブカットで、顔形をランク付けするのであれば中の上。十人の男に問えば七人は「可愛いんじゃねえ？」と感想を述べるだろう。年齢は高橋よりも若干若く大学生のようだ。淡いレモンイエローのTシャツを身につけている。軽く微笑んだ口元よりも活発そうな瞳が印象的だった。

　その瞳は高橋に苦い記憶を蘇らせた。あわてて二枚目に目を移す。

　二枚目はおそらく少年である。おそらくというのは被写体が濃紫の詰襟を着ているからで、それがなければ中性的な美少女といっても通りそうだ。整いすぎてまったく隙のない顔。中学生かそれとも高校生なのかは微妙なところだ。写真からこちらを見返してくる視線には、親しみの欠片もない。

　三枚目は三十前後の男性だった。髪を短く刈って額をすっきりと出し、笑みを浮かべたさまは、いかにも好青年という感じだ。蛍光オレンジのライダースーツから覗く首回りにはがっちりと筋肉が付いており、なんらかのスポーツをやっているのではと思わせる。幼児番組の体操のお兄さんが似合うタイプだ。

高橋はしばし悩んだ。恐る恐る先に部屋を見せて欲しいと頼んでみたが、間取りはどこも同じですと大家は相手にしてくれず、とにかく高橋が誰か選ぶのを待っている。

女が一人。男が二人。

そして高橋自身は一応若い男である。

本意ではなかったが、高橋は対外的に無難と思われるだろう一枚目の女を指した。

「……この子……ですかね？」

大家が破顔した。「ちょうどよかった」

「ちょうどいい……とは？」

訊き返した高橋を無視して大家は立ち上がる。「どうぞ。部屋をお見せします」

促されるまま立ち上がり、管理人室を出てすぐ正面の一号室へ向かう。ドアには白地に黒く1と彫られたプレートが貼られていた。

「ここです、どうでしょうか」

銀色のノブに手をかけ、ドアを開ける。

夏場で窓が閉め切られているにもかかわらずこの部屋も涼しく、空き室に特有の淀んだ気配は微塵もない。入ってすぐは八畳間で、右手にキッチンスペースがある。左のふすまは開けられていて、続く六畳が見えた。窓は角部屋の六畳間に二つ、八畳に一つ。それぞれから陽光を受けて晴れやかに輝く海が見下ろせる。カーテンもすでに備え付けてあった。

悪くなかった。

廊下に出て階段を過ぎると、男女のトイレと風呂があった。どちらも古くはあったがきれいに管理されており、特に風呂はタイルの目地まで真っ白に磨かれていた。

「一階のトイレは和式ですけど、二階は洋式にリフォームしていますので、お好きなほうを。風呂は月水金が男性で、火木土が女性です。日曜は奇数週が女性、偶数週が男性です」

美声が高橋の耳を心地よくくすぐっていく。

「一階は一号室から三号室、二階には四号室から六号室があります。現在二、三、六号室に入居者がいます。二階には入居者のための集会室があります。高橋さん、ビリヤードは？」

唐突な問いかけではあったが、そんな不自然さすらねじ伏せてしまう大家の声音である。

「そういうのはあの……」プールバーはもちろん、ゲームセンターのビリヤード場でさえ高橋にはハードルが高い。「……数えるほどしか」

「ビリヤード台とキューがあるんです。的球（まとだま）が一部ないんですが、ナインボールなんかはできるかと……良かったら遊んでください」

管理人室へ戻って、再びソファに腰を落ち着ける。向かいの大家は人の良さそうな笑みを浮かべていた。

「そうそう、言い忘れていました。最初の一ヶ月は家賃は要りません……どうされますか？」

どうするも、予想以上の好条件である。断る理由はなかった。

印鑑を持ってきていなかった高橋は、契約書に拇印を押した。大家は身元保証人も求めなかった。ただ微笑んでいた。


週末、高橋はてふてふ荘の住人となった。大家からは二種類の鍵を渡された。一号室と共同玄関のものだった。「共同のほうは、午後十時に施錠しますから」と大家は言った。一人暮らし分の荷ほどきは、さしたる手間ではなかった。続き間の六畳を寝室にし、八畳のほうにテレビと座卓を置き、冷蔵庫や食器棚などを据え付けると大体の形はついた。

最後に段ボールの底から青いスクラップファイルを取り出す。

高橋はめくろうとした手を止め、それを八畳のほうに置いた背の低い物入れの上にブックエンドを使って立て掛けた。

他の部屋へ挨拶回りをすべきだろうが、見知らぬ人間に自らコンタクトを取るのは精神的負担を感じる高橋である。とりあえず先送りにすることにし、高橋は続き間のほうへ敷いた薄っぺらい布団にもぐりこんだ――。

時計の無粋な電子音に起こされない目覚めは心地よい。高橋はそのように覚醒するつもりだった。眠りの底から自然に浮かび上がり水面に顔を出す。だからアラームをわざとセットしなかったのに、浮上の中途で調子外れの音階が脳を揺るがせた。なんだこの音は――うるさくておまけに下手糞な歌声。

「……あたーらしい朝が来た……」（＊2）

見慣れない天井と気配に一瞬違和感を覚えたものの、すぐに事情を把握する。そうだ、自分はこの格安物件に越してきたのだ。布団の中で伸びをして、高橋は上半身を起こした。それにしても、この歌は。

「きぼーうの朝ーだ」

足元のほうに正座している女と目が合った。

「おはよう、高橋君」

すっとぼけたくらいに明るい声。

「ちょっとお寝坊さんじゃない？」

淡いレモンイエローのTシャツ。脚にぴったりとしたジーンズ。すれすれで肩にかからない長さのボブカット。輝く瞳。中の上程度に可愛い顔立ち。

それが人懐っこい笑顔を形作り、上の下にランクアップする。

「あたし、白崎さやか。この部屋に住む地縛霊です！　一号室を選んでくれてありがとう、これからよろしくね！」

意味不明な言葉をわめきながら、高橋は部屋を飛び出していた。

「ああ、彼女ですか」大家は動じなかった。「幽霊なんですよ。一号室の」

「……は？　なに言ってんですか……？」

変な女が部屋に上がり込んでいると懸命に訴える高橋に、大家はこともあろうにその存在をとんでもない形で肯定したのである。

「だって高橋さん、彼女が良いって言うから」

落ち着け、からかわれているんだ——高橋は懸命にセルフコントロールを試みる——外見も中身も冴えない僕みたいな人間がおちょくられるのは、よくあることじゃないか。

「あの……本当に僕の部屋にいるんです」

「だから、幽霊はいますよ」

大家のさも当然と言わんばかりの態度に高橋は内心歯がゆさを覚えるのだが、顔に出すほどの胆力はない。

「でも……幽霊にしては、随分くっきりはっきりなんですけれど」

高橋の目には、女は生身に映った。足だってあったのだ、正座していたのだから。大体幽霊なんていうものは闇の中からおどろおどろしく登場するものだ。少しずつちらちらと現れては脅かすのが定石だ。地縛霊です、などと語尾にハートマークをつける勢いで自己紹介するものでは決してないのだ。

「あの、お願いします、騙されたと思って確認してください」

高橋の必死さにほだされたのか、大家は「わかりました」と管理人室を出、閉ざされた一号室のドアの前で振り向き微笑する。

「良い子ですよ、彼女」圧倒的な美声がその名を呼んだ。「さやかさん、どうぞこちらへ」

え、廊下へ出ていいの？　思いがけないプレゼントを与えられた幼子みたいな反応がある。高橋は大家の横顔をちらりと見、それからドアに視線を戻す。

そのドアから満面の笑みが盛り上がり、突き抜けてきた。続いてレモンイエローのTシャツ、振られる手。

「はい、こっちきましたー」

大家が言う。「ね、幽霊でしょう？」

高橋は卒倒した。

気づけば高橋は見覚えのない部屋に寝かされていた。

「あー」大家が微笑した。「目覚めましたか」

どうやら二階の集会室らしい。身を起こして見まわしてみれば、ソファにテレビ、文庫から全集系などが雑多に詰め込まれた本棚、ダーツ等、様々なものがある。大家の言ったとおりビリヤード台もあった。キューは壁に据え付けられたスタンドに三本吊るされていた。

大家の他に三人の男女が高橋を眺めている。

「彼らはここに住んでいる方です」この人たちは一体、という高橋の心情を読み切った大家の言葉だった。「こちらは二号室の井田美月さん」

三十歳ほどの小太りの女が「はじめまして」と丸顔をさらに丸くする。女。軽く頭を下げてから、高橋は目を逸らす。

「お隣は三号室の長久保さん」

四十代の男だった。中年ながら引き締まった体つきである。高い鼻と、目つきがやけに鋭いところが印象的だった。

「で、あちらが六号室の米倉さん」

二十代半ばの痩せた男がひっそりと笑った。笑っているくせに独特の翳りがある。

「た、高橋真一です、昨日越してきて……」

「すごい音がしたけれど、さやかちゃんにびっくりして気絶したって？　ヘタレ君ねえ」美月は随分と明け透けな物言いである。「いきなり倒れたのは、もしかして初？」

長久保が頷く。「おまえも気絶はしなかったな」

水を向けられた米倉も否定しない。「……そうですねえ。驚きましたがそこまでは……」

「え、ということは」高橋は覚醒してすぐのしびれの残った脳で、必死に思考を巡らせる。「皆さんの部屋にも、さやかという人が……」

「いえ、白崎さやかさんは一号室の幽霊です」大家が口を挟んだ。「彼らの部屋には、また別の幽霊が住んでいます。このアパートには、各室にそれぞれ地縛霊がいるんです」

さらりと言ってのけた大家に、高橋は全身の血液が床に抜けていくような感覚を覚えた。

「ま、すぐ慣れるぜ」長久保は口の端を上げた。「割り切れよ。うちはまあ上手(うま)くやってる」

「とは言っても、別に仲良くしなければいけないという決まりはないですし……」米倉の翳りは声色にまで及んでいる。「僕は……適正距離を保って暮らしています……」

「うちなんて六十過ぎのおっさん幽霊なんだけど」米倉の暗さを補うように、美月は陽気だ。「ベッドのある部屋には入らないでって言ったら、ちゃんと守ってくれるわよ」

（なんなんだ、このアパートは……）

明らかに常軌を逸した環境と住人たちに、高橋は不覚にも泣きたくなった。卒倒した際に打った後頭部ががんがんと痛む。

その高橋の目の前に、大家が一枚の紙を見せた。

高橋の拇印が押された契約書だった。

「安価にはそれなりの理由があるものです」

自分のサイン、自分の筆跡。それは確かだ。

だが、高橋は我が目が信じられない。

こんなにはっきり記されているのに、なぜ気づかなかったのか。

契約書の一行目には、堂々とこう印刷されてあったのだった。しかも太字ゴシック体で。


『※部屋には幽霊がいます（実害はほぼありませんので、ご安心ください）』


「ねえ、ちょっと待ってよ」

高橋は処分するつもりだった段ボールをもう一度組み立てる。そんな高橋にさやかはさっきから口を出し邪魔をしていた。

「あたしがいるのがそんなに嫌？」

高橋は答えない。黙って段ボールの底をガムテープで補強する。

「やめてよ、詰め直しなんてしないで」さやかが段ボールの前に立ちはだかる。「せっかく荷ほどきしたばっかりなのに」

　高橋はさやかに構わず、手にした衣類を箱の中へ入れた。どうせ霊なのだ、身を挺《てい》したところでどうだというのだ。はっきりと視認できるさやかだが、高橋の予想どおり、手はなんの感触もないままに、彼女の腹部をつき抜けた。

「痛い！」

　高橋の手に貫かれた部分を両手で押さえるようにして、さやかがうずくまった。その反応に驚く。まさかさやかにとっては現実的な感覚を伴うものなのだろうかと。

　そんな高橋の様子を上目づかいで窺《うかが》い、さやかはくすりと笑う。「嘘です」

　幽霊のくせに。ふざけた態度に、高橋もかっとなった。しかし、さやかは笑ったままだ。

「ビンタでもしたくなった？　残念でした、『今の高橋君』にあたしをぶつなんてできません」どことなく勝ち誇った口調。「だってこう見えても、あたし幽霊だもん。触れるものなら触ってみて、ほら」

　両手がこちらへ伸ばされる。なめられていることを高橋は確信した。どんなに普通に見えようが、この女に実体はないのだ。

「やめようよ」さやかが急に真面目な表情を作る。「ここに住んで」

　高橋は自分を落ち着けるために深く息を吸い、長く吐いた。後頭部が痛い。

「あたしのことは別に気にしなくていいよ？」

　駄目だ——高橋はこめかみを押さえた。格安家賃のアパートで誰とも——ことに女性とは——接さずに、ひっそり暮らそうと思っていたのに、これはどういうことだ？

「そうだ、幽霊と住むのが嫌なら……あたしたち友達になろう。ルームシェア？」

友達。めまいを覚えた。高橋は財布をひっつかんだ。ノブに手をかける。情けなくていい、誰もいないところで思い切り泣きたい。

「ちょっとどこ行くの？」

「……もう、勘弁してくれよ」

「駄目！　大家さん、大家さーん」

さやかの叫びにドアがノックされる。無条件に人をうっとりさせ、その隙に相手を煙(けむ)に巻く美声が聞こえた。「どうしました？」

「高橋君が出ていこうとするの、止めて」

軽い音を立ててドアが開かれ、危うく衝突しそうになった高橋がのけぞる。蛍光灯が白々と灯(とも)る廊下に、騒ぎを聞きつけたのか住人が集ってくる。

「みんな止めて。高橋君が出て行っちゃう」

さやかの懇願に大家は余裕の笑みである。「いったいどこへ、高橋さん？　あては？」いかにも「あてなんてないくせに」と続きそうな口調だったが、大家に言われるとそんな屈辱も受け入れてしまうのが不思議である。

「失礼ですが、あまりお金もないでしょう？」

本当に失礼だな、と反駁(はんばく)するのは心の中だけで、次には「そのとおりなんですよね」

と認めてしまっているのは、絶対に美声のせいだ。

「まあ、戸惑う気持ちもわからなくはないですが……引っ越しを繰り返すのも出費がかさみますよ。保証人だって他の物件なら必要になるでしょうし」

保証人。大家は高橋の触れられたくないところにさりげなく、しかし的確に触れてくる。

「どうです、ここは我慢してみては。少なくとも、次の引っ越し費用とそれなりの蓄えができるまで……」

高橋は大家の背後に控えている住人を見た。美月と長久保だった。高橋の視線を受け止め、二人は元々浮かべていた笑みをいっそうはっきりしたものに変えた。

「まあ、住めば都よ」

「今の季節はここ、冷房要らずだしな」

目をつぶり高橋はその場にへたり込む。大家がドアを静かに閉める音がした。


アパートに移り住んで五日が経った。

高橋が留まったことがそんなに嬉しいのか、以来さやかは大はしゃぎだった。大した用もないのに明るく話しかけてきた。キッチンに立つ高橋に、横から料理のレシピを喋りたてた。殺風景な八畳の床に明るい色のカーペットを敷けばどうだ、などと図々しい提案をしてきたこともあった。とにかく黙っていることがなかった。高橋が無視し続けると、勝手に音程外れの歌ばかり歌っていた。

その日、高橋は一日だけのアルバイトをした。バスの乗降量調査で、日当は一万円だった。最高気温三十二度をマークした今年一番の暑さの日で、午後九時頃部屋に戻ってみれば、さすがに部屋の空気が熱を溜めこんでいた。アパートはひんやりしていて過ごしやすいのが常であったが、それだけ日中の温度が苛烈だったということだろう。

本当はご飯作ってあげられたらいいんだけど、と唇に人差し指を当てる仕草をしながらさやかがキッチンを窺う。

「あたし、物を動かすのイマイチ上手じゃなくて。ごめんね」

余計なおせっかいはいらないと、拒絶の態度を示しつつ、高橋は手にしていたコンビニの袋を座卓に置き、中からざる蕎麦を取り出す。

「そんなものだと、夏バテしちゃうよ？」

蕎麦をほぐす出汁をかけながら、高橋は髪をかきむしった。「……これが一番安いんだ」

「ちゃんと自炊したほうが得なのに」

言外に放っておいてくれと訴えたつもりだったが、さやかはへこたれない。鈍いのか陽気すぎるのか。

「とにかく一緒に住むんだし。あたし、高橋君と仲良くなりたいのにな」

口に運びかけた箸が知らず止まった。さやかがそれに気づき、高橋の顔を覗く。

視線をどこに向けているか、さやかはすぐに結び付けてしまったらしい。

「……このファイル」さやかは物入れの上のそれを指した。「なに？」

無邪気な笑顔。

『彼女たち』を思い出させる明るい瞳。

（ヤバい）

思わず箸を持った手を卓に叩きつけた。

「駄目だ、見るなよ」

（ヤバい、このままだと）

食べかけの蕎麦を全部捨て、さやかには立ち入ることを禁じた六畳に逃げ込み、ふすまを乱暴に閉めてから、はたと思いつく。

すぐの引っ越しがままならないなら、このアパート内で移転すればいい、と。

どこへ行くの、と問うさやかの声を背に、高橋は朝一番で管理人室へ向かった。ドアを叩く。時刻はまだ七時前だったが大家は寝起きの顔ではなく、着替えも済ませていた。白のシャツ。いつも似たような服装だ。

「どうしましたか？」

尋ねる大家に、高橋は九十度頭を下げてから切願した。

「あの、部屋を替えてください」

大家が僅かに眉を上げる。「なぜです？」

本当の理由は話せない。高橋は気力を奮って食い下がった。「二部屋空いていますよね？　越すまでどちらかに移動させてください」

「幽霊が嫌なのでしょうが……どちらの部屋にもいますよ？」

「いや、幽霊とかじゃなく……そりゃ、もちろんいないほうがいいですけど」高橋は一度大きく首を振った。「彼女が、嫌なんです」

大家の視線がちらりと高橋の背後へ逸れる。いつも泰然としていた大家のその変化に、今度は高橋のほうがいぶかしむ番だった。

「とにかく、その、一号室は出たいんです」高橋は訴え続けた。「四号室と五号室の幽霊って、僕が選ばなかった写真の二人ですよね？　そのどっちでもいいから、替えてください」

大家は落ち着いた美声でもう一度問う。

「なぜです？」

「だから……さやかさんが駄目なんです。あの子じゃないなら他の二人のどっちでもいい」

大家の目が、また高橋の背後を見た。

高橋は怪訝に思って振り向いた。

「……私が呼ぶ以外にも、同居人にくっついてなら、幽霊は部屋から出て動くことができるんです。アパート内に限りますが」

大家がゆっくりと歩きだす。

「そこまでおっしゃるのなら、四号室と五号室に行ってみましょう」

振り向いた高橋は、そこにさやかが立っているのを認めた。

顔を強張(こわば)らせて、唇をきゅっと結んで。

――さやかさんが駄目なんです。

さやかは何度も素早く瞬(まばた)きをした。頬がぎこちなく動き、彼女は高橋に微笑んでみせた。

無理に笑みながら震える唇がなにか言葉を紡いでしまう前に、高橋はその横をすり抜けて大家の後を追った。大家は足音を立てずに階段を上がった。

四号室は一号室のちょうど真上だった。大家はノックをし、ドア越しに呼び掛けた。

「薫(かおる)君、ちょっといいかな？」

反応はなかった。

「四号室に入居したいという人がいるんだ」

沈黙。

大家はドアノブを回そうとして、すぐに手をひっこめた。

「これはいけませんね」

ドアノブはどうしたことかこの季節なのに固く凍り、びっしり霜までついていた。

「五号室へ行きましょう」大家は四号室を諦め、隣の五号室のドアを叩いた。「槇君、入居希望の方が来ているんだが」

しかしここも無反応だった。ノブがやはり動かないのだ。

「申し訳ないですが、高橋さん」大家はこうなることがあらかじめわかっていたかの口ぶりだった。「幽霊も同居人を選ぶ場合があるんです。ここの二人はあなたと住みたがっていない」

高橋の下あごから自然に力が抜けていく。「え……ということは？」

「部屋を替えるのは無理ですね」

あっさりと結論付けて大家は管理人室へと戻っていった。


「あのね」一号室で肩を落とす高橋にさやかは懸命に語りかけてくる。「朝ごはん、食べない？　食べると元気出るし」

高橋は座卓に両肘をついて顔を覆った。

「四号室の薫は……もともと人を入れたがらない子なの。性格も悪いし生意気だし……極寒のオーラを出すから今の季節は重宝するんだけれど……前も無理やり入居した人、二週間で追い出したくらいだし」

慰めようとしているのか、彼女は黙らない。

「五号室の裕太郎さんは、すごく良い人なんだけれど、ゴールデンウィークにちょっといろいろあって。だからまだ誰かと暮らす気分になれないんだと思うの」

だが、あからさまな拒絶を受けた高橋にとっては、どんな言葉も空虚だった。就職活動で思い知らされた無力感が蘇ってくる。

「高橋君が特別嫌われているんじゃない……」

さやかの声を六畳のふすまを閉じることによって遮断する。

高橋は敷きっぱなしの布団を蹴飛ばした。固い、おそらくはダニだらけのそれは、高橋のくるぶしに鈍い痛みを残して二つに折れた。

（なんでこんなことに）

それでも高橋は、大家と交渉を続けた。高橋にしてみれば、一生分の行動力をかき集めて粘ったのだ。自分が引きこもる部屋に誰かが必ずいるならば、幽霊でも相手は男性であってほしかった。

過去を思い出させるさやかの輝く目は見たくなかった。

高橋は四号室と五号室の前へ日参した。動かないドアノブを前に、ひたすら懇願した。

「お願いします、僕を入れてください。僕を住まわせてください」

そんな高橋に住人たちは最初こそやんわりと引き下がるよう忠告をしたが、一週間もするうちに構わなくなった。

ドアは開かない。

朝から晩まで声を嗄らしても、返ってくるものはなにもなかった。

さやかは高橋の横に常にいた。高橋が部屋を出ると一緒についてきて、実らない直訴を傍らで見守っていた。高橋は横にさやかがいると知りつつ一度も彼女へ目を向けなかった。

その日も日が暮れようとしていた。四号室の前で訴えかけ続け、高橋はとうとう咳きこんだ。涙が出てきた。喉から血の味がした。

もういいじゃない、あたしと暮らそう？

さやかのそんな勝ち誇った声が聞こえてくる気がしたときだった。

「ちょっと薫！　聞いてんの？」

さやかが怒鳴った。

「なに無視しているのよ、毎日毎日高橋君がお願いしているんじゃない。開けなさいっ」

耳を疑った。高橋はさやかを見上げた。さやかの頬は紅潮していた。義憤に耐えかねる、というような表情をしていた。

「住まわせてあげて、こんなに頼んでいるんだから。高橋君、悪い人じゃないから」

今度は五号室の前で声を張り上げる。

「裕太郎さん、あたしからもお願いします。部屋を替わってください。彼を受け入れてあげてください。お願いです」

ドアに両手をぴったりとつけ、さやかはぎりぎりまで口を近づけて叫ぶ。

「お願い。彼、あたしじゃ駄目なの。一号室じゃ駄目なの。ドアを開けて、お願い」

開かないドアの前で、さやかは訴えを止めない。

――さやかさんが駄目なんです。

さやかが聞いているとも知らず、高橋は大家にそんな言葉を吐いた。

あのときの、さやかの変に固まった表情。不自然な瞬き。無理やり作った微笑み。

高橋の、まぎれもない拒絶の言葉に、さやかは傷ついたはずだった。

今、高橋も圧倒的な拒絶を前に為(な)すすべを失い呆然(ぼうぜん)としている。

無視される自分を、傍らのさやかは「いい気味だ」と嘲笑(あざわら)っている――そう思っていた。当然の報いを受けているのだと。人を傷つければ傷つけ返されて当たり前と。

だが、違った。

さやかは純粋に、懸命に高橋の願いを代弁してくれている。

たかが地縛霊のくせに。あんなに必死に。こんなにまで。

さやかに対して、ある種の思いが初めて柔らかく心をよぎった。

優しい春の風に零(こぼ)れた桜の花びらのように。

立ち上がる。ひどく動揺していた。まさに恐れていた事態の始まりだった。高橋の動きにさやかは驚いたふうにこちらを振り返った。

高橋は階段を駆け降りた。さやかが慌ててその後をついてきた。

暗がりの中で枕元の目覚まし時計を見る。蛍光色のデジタル数字は、02：09と表示していた。

高橋はゆるゆると起き上がった。眠れなかった。暑いのでも体調が悪いわけでもなかった。ただ、精神がざわめいて、それが耳鳴りのようにうるさかった。

足音を忍ばせて八畳のほうへ行く。さやかはどこにいるのだろうか、姿が見えない。

カーテンを開けてから、物入れの上に立て掛けていたスクラップファイルを手に取る。

ファイルの上に薄く積もっていた埃が舞った。

灯はつけなかった。窓から差し込む月光だけで十分だった。その場に座り込んで、表紙から一枚一枚、ファイリングされている記事を読みなおす。

もう何度も目を通して、一字一句暗記してある。けれどもそれらは再読するごとに高橋を責めたてて苛む。そして高橋も苛まれるためにそれを開くのだ。

小学校五年生の時の初恋の相手。明るくてクラスの人気者だった。

【小学生女児、B水源地で溺死】

中学一年生の同級生。音楽が大好きな子。

【信号待ちの中学生死亡　運転の会社員逮捕】

高校二年の時に思いを寄せた彼女。

あまりにあっけなく病に倒れた。入院して半月で他界した。お悔やみ欄の切り抜き。

そして大学四年の冬。公務員試験予備校で知り合い、共に合格しようと励ましてくれた。

【女子大生巻き添え死　飛び降り男性は軽傷】

一人目はひたすらショックだった。二人目の時は偶然だと思い込もうとした。三人目で身の毛もよだつ仮説が現実味を帯びた。四人目で確信し、絶望した。

自分が好きになった女の子は死ぬ。

こんなことを喋(しゃべ)っても誰も信じないだろう。だから口は噤(つぐ)んだままでいた。今も心のどこかで不幸な偶然だと囁(ささや)く声はする。しかしその声はあまりに小さく、自信なげだった。囁きを信じてもしも五人目が出現したら——そう思うだけで高橋は耐えられなかった。

もう恋はしない。好きにならない。

そう決めたのだった。だから新聞の縮刷版を探してこの事実を忘れないよう、彼女たちのことをスクラップした。心が揺れたとき、いつでも開いて決意を思い出せるように。

なのに。

四人の彼女たちはいつも明るかった。冴(さ)えない、写真を見せて十人に訊(き)けば十人が「暗そう」と感想を述べるであろう高橋にも、輝やかんばかりの笑顔と瞳(ひとみ)を、惜しみなく向けてくれた。

目の際が熱くなってきてそれを意地でとどめると、今度は鼻水が垂れてきた。座卓の上のティッシュを取って派手に洟(はな)をかんだ。

（女と関わっちゃ駄目だ、幽霊でも）

ふわ、と空気が動く気配がした。

スクラップから目を上げると、さやかがひっそりと立っていた。

「……ごめんね、傍にいて」

まだ垂れてくる鼻水を高橋はティッシュで押さえる。「……なんで謝るんだよ」

「だって、一人で見たかったでしょう？」

さやかは足音を立てずに——当たり前かもしれないが——窓辺へ行って夜空を見上げた。

「薫や裕太郎さんの部屋に行きたがるから……いわゆるあっちの人なのかなってちょっと思った」

高橋は否定する。「まさか」

「薫、下手したらあたしよりキレイだし、裕太郎さんはハンサムだし」

「違うよ」

「あたし、図々しくておせっかいだったし」

「だから」高橋はファイルを閉じた。「違う」

窓を背にさやかは振り向く。逆光で表情はよくわからない。しかしそれが高橋には救いに感じられた。月は蝶の翅のようだった。さわさわと銀の鱗粉をさやかの髪に降らせた。

静かだった。耳鳴りはいつのまにか消えていた。

「僕さ……いろいろ最低なんだ」

一人で抱え込んできた劣等感と、さらには四人のことまで、驚くほど素直に高橋は打ち明けていた。信じてもらえなくても、笑われても、もはやどうでもよかった。たった一つ望んだことは、さんざん傷つけたであろうさやかに誠実でありたい、それだけだった。

「だから、一緒にいたくなかった。どんな女の子であれ、関わりたくなかったんだ。なのに」

今まで好意を寄せた女の子たちに、さやかはあまりにも。

「そっくりすぎるんだよ……君は」

さやかが近づいてきた。白い手が伸ばされ高橋の腕に触れようとして、でもそれは結局すんでのところで止まり、優しく退(ひ)いていく。

「ドアを開けてくれる?」さやかがいつになく神妙にねだった。「二階の集会室に連れて行って」

同居人と一緒だと、幽霊もアパート内を動きまわることができる——高橋は言われたとおりにした。

奥に積まれている古雑誌の類(たぐい)をさやかはあれこれ見ていたが、やがて「ここら辺の新聞を取って」と一角を指した。やや黄ばみ始めている古新聞を右手に摑(つか)めるだけ引き抜く。さやかはその中から特定の日付のものを探してほしいと頼んだ。

はたしてそれはあった。促されるまま高橋が新聞を開くと、第一社会面にさやかの顔が小さく楕円形に切り取られて印刷されていた。

【女子大生、交際男性に絞殺される】

つむじが、ちり、と音を立てた気がした。

「彼ね、すごく一途でいい人だったの。真剣にあたしを好きになってくれたのよ」

いつもの、ややもすれば子どもっぽいほどの明るさはなりを潜め、年齢相応の表情を浮かべたさやかを、高橋はまじまじと見つめる。

「彼氏を恨んでないの？」

「どうして？　恨んでなんていないよ？」女子大生の地縛霊は微笑んだ。「彼ね、あたしの首絞めながら泣いていたの。大好きだ、だからこうするしかないって……あたし、愛されすぎて殺されちゃった。映画みたいでしょ」

「恨みを残しているから地縛霊になったんじゃないの？」高橋は問う。「ちゃんと成仏とかしたくないの？」

さやかの眼差しがふと色を変えた。

「……したいよ」

小首を傾げたさやかの黒髪が揺れる。

「あたしだけじゃない、このアパートの霊たちはみんなしたいと思う。そう見えない人もいるかもしれないけど、でも本当はきっと……」

アパート前の道路を一台だけ車が通り過ぎる音がして、また世界は静まりかえる。

「でもね、一度機を逃すとこれが案外難しいの。あたしはね、彼が捕まるところまで見守っていようと思って。捕まったら捕まったで、なんだか心配で離れがたくて。そのうち四十九日が過ぎちゃって……気づいたら重石が」

「重石？」

「あたしの中に入っている。地縛霊ってこの重石のせいで動けないのよ」

「それ、どうやったら取れるの？」

さやかは背を向けてから肩をすくめた。「……わからないの、それが」

「……わかんないんだ」

「でも、ここの暮らしもそんなに悪くないし。仲間たちは基本的にいい人ばっかりだし」

「仲間？　霊なのに？」

「でも、友達よ？」

——あたしたち友達になろう。

さやかはそう言ったのだった。

窓からはじきに明けてきそうな気配の空が。

さやかは高橋の告白に、一度も同情めいた言葉など口にしなかった。たったそれだけのことが、高橋の心をひどく穏やかにした。

　一号室へ戻って、高橋は少しだけ眠った。


　翌朝、さすがに寝過ごした高橋に、さやかは何事もなかったかのように振る舞った。

　自炊に横から口を出すのも相変わらずだ。

「えー、スクランブルエッグに醤油？」

「僕の勝手だよ」

「塩と胡椒がぴったりなのに」

「日本人だから醤油でいいの」

「昔『ロックン・オムレツ』っていう歌があったね」

「歌わなくていいから」

「えー、どうして？　それはそうと、今度、くず野菜のスープ教えてあげるね。具だくさんでおいしいし、安く仕上がるよ」

　さやかの変わらない明るさに、高橋は救われる思いがした。会話も自然に交わせた。

　食事が終わってしばらくしても部屋を出ない高橋に、さやかが躊躇いがちに訊いてきた。

「今日は……上に行かないの？」

　高橋は床に置いていたアルバイトの求人情報誌を手にとった。さやかの質問には答えず、逆にこう尋ね返した。

「……君さ、最初あのスクラップファイル気にしていたよね？」

青い表紙のそれを、高橋は視線で示した。

「僕がいない隙に見れば良かったのに、どうしてそうしなかったの？」

さやかは高橋の問いに、なぜそんなことを訊くのかわからない、と言いたげな顔をした。

「だって、駄目って言ったじゃない。あたしは物を動かすのが苦手だし……無理すればやれたかもしれないけれど、高橋君、見せたがってなかったでしょ？　見せたくないのには理由があるに決まっているわ。それを踏みにじるなんてできない」

それからさやかはすっと笑顔をひっこめた。

「だから、ごめんなさい」彼女は真摯に頭を下げた。「ファイル広げたときに傍にいて……」

うるさい。図太い。おせっかい。

当初は鬱陶しかった部分が、鮮やかにさやかを彩る花びらに変わっていく。

「あ、そのライン工のバイト」さやかが求人情報の一つを指で示した。「それ、男の子しかいないよ。ゼミで一緒だった子が愚痴ってた」

「一緒のゼミって、君それいつの情報？」

高橋は苦笑しながら、そのページの端を斜めに折った。週四日。時給八百五十円スタート。シフト制。悪くはないと思ってから、驚く。バイトとはいえ、それはなんとなく避けていた長期のものだったからだ。

高橋はそのバイトに応募した。書類選考は通り、面接日の連絡がきた。当日緊張してトイレと部屋を何度も往復する高橋に、さやかは励ましと称して、十年以上前に春のセンバツ甲子園の入場曲にもなった某曲を歌いだした。

「涙の数だけ強くなれるよ……」（＊3）

わざと下手に歌おうとしてもこうは歌えないだろうというほど音痴だった。唖然としているうちに、いつの間にか便意は消えていた。出がけにさやかは笑いながらピースサインを送ってきた。

「自分をそのまま信じていてね！」

「思うんだけどね」バイト面接を無事終えて帰宅し、さやか直伝の野菜スープと豚の角煮で夕食をとる高橋に、彼女は目を輝かせて提案した。「考えてみれば、高橋君のその能力って結構すごいんじゃないかな」

「どこが？」冷蔵庫に残っていたくず野菜で作った割に、存外においしいスープをすすりながら高橋は問う。

「それって、女の子限定なのかな？」

「さあ」高橋は柔らかく煮えた豚肉を口に入れる。「男、好きになったことないし」

「全人類対象だったら最強だよね、暗殺に使えるもの」

例えばあいつとか……各国要人らの名前をすらすら口にするさやかに、高橋は慌てた。

「物騒なこと言うなって。それにもしできるとしても、僕がそいつらに惚れるの？」

「まあ、可能性を追求してみただけの話だけどね。でもそうなったら高橋君、世界一の殺し屋になれるよ。デューク東郷も真っ青。証拠残さないしね」

さやかは自分の思いつきがすっかり気に入ったらしい。

「そうすれば、こんな貧乏アパートに住む必要ないし。あ、これ大家さんには内緒ね」

自分一人で抱え込んできた重苦しい荷物を、さやかは他愛もない話題に変えて軽くしていく。好き勝手なことを言っているという印象はある。しかし、そんな馬鹿話に付き合っているうちに、いつしかなごんでいるのも事実だった。

「人間以外にも影響を及ぼすとしたら怖いね」

さやかは大げさに身震いしてみせた。

「高橋君、絶対この世のすべてを愛しちゃったりしないでね」

地球最後の日が来ちゃうから、と話をとんでもないところまで行きつかせたさやかに、高橋は苦笑する。

「君はもう死んでるから関係ないだろ」

「そうね」

てらいのない笑顔は真夏によく似合った。

ある夜、不意にさやかはこんな提案をした。

「良いことを思いついた」

さやか直伝の『困ったときはとにかくありあわせパスタ』を食べている最中だった。

「高橋君ね、あたしを好きになれば？」

鷹の爪が喉にはりついて、高橋は噎せた。

「あたしは生きてないんだから、殺しちゃうかもしれないなんて心配もないでしょ？」

はいお水、そう言いながら、さやかは卓の上のコップを懸命に高橋のほうへ押しやった。確かに物を動かすのは苦手なのだろう、コップはほんの二センチほどガラスの表面についた水跡を残して移動しただけだった。高橋はそれを摑んで鷹の爪を胃に流し込んだ。

「生きているのにもう誰も好きにならないなんて、もったいないよ？」

冗談めかしながらも、さやかの眼差しはどこか真剣な光を帯びている。

確かにさやかは僕の好みだけれど、今まで好きになった子とそっくりだけど、それでも幽霊と恋なんて——高橋は返答に窮し、かといってさやかの顔をまともに見ることもできず、まだ違和感の残る喉をどうにかしようと何度も咳払いをした。赤面しているのが自分でもわかるだけに、なお焦ってしまう。さやかはさやかでいつもの調子を取り戻し、「なーんちゃって、嘘、嘘。高橋君、可愛い」などとくすくす笑う。高橋は空になったコップに水を汲んで来て、また飲んだ。

「もう恋なんてしないなんて……」

さやかが口ずさんだその歌に、高橋の心臓が跳びあがった。動揺が顔に出たのだろう、反応を見とがめたさやかが問う。

「どうしたの？　高橋君」

高橋は首を振った。「いや、なんでもない」

「違うな、高橋君はこの歌になにか思い出があるとみた。でしょう？」

さやかが人差し指を突き付けてくる。高橋は答えなかった。しかし高橋の無言など気にするさやかではない。

「歌を聴くとタイムスリップするよね。その曲が流行っていたころの記憶が蘇ってきて」

さやかは星空を仰ぐように天井を見上げる。

「さっきの」さやかがこくりと喉を鳴らした。「生きてるあたしが最後に歌った歌なんだ」

首を絞められる直前に歌っていたのだと、さやかは言った。

「これを歌うと、やっぱり彼のことを思い出しちゃう。彼、聴いてくれてたかな。聴いてくれてたらいいなあ」

「……なんで聴いてほしいんだ？」

「決まってるじゃない。あたしの最後のメッセージソングだからよ。言ったでしょ？

生きているのに人を好きにならないのはもったいないって。あたしを限りに誰も好きにならなかったら、まるであたしとの恋愛が最低最悪の思い出だったみたいで逆にショック」

もう恋なんてしないなんて、言わないよ絶対……明らかにフラットしている音程で、さやかは歌う。楽しそうに、嬉しそうに。

幽霊のくせに。

「……死んじゃうかもって怖がるより、今度は好きになった子を守ってあげるのはどう？　これからの高橋君ならできるよ、絶対」

彼氏に殺された地縛霊のくせに。

「とりあえず、レッツ・シング。さん、はい」

促されるまま一緒に口ずさんでみる。高橋の音程はぶれていないため、音は合わなかった。しかし、ときおり奇跡的なまでの偶然により、きれいなハーモニーも生まれた。

歌い終わってつい吹き出した。さやかも笑っていた。それから二人で何曲か歌った。隣の部屋の井田美月から苦情の声が飛んでくるまで。

面接から四日後の夜、バイトの採用連絡があった。

『次週の火曜からお願いできますか』

携帯越しの声が信じられず、高橋は二度訊き直した。連絡をくれた相手は、微かに笑いを含ませた声で『間違いないです、高橋さんが採用です』と答えてくれた。緊張と嬉しさが入り交じり、気持ち悪くなった。通話を切った後も携帯電話を持つ手ががくがくした。

「どうしたの？」

さやかが尋ねてくる。面接に合格したことを告げると、彼女は園児のように飛び跳ねて喜び、どういう基準の選曲なのか『銀河鉄道９９９（スリーナイン）』を合格祝いだと歌い出した。高橋は面喰ったが、そんなさやかを見ているうちに、いつしか厭世（えんせい）的に凝り固まっていた心が、柔らかくほぐれていくのを感じるのだった。

自分を必要だと言ってくれるところがある。それをこんなに喜んでくれる子もいる。

高橋君がバイト採用になりました、と、他の部屋に聞こえるような大声。

『自分をそのまま信じていてね』

面接の朝、さやかがかけてくれた歌詞の中の言葉が、いまさらのように胸にしみる。

ここに来なかったら、この子に会わなかったら、変われなかった。こんな気持ちは一生知らなかった。

永久に凍らせておこうとしていた想いが、芽吹いていく。

高橋は移転計画を撤回し一号室に定住を決めた。大家にその旨を伝えたことをさやかに話すと、さやかはまたしても狂喜乱舞した。

「これから、よろしく」

今度は高橋からさやかにその言葉を告げた。

定住を決めてから一ヶ月後、大家が最初の家賃を集金に来た。高橋はライン工バイトの給料の中から一万三千円を大家に渡した。

翌日、日勤シフトのバイトを終え、玄関でスリッパに履き替えているとき、管理人室から大家が出てきた。

「おや」大家は微笑する。「今帰りですか？」

「あ、はい」

「ここにも慣れてくれたようで、良かった」

大家は二階へ上がっていく。そういえば最初部屋を替えてくれと大騒ぎしたことについて、それなりの謝罪をしていなかったと思い至り、高橋はいい機会だと彼の後を追った。

大家は集会室へ入り、ビリヤード台に手をかけていた。

「どうかしましたか？」

「はい、あの」高橋は素直に頭を下げた。「その節はお騒がせしてすみませんでした」

「その節？」しかし大家はすぐにピンと来たようだ。「部屋替えのことですか。まあ、気にしないでください。それより私も一つあなたにお詫びしなくては」

「えっ、なんですか？」

「契約書のあの文章……部屋には幽霊がいる、という注意書きですが、実はあれはさやかさんと同じく、ここへ越してきて一晩たたないと見えない仕組みなのです。騙して申し訳ありませんでした」

「……ああ。道理で」

「どうかご容赦ください」

定住すると心が定まった高橋にとって、大家の告白は大して怒りを覚えることでもなかった。許しを請う声も麗しいと聞き惚れるのみだった。

「大家さんこそ気にしないでください。僕、安く住むところができて助かりました」

「そうおっしゃってくれて、心が軽くなりました。ありがとうございます」

大家はすまなそうに微笑んでから、壁に吊り下がっているキューに手をかけた。窓の外はすでに宵闇であった。

「どうです、良かったら高橋さんも」大家がキューを一本高橋に差し出してきた。「ちょっと撞いてみませんか？」

思わず受け取ってしまったキューの適度な重みに逆に戸惑い、高橋は慌てて遠慮する。

「いや、僕、全然下手なんで」

「そうですか。でも楽しいですよ」

大家は台の下から球を九つ取り出し、菱形に並べた。ナインボールをやるのだろうと眺めていて、的球が不自然な色合いをしていることに気づいた。通常使わない番号の大きなストライプボールがまじっているのだ。疎い高橋でもそれくらいはわかる。

「前にも申し上げたと思いますが、球が一部ないんです」

大家は茶色い七番ボールを菱形の頂点に据えている。彼のフォームはしっかりと揺るぎなく美しかった。ブレイクショットは小気味よい乾いた音を立て、面白いように的球がラシャの上を走った。

「上手ですね」

高橋が感嘆すると、大家は少し目を伏せた。

「不動産屋をやりながら、かつて球撞きもしていました。とは言ってもトッププロにはほど遠いですが。文化センターの講師を少し」

「そうなんですか」

大家の意外な一面を見て、高橋は得をした気分になった。暇な時にビリヤードを教えてもらうのはどうだろう。冴(さ)えない自分にも一つくらい自信を持ってやれることがあっていい。大家は九つの的球を寸分の狂いもなくポケットに落としていく。手球一つ残して台にあった的球が消えるまで、ものの二分とかからなかった。

ポケットに落ちたボールを大家は拾い、今度は中央に六つ並べ始めた。キューを使いながら慎重に角度や球の間隔を測って置いてゆく。左右対称に各ポケットを狙って配置された的球の中心を狙い、大家は手球を撞いた。たったその一撞きで、六つの的球は蝶(ちょう)が翅(はね)を広げるように、すべてのポケットに落ちた。

手を叩いた高橋に、大家はなんでもないように「最初にきちんと的球を並べて、真っ直ぐ球が撞ければ、誰でもできます」と言った。

「そうですか？　僕には無理っぽいです」

「無理、ですか」

「ええ、たぶん絶対」

大家は一瞬微妙な笑みを浮かべてから、キューを持ち直した。

「ところで高橋さん」大家が右上コーナーのポケットをキューの先で示した。「この台の中央からポケットの角度を保って真っ直ぐ行った先に、一体なにがあると思います？」

唐突な質問に高橋は首を傾げた。「……市街地ですかね？」

「さやかさんが殺されたマンションです」

あっさりと大家は言う。高橋は絶句した。大家は高橋に渡したキューをさりげなく取り、自分が手にしていたものと合わせて壁のスタンドに吊るした。

「本当に良かったら、遊んでください。使われない台ほど悲しいものはありませんから」

では、と大家は一礼して集会室を出ていこうとする。高橋はその背に声をかけた。

「あの」

大家が振り向く。「なんでしょう？」

「どうして、その」今まで高橋は自分の事情で手いっぱいで、大家の心境を斟酌(しんしゃく)したことがなかった。そして考えてみれば、これほど妙なことはないのだ。「どうしてアパートに幽霊を住まわせてるんですか？　いや、放っておいているというか。お祓(はら)いとかはしたんですか？」

　しかし、高橋の疑問は彼にとって目新しいものではなかったらしい。大家は答えた。

「普通のやり方では彼らは成仏しないのです」

　さらに続いた言葉は、ほとんど独り言だった。

「でもあなたたなら……いつかさやかさんに」

「僕なら？」

「……触れられるかもしれませんね」

「触れたら、どうなるんですか？」

「彼女の望むことが起こります」

　大家の肩が少し揺れた。笑ったらしい。静かに階段を降りる音。高橋はつっ立ったまま動けない。

（さやかに触れる？　幽霊のさやかに？　さやかの望むこと？）

　そういえば彼女は言っていた。あの真夜中の集会室で、自分は『成仏』したいと。

　一号室の鍵(かぎ)を開ける。入ってすぐ右手にある電気のスイッチを点(つ)ける。

「おかえりー」

明るい声。真夏に咲き誇る花のような、目を眩（くら）ませる陽光を一身に浴びているような。

純然たる笑顔。

「どうしたの？」

（もしさやかが成仏したら）

「君さ……」声が掠（かす）れる。「自分を好きになればいいって提案したよね」

さやかの髪が頬を滑る。「うん」

（この部屋に縛（ばく）されることもなくなって）

「君はもう幽霊だから、死なないってことで」

高橋を見つめて頷（うなず）く。「うん」

「……一つ訊（き）いていい？」

「なに？」

「前に『今の高橋君』なら触れないって……言ったよね」

少し開いたさやかの唇がほんの一瞬笑みを忘れる。一瞬だけ。またすぐにさやかは笑う。

「……言ったよ」

「もし、もしも僕がなんか知らないけど変わって、『今の僕』じゃなくなって、君にちゃんと触れたら、君はもしかして……」

(成仏する?)

最も大事なところをどうしても言えない高橋に、さやかは背を向けた。

「……大家さんから……聞いたの?」

彼女の細い肩は小刻みに震えていた。なにかを期待しながら、一方でそれを怖(おそ)れるように。高橋はまだカーテンの閉じられていない窓を注視する。顔を見せないさやかの顔を見たかった。だが、夜が鏡面に変えたガラスの中の一号室に、さやかの姿はなかった。

「あのね、でも高橋君は自由だから」彼女の口調がいきなり陽気なものに変わった。「お金が貯まったら、いつだって出て行っていいんだよ。あれ嘘だから。もしかして真に受けちゃった? 好きとか……あたしのこと好きになればいいなんて……」

おどけるあまり声を裏返して。

「……本当、冗談だから」

高橋はゆっくりさやかに近づいた。触れたい、そう思った。しかし脳裏に浮かんだのは、スクラップを広げた夜、自分に伸ばされかけてそのまま離れたさやかの白い手だった。

勢いをつけてカーテンを閉める。

「さやかちゃんさ……」高橋はそのままシンクに行き、手を洗った。「馬鹿だろ?」

さやかを真似て、能天気な声を出す。

「……ひどいなあ、高橋君」

「ひどくないよ、真実」

　意味もなく、手を洗い続ける。今の顔をさやかに見られたくなかった。さやかならわかるだろう、彼女だって背を向けたのだから。

（下手なごまかしだな）

　当たり前だ、霊ならば成仏すれば消える。大家はそのためのヒントめいたことを言っていた。

　触ればいい。本気の感情を持って。触ることができれば、さやかはおそらく。

　もっと蛇口をひねる。辺りに水が飛び散る。高橋の服も濡れた。

「……君の重石さ」水音に紛れさせて囁く。「どうするのかはわかんないけど、絶対いつか取れるよ」

　自分が取ってしまうだろう。幽霊であることすらやがて忘れて、心のままにこの手を伸ばして。

　今だって忘れかけている。さやかの笑顔はあまりに輝かしく心を揺さぶる。もう、そのときに向かって動きだしている。自分は必ず恋をする。

　爆ぜる滴を眺め、高橋は確信する。

（だったらやっぱり失うんだ）

　好きな子に触れたくならなかったことなど、一度だってないのだから。

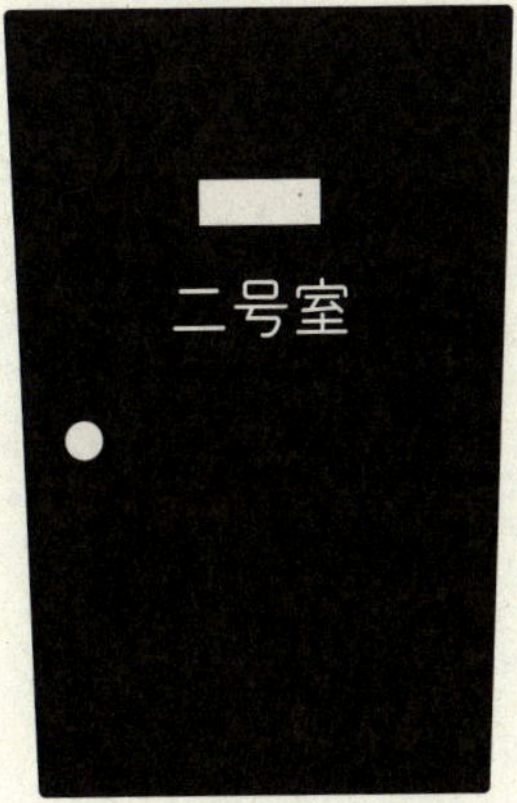
二号室

「ちょっと！　あんたらいい加減うるさい！」

『てふてふ荘』の薄壁を叩いて一号室へ怒鳴ると、二人の調子外れの歌がぴたりと収まった。少し間を置いて「すみません」という謝罪と、忍び笑い。井田美月は腕を組んで八畳間へと戻る。座布団に腰を下ろして、折りたたみ式テーブルに置かれたコップを手に取った。金色の中で上へ上へと浮き上がる細かい泡を見つめ、美月は半分程度しか残っていなかったそれを一気に干した。

「みっちゃん。あんたありゃあ、明日から怖がられるんじゃないのかい？」

百円均一で買ったコップに手酌で缶ビールを注ぐ遠藤富治が、気の抜けた笑い顔で言う。美月は「大丈夫大丈夫」と、手をひらひらさせた。

「あの子たち、楽しそうだったもん」

「そうかい。そりゃあ良かった」

「まあね。あの高橋って子もここに慣れてきたみたいだし。正直辛気臭い顔でいられるより、歌がうるさいほうがまだマシ」

「楽しいのはいいよ。人様に迷惑掛けなけりゃ、人生楽しけりゃあそれでいいんだよう」

美味そうにビールを飲む遠藤の『おっちゃん』を、美月は眺めた。この初老のおっちゃんは本当にいつでもほわほわと笑っている。アルコールが入れば特にだ。ただ、幽霊が酒を飲めるというのはどんなものなのだろう？　おっちゃんのコップのビールはどこへ消えているのか。謎。

美月はテーブルに肘をついた。少し勢いが良すぎたのか、美月のグラスが倒れて転がる。中身は入っていなかったが、それでも焦って手を伸ばした。遠藤も「おりょ」と転がったグラスを押さえようとした。遠藤のほうが一瞬早く、美月の手は遠藤の手に被さる形になった。だが、遠藤の固そうな恐竜じみた皮膚の感触はなかった。すり抜けてグラスを摑んだからだ。

(幽霊なのに、お酒に関係するものなら触れる、っていうのも謎)

「だから、なんも不思議じゃねえよう」美月の疑問を先回りして遠藤は言う。「俺は酒が好きなんだ。嫌ぁーなこと全部忘れさせてくれる。それだけなんだ」

「はいはい。じゃあ、もう一本飲む？」

「いいのかい？　悪ぃなあ」

「おっちゃんへのお土産だもん。今日は二の付く日だったから」

美月が鮮魚係を務める地元資本のスーパーは、二日、十二日、二十二日にセールをする。この日に美月も入り用なものをまとめ買いし、気が向けば酒好きの幽霊のためにビールやコップ酒を購入するのである。今日はビール六缶を買った——正確には発泡酒なのだが。

「ああ、極楽だなあ」

成仏できない地縛霊が口にするセリフではないと思うのだが、美月は半ば呆れながらも笑みを漏らさずにはいられなかった。遠藤とは常に楽しい酒だった。普段も陽気だが、酒が入ると遠藤はさらに笑い上戸になる。天涯孤独の美月にとって、彼の笑みはほんのりと心を温めるのだ。

「極楽だあ、みっちゃんの、その、笑顔をよ、見ながら酒飲むのは、極楽だあ」

それからまた少しだけ付き合ってから、美月はシンクで歯を磨いた。

「じゃ、おっちゃん。私寝るね。明日も早番だから」

「おう、みっちゃんお休み」

八畳に続く六畳が美月のプライベートスペースである。室内の壁をすり抜けられるはずの遠藤だが、最初に立ち入りを禁じた取り決めを守って、決して近づこうとはしない。

美月は誰はばかることなく下着姿になる。

窓際の机に置いた銀のフレームの小さな鏡が美月の肉体を映している。

それに気づいて、美月はつい腹の肉を右手でつまんだ。どこがということはないが、全体的に脂肪がたゆんたゆんとついている。「雪山で生き残るタイプかな」美月はひとりごちる。パジャマのズボンに足を入れると立ち位置がずれて、フレームの中に顔が入った。

丸い。子どものころから丸かった。細い一重の目。分厚い唇。鼻だけは少しいかつく、男っぽい。

鏡の隣には、サービスサイズの両親の遺影が並んでいる。美月は父の写真と自分を見比べた。奥歯まで見せて笑う父。そのくせどこか肩は緊張し、硬くなっているようだ。父の胸元、写真の下辺が斜めに白くなっているのは、光が入ったせいなのか、それともなにか写り込んでいるのか。古いスナップを無理やり顔の辺りだけアップにしたものだから、粒子が粗くてよくわからない。もっともクリアな写真ならば、それだけ美月に苦い現実を突き付けるものとなるだろうが。

――美月はお父さんによく似ているよ。

――お父さん、美月が生まれたときはすごく喜んでねえ……。

母の言葉が思い出され、美月は鏡と写真を伏せた。

「不細工だなあ、我ながら」

井田美月がてふてふ荘の住人になってからおよそ一年と三ヶ月が経とうとしている。つまり、美月がスーパー借り上げの独身者用アパートを追い出されてから、それだけのときが経過したということだ。

美月、二十代最後の春だった。

不況の折、借り上げアパートの一部を解約する事態になったため、来年度から希望者すべてに部屋を提供することはできない。よって、勤続年数の長いものから年内をめどに随時退去し、他に居住してほしい――。

勤続年数が長いとはいえ、高卒で、契約社員扱いの美月の給料は決して高くはなかった。しかも、奨学金制度を使ったため、その月々の返済も残っていた。美月は必死で安アパートを探し、ようやく行きついたのがここ、てふてふ荘だった。

「家賃は月一万三千円、敷金礼金も不要です。最初の月は家賃は要りません……」

大家のヴィオラのような声で告げられた条件があまりに良すぎたものだから、美月は「ぜひお願いします」と即答した。

大家は美月に写真を見せようとした。個々の部屋の内装だろうと思ったので、美月はそれを断った。大家は「念のために一度は見ていただきたいのですが」と困った顔をしたが、美月の心は決まっていた。

「二号室が空いているのなら、二号室にしてください」

「それはまたどうして？」

穏やかに問うた大家に、美月はこう返した。「私のラッキーナンバー、二なんです」

（ラッキーナンバーというか、因縁の数というか）

誕生日は二月二十二日で出生時間が午前二時。名前の総画数は二十二。二歳の時に父が死に、高校二年で母が他界した。運動会の徒競走ではいつも二番、高校の受験番号は二百二十二番。初潮が十二歳できて、本籍地の枝番も二の二……。

洗い出せば他にもあるだろうが、美月は止めた。とにもかくにも美月に二は付きまとう数字であり、それならば最初から二号室を希望してやれという心積りだったのである。越してきた翌朝、当たり前のように室内に真っ青なアノラックを着込んだ『遠藤のおっちゃん』がいて、恵比寿（えびす）のように笑っていたのには、さらにはその遠藤が幽霊だという事実には、さすがの美月も驚き、契約の解除も考えた。その他がいくら好条件とはいえ、たった一つのマイナスオプションが規格外すぎると。

大家は「嫌なら出ていってもいい」と美月の反応に理解を示した。遠藤はというと「俺はなにもしねえよう、とり憑（つ）いたりなんかしねえんだよぅ」と正座してしょぼくれていた。

美月は二日二晩悩み、考えあぐねた。そして、腹を固めた。

これだって『二』ではないか。

二人暮らしをせよ、という啓示なのだ、と思ってみることにしたのである。

「美月さんは柔軟性があって良いですね」

いわくつきの物件だと知っても定住を決めた美月に、大家は優しく微笑んだ。美月にとってはこの大家も謎の多い人物だった。各室に幽霊が居座っているアパートの大家なんて、誰が好き好んでやるだろうか。その気になれば魅惑的な声を武器にした仕事にもつけるだろうに、文句もこぼさず淡々と風呂（ふろ）を掃除し便所を掃除し、住人にさりげなく気を遣い、時々ビリヤードで遊んでいたりする。

ただ、美月にとって大事なのは大家の人となりや居候のおっちゃん幽霊よりも、日々いかに生活していくか、ということなのだった。美月は言うまでもなく貧乏しか知らなかった。早くに他界した父も、保険外交員として女手一つでやれるだけ頑張った母も責める気はもちろんないが、美月は小学校に上がって同級生の話を聞くまで、クリスマスとサンタさんを知らなかった。小中学校時代、私服はジャージしか持っていなかった。いきなりの病に倒れ二日後にあっけなく逝った母も、医療費という点からすれば、ある意味美月の今後を思いやってくれた結果かもしれない。とにかく日々の生活費に加え奨学金の返済もある美月にとって、財布に札がないほうが幽霊よりずっと怖いのだ。

(男の幽霊に、きゃあきゃあ言うような歳でもないし。男というかおっちゃんだし。私自身、おっちゃんの年齢や容姿をとやかく言える立場にないしね)

美月は自分が容姿に恵まれていないことを自覚し、諦めていた。生前母は「おまえの顔は父親に似たのだ」と、たびたび口にしていた。父の面影を記憶していない美月は、初めてそう言われたとき小さな遺影としばしにらめっこした。どんなシチュエーションで撮影したのか、遺影の父はこれ以上ないほどに大笑いしていたが、ハンサムでは到底なかった。

当時は自らの容姿を客観的に評価できなかったし、大人の男と幼い女児という違いもあってさほどショックは受けなかったが、成長するにつれ、遺影とそっくりになっていく顔に愕然となった。

父がハンサムだったら、と夢想しなかったわけではない。

だが、ないものねだりをしたところでなにも出てきはしないことも、身にしみてわかっている美月だった。

「そりゃあそうさぁ」遠藤も言う。「麻雀だってなあ、ツモが悪けりゃどうにもならん」

市内の大学職員を大した出世も出来ぬまま退職した後、臨時雇用に立場を変えて同じ職場に勤め続けていた遠藤は、六十四歳の冬の夜、泥酔状態で帰宅途中に転倒し、頭を氷の路面にしたたかに打ちつけ死亡したのだそうだ。そんな死因で地縛霊になったというのに未だ酒が好きで堪らないのは、人生最初のツモから酒好きの牌がアンコになっていたからだ、といつか遠藤はほろ酔い顔で笑っていた。いつでも青のアノラック姿でいるのは、死亡当時に着用していたかららしい。


「すみません、このブリ下ろしてください」

美月よりも明らかに若い、髪の毛を栗色に染めた客の女が、鮮魚コーナーの一角を指しながら呼びかけてきた。切り身にしてから並べるものもあれば、一尾のままで砕いた氷の上に置く魚もある。客が望めば望むように下ろすのも、鮮魚係の仕事だった。明るく威勢よく応対する。

「はい！　少々お待ちください」

スーパーのかごを肘に引っ掛けて佇む女の左薬指に、美月は銀色に輝くリングを見た。

使い捨てのビニール手袋をはめた美月の手とはまったく違い、つるつるの肌をしていた。

頭を押さえ、えらのところから包丁を入れる。魚を下ろすのは嫌いじゃなかった。生臭さにもすっかり慣れた。おそらく自分自身にも臭いが染み付いているだろう。スーパーで支給される白の上下を身につけ、頭にはシャワーキャップのようなものも被っているが、致し方ない。まじめに働いている証拠のようなものだと美月は思っている。

昼休みに休憩室へ行くと、すでに何人かが畳の上に座っていた。休憩室は二十畳ほどの広さで、脚の短いテーブルと座布団が幾つか、それから小さなテレビがある。更衣室も兼ねていて、壁際にロッカーが並んでいるので、実際よりは狭い感じがする。

「ああ、みっちゃんお疲れ」

惣菜係でコロッケやてんぷらを揚げているパートの大槻が声をかけてきた。ロッカーからアルミホイルに包んだおにぎりを二つ取り出して畳に上がると、談笑していた一角が「ここに座りなよ」と空間を作ってくれる。

「いつもおにぎりで飽きないかい？」

大口開けておにぎりを頬張っていたら、大槻からそんなことを言われた。番茶で流し込んで「そうでもないよ」と答える。番茶はテーブルの上のポットに入っている。ただだ。

「若い子なんかはほれ、ちょっと外に出て食べたりしてるでしょ」

口の横に付いたご飯粒を押し込んで、美月は笑う。「でも、お金かかりますもん」

こぼす。

「まあ、そりゃそうだけどねえ」

うちの子なんてさあ、中学三年なのにこの前なんて口紅買ってたんだから……大槻が

「みっちゃんは倹約家ねえ。お化粧もしていないし、いつもジーンズだもんねえ」

娘もみっちゃんみたいに、もうちょっとつつましくならないもんかしら、とため息で締めくくった大槻だったが、褒められている気はしない。しかし、別に構いはしないのである。大槻の言ったことは事実で、美月はCMで見かけるような流行の口紅もマスカラもつけないし、私服もTシャツとジーンズである。冬場は上にノーブランドのセーターが加わるだけだ。どうせ鮮魚コーナーに入る際は作業着を上に着るし、唇に色を塗ったところでマスクをするのだ。

おにぎりを食べ終え、番茶で後味を洗い流してから、美月はテーブルの上にあったクリップバインダーを手に取る。A4サイズ二枚が挟まったそれは、社内における連絡事項を記したものである。大したことは書かれてはおらず、今月の売り上げ目標やお客様からいただいたご意見という名のクレーム、セール除外品一覧、入退職者の告知などが大半を占めるのだが、回覧済みのサインをしておかなければならない。美月は流し読みをして、バインダーに挟まれてあったボールペンで余白に井田（美）と書いた。

「今月入社、一人いるんだ」人事告知の行に、ちょうど明日付けで一人の名前があった。

「二瓶昭夫（にへいあきお）、か。正社員だ」

その名を口の中で転がしたとき、美月は柔らかい気分になった。多分『二』が苗字にあったからだろう。大槻は将来の店長候補だと言った。

「新聞に求人出ていたもの。大卒以上で経理系を資格条件に出してさ。うちの五店舗あるチェーンの中のどれかを、何年か後に任せるつもりなんじゃないの?」

「へえ」

パートの大槻は休憩時間が少し短い。「じゃ行くわ」と告げて休憩室を後にした。大槻と入れ替わるように、外に食事に出ていたのだろう若い女子社員が三人戻ってきて、ロッカーの鏡で化粧を直しはじめた。レジ係が二人、サービスカウンターの子が一人。サービスカウンターの子は美月と同姓だった。井田幸子。さっちゃんと呼ぶ人もいれば、違うふうに呼ぶ人もいる。若いほうの井田さん、可愛いほうの井田さん、SCの井田さん。ちなみに美月自身は、みっちゃん、または魚の井田さんだった。

テレビは昼帯のバラエティを流している。有名タレントにどうやら熱愛が発覚したらしいが、どうでもいいことである。

もう一度回覧を頭から読んで、休憩室を出る。鮮魚コーナーへ戻る前に用を足しておこうと廊下を歩いていると、店長が誰かとこちらへやってきた。

「あっちに行くと女性の休憩室で……」

店長は連れの人物に店内の説明をしているらしい。店長よりも頭一つ背の高いその人は、濃い色のスーツに身を包んで姿勢良く歩いている。二十代半ばといったところか。

「ああ、井田さん」

店長が美月を認めて足を止めた。

隣の男と目が合う。男はまるで『感じのいい笑顔のお手本』といった極上の微笑を美月に披露した。とたん、頬が一気に熱くなった。体中の血液が急に顔に集まったみたいだった。美月は初めて味わう感覚にまごついた。

「二瓶君、この人はここの契約社員で井田さん。井田……なんて言ったっけ、ここ井田二人いるからなあ。もう一人はサービスカウンターで……あっちが美しい月の美月さんだったっけ」

二瓶の眼差し(まなざし)に囚(とら)われながら、美月が呟(つぶや)く。「美月は私です……」

「ああ、そうか。ごめんごめん、あっちのほうが美人だからつい。この人は鮮魚係の井田美月さん。魚の井田さんだ」

「初めまして。二瓶と申します」若々しく爽(さわ)やかな声だった。「明日(あした)からしばらくこちらで業務全般を研修させていただきます。どうぞよろしくお願いいたします」

二瓶の顔から目が離せないでいる美月に、彼はとどめの一言を放った。

「美月さんですか。きれいな名前ですね」

白々とした、目に厳しい明るさのもとで整然と並ぶそれらに、美月は激しく戸惑っていた。試しに一つ手に取ってみたものの、ちんぷんかんぷんである。

「そちらはレフィルですが、ケースはお持ちですか？」

ネームカードを首から下げた店員が話しかけてきた。美月は店員の顔をしげしげと見る。くっきりと描かれた眉。瞼の上に乗せられたラメの輝き。長さと濃さを強調した睫毛。鼻筋の影。唇はゼリーのように艶めいている。

(化粧ってこうするものなの？)

店員は美月の顔で化粧の知識が皆無であることを察したらしかった。

「お時間よろしければ、試していかれませんか？」

店員は店内の一角にあるカウンターに美月を連れていった。やや高めの椅子が置かれてあり、かけるように言われる。店員はカウンターの向こうへと回り、顔全体が映る楕円形の鏡を美月の前へと置いた。

父に似ている顔が少し赤らんでいた。美月は急に恥ずかしくなった。目を逸らす。店員の背後にはポスターが貼られてあった。化粧ブランドのイメージキャラクターが、女王のようにこちらを見返している。微笑みのない唇、エキゾチックな瞳。容赦なく美しい女。

「お客様、こちらのカードにお名前などいただけますか？」

鏡を見たくなくて、美月はカードの空欄を埋めることに集中した。氏名、住所、生年月日。年齢。『30』と記入したとき、店員の醸し出す気配がふと変わった気がした。

「お若いですね」カードを返すと、明らかに二十代の店員は美月にそんな世辞を言った。

「お肌にも張りがあるし、とても三十歳には見えません。今までどんなお手入れを？」

答えようがなくて黙っていると、店員はすかさずカウンターの下からサンプルを出した。

「でもこの機会ですから、当社の商品でトータルなケアをお試しいただければ……きっともっと素敵になりますよ。あの、お化粧下地はどちらのブランドを？」

首を振ると、店員は大げさに睫毛をバサバサさせた。「お使いになられてないんですか？　じゃあファンデーションは？」

わかっているくせに、と美月は丸い背をさらに丸めた。店員がここぞとばかりにせっせっせとカウンターの上に商品を陳列する。ドミノのようだ。

「朝の洗顔後、こちらでお肌を整えて……それからこちらの乳液を……」

濡れたコットンが美月の頬に触れる。店員の爪が長くて、目に刺さりそうだった。

「お客様のお肌の色ですと、こちらが合うんじゃないかと思うんです。ああやっぱり。とってもきめ細かく見えますよ。眉を整えますね」小さなハサミで美月の眉毛がカットされた。「こんな感じで。アイシャドーはこちらがお勧めです。当ブランドの新色なんです。落ち着いたグリーンが素敵でしょう？　モデルと同色ですよ。アイラインはこれを……」

四十分ほどかけて、ようやく店員は「いかがですか？」と満面の笑みで鏡を見るように促してきた。

美月は恐る恐る自分の顔を覗きこむ。

「それでみっちゃん、こんなに買ってきたのかい」遠藤は目を剝いた。「どういう風の吹きまわしだよぅ？」

化粧水と乳液は朝晩と二種類ずつ。美容液。パック。化粧下地にリキッドファンデーション。仕上げのパウダー。アイブロウにアイライナー。マスカラ。アイシャドー、チーク、口紅、リップグロス。毛穴を隠すための部分用下地。アイシャドーに合わせたマニキュア。専用のクレンジングに洗顔料。ブラシ類。睫毛をカールさせる器具などなど。いまだかつて読んだことのないファッション誌も買った。

「これ全部で幾らしたんだい？」

割引してもらっても七万円を優に超えたとはとても話せなかった。明日にでもなけなしの預金を下ろしてこなければ生活できない。

店員の口車に乗せられたと言われれば否定はしない。けれども、鏡を覗いたとき美月はそこに違う自分を見たのだった。鏡の中には美人でも可愛くもないけれど、父親に瓜二つの顔からは脱却した美月がいたのだ。アイライナーを引いてもらったおかげか、一重の目が少し大きな印象になったことも気に入った。

なのに遠藤ときたら、帰宅した美月に「うぉ、なんだい、そりゃ」と開口一番叫んだのである。

(きれいになったとか、義理でも言ってくれたっていいのに)

美月は口を尖らせて、炊飯器の中に残っていたご飯をよそい、納豆をかけて食べた。節約のために、明日から給料日まではおにぎりは一つで我慢しようと考える。

「なんだか、みっちゃんじゃねえみたいだ」

「それって、いい意味だよね？」

「いや、まあ……」遠藤は言葉を濁した。「早く風呂に入ってきちまいなよぅ」

食器をざっと洗い、六畳に入る。カーテンを閉じるとき、窓に映った自分の姿に目を細めた。伏せておいた鏡で様変わりした顔をじっくりと見る。少し斜めを向いてみたり、上向き加減にしてみたりする。それから鏡と同じく伏せていた父の遺影を今一度眺める。

(もうそっくりなんかじゃない。二瓶さん、なにか言ってくれるかな)

思い浮かんだ顔と苗字に美月はどきりとし、一人でじたばたした。微笑んだ表情。優しげな眼差し。あんなふうに自分を見てくれた異性は、美月のそれまでの人生に存在しなかった。普通に話をし、冗談を交わしたりするクラスメイトや同僚がいるだけだった。彼らに自分が異性として認識されていないことを美月は受け入れていたし、見方を変えることも求めなかった。自分の人生の座標に恋愛というポイントは存在しないと割り切っていたのだ。美月にとって色恋は、男子校に入学するみたいなものだった。エントリー自体ができない仕組みになっているのだと。

手違いで願書が送られてきてしまったのだろうか。

心臓も胃も皮膚も頭の中も、どこかおかしい。出くわして声をかけられただけなのに、あのときの一瞬一瞬が思い出すごとにきらめきを増していく。向けられた笑顔、言葉。きれいな名前ですね、きれいな…きれいな……。

美月は鏡を置き、小さな箪笥の引き出しを開けて中身をチェックする。いつもジーンズだもんねえ、と言われたことがにわかに気になりだす。他の子はスカートを穿いたりしている。

高校時代に数回身につけたスカートを見つけた。グレーの地に小さな花柄のフレアスカート。箪笥の底に眠ったままだったが、処分しなかったのは母の手作りだったからだ。思い切って穿いてみる。ウエストがきつい。やはり自分にはジーンズの道しかないのだろうかとホックを外して考えこむ。

(でも、もし出勤時や帰宅時に会ったりしたら)

美月はそのスカートになるべく合うようなブラウスなどは持っていなかったかと、再び衣類を漁りだした。

早番は九時までにタイムカードを押さなくてはいけない。てふてふ荘からバス一本で行けるために朝八時に起床しても間に合っていたが、美月は六時に目覚ましをかけた。

「なんだい、もう起きたのかい」

顔を洗おうとシンクへ行くと、遠藤が驚いていた。美月はとりあえず無視をして、洗顔料を手に取る。店員からは洗顔料はぬるま湯を少しずつ足していきホイップクリームみたいに泡立ててから、その泡で肌の表面を撫でるように洗えと教えられた。忠実に従う。そして六畳に戻り、親切に店員が『朝用』とのシールを貼ってくれた化粧水を、おまけでもらったコットンに含ませる。パンフレットの手順をなぞり、表紙の、女王のような女を手本にしつつ、美月はいつしか夢中になる。若いころに潰したニキビの痕を隠したくて、リキッドファンデーションを塗り重ねる。パンフレットのモデルを見ると、眉は割としっかり描いているようだ。なるべく似せるようにする。アイシャドーも少し塗っただけでは厚ぼったい一重が余計に目立つ気がして、思い切って濃くした。アイラインは少しよれてしまったが、修正の仕方が今一つわからないので、よれが目立たなくなるようにその上からさらに太く引いてみると、目がぱっちりした感じになったようだ。店員によると、チークを上手く入れると『愛され顔になる』とのことである。頬全体にピンクの色を乗せた。最後に口紅をつけリップグロスで仕上げてから、鏡に顔を近づけて出来上がりを吟味した。

(若い子たちの化粧とはちょっと違うみたいだけれど)

それでも、昨日までの自分よりは格段にましに違いないと言い聞かせ、美月は昨夜見つくろっておいた古いブラウスとスカートを着る。スカートのホックを無理に嵌めるのは危険な香りがしたので止め、ブラウスを外に出してウエストを隠した。

気がつけばここまでで二時間以上費やしていた。朝食もおにぎりもまだ作っていない。

（髪、どうしよう）

どうせ鮮魚売り場に入れば髪の毛はまとめなければならない。今まで気にしたこともなかったが、気がついてしまったらなんとかしたくてたまらなくなった。だが、美月には黒いゴムしかないのである。仕方がないとここは諦(あきら)め、今までと同じく後ろで一つに縛る。

朝食は抜くことにし、すぐできるおにぎりをまず握ろうと、大急ぎでキッチンに立つと、またも遠藤がたまげたような声をあげた。

「な、なんだい、みっちゃん」

遠藤の反応に美月は若干腹が立った。「なんだい、って？」

「別人みたいだよ」

「……そりゃあ」

お洒落(しゃれ)しているもの、と心で答え、美月は大急ぎで塩むすびを一つ作った。アルミホイルでくるみ、時計を見る。ぎりぎりである。

「じゃ、行ってくるね」

九百八十円で買った布のバッグにおにぎりを入れ、美月は玄関へ走った。大家がいた。美月に目をやり彼は「おや」とだけ口にしてから微笑した。「行ってきます」と大家に告げ、美月はスニーカーをつっかけて走り出た。

こういう日に限ってバスはのろのろと進んだ。母の形見の腕時計を見ながら、美月の気は焦った。遅刻して心証を悪くしたくはない。

なんとなく、視線を感じて横を向く。

私立女子高の制服を着た女の子と目が合った。女子高生はすぐさまうつむいた。

定期券を運転手に見せ、バスのステップを飛び降りる。社員用通用口から事務室入口にあるタイムカードの場所へ行くと、ちょうど二瓶がそこにいた。

二瓶は美月を見て、一瞬きょとんとした。

「お、おはようございます、二瓶さん」

頭を下げる。声が裏返ってしまった。

「おはようございます……ええと……」

井田さんと声がかけられるのを、胸を躍らせて待つ。美月さんでもいい。きれいな名前と言ってくれたのだから、記憶に残っているはずだ——美月は念じるような気分だった。

「初めまして、本日付けで入社となりました。二瓶と申します」

二瓶は『感じのいい笑顔のお手本』を浮かべた。


昼の休憩時、大槻が耳打ちした。

「みっちゃん、どうしちゃったのよ」

「どうした、って……」

「あんたの顔よ。随分と目の周りが黒くない？」

奇異なものでも見るかのような大槻に、美月は少し不愉快になる。厚ぼったい一重は、それで改善されているはずなのだ。失敗をカバーするためにアレンジはしたが。

「ちょっと、びっくりしちゃった」

「そうだよ、みっちゃんがお化粧してくるなんて初めてだもの。しかもそんなに……なんていうの、ネンイリに。なにかあるの？」

聞き耳を立てていたのか、他のパート従業員も口々に大槻に同意する。美月はますます嫌な気分になった。朝六時に起きてちゃんとしたのに。昨日よりずっとましになっているはずなのに。

――初めまして。

二瓶の声が思い出される。美月はいささかショックだったのだ。覚えられていなかったのか、と。

（いや、そうじゃない）

心の中でその仮定を否定する。昨日はすっぴんだった。スカートも穿いていなかった。今日は違う。見違えたのだ、だからわからなかったのだと言い聞かせる。

美月は黙って一つきりの塩むすびをバッグから出し、番茶とともに胃に入れる。

化粧直しというものをしなければいけない、いつも若い子たちがやっているように。

美月はロッカーを開けて扉の裏に据え付けられた鏡を見、ぎょっとなった。顔の中ほどを一文字に、マスクの線がくっきりと残っている。鼻の頭は脂でてかり、目や口の周りによれたファンデーションが皺の筋を作っている。慌てて持ってきていた仕上げのパウダーであちこちを叩いたが、ひどくむらになってしまった。

こういうときにどうしたらいいのか。美月は途方に暮れた。

休憩室のドアが開いて、外食に出ていた若い三人組が戻ってきた。さざめくような、女の子特有の高い声が、あちこちに行き来して楽しげな笑いに変わる。ロッカーの鍵が開く音。ポーチのファスナーが開けられる音。背後で化粧直しをする気配。

「……井田さん」

声をかけられて振り向く。サービスカウンターの『可愛いほうの井田さん』だった。

「今日は、すごいんですね」

「えっ？」

ＳＣの井田はリスのようにくすっと笑った。彼女の肩先で、緩くカールする髪が揺れた。

レジ係の一人が彼女の背を突いたようだ。そちらを振り向いてＳＣの井田が軽く頷く。

「お先に」彼女たちはそう言って休憩室を去っていった。

扉が閉まる寸前、廊下に出た三人の笑い声がこだました。大槻が深く沈んだ息を吐き、美月の尻をぽんと叩いた。

「じゃあ、私も行くわ」

「あ、うん」

美月は鏡の自分を見直す。針金みたいな髪。テレビを見ていたパートの一人が言う。

「みっちゃん、鮮魚にあの新入社員来た？」

二瓶のことに違いない、美月は即座に判断し「来てないけれど」と答えた。

「じゃあ、今日の午後に行くよ、きっと。挨拶がてら全部署回っているみたいだから」

結構いい男だよね、と彼女は美月に軽く目配せをした。

二瓶が仕事場に来る。ビニール帽をかぶりマスクをして、白の上下にゴム長の姿を見られてしまう。いや、見られたところで別に恥ずかしいことをしているわけでもない、でもせめて。

美月は睫毛を挟んで上向かせる器具を取り出した。もちろん朝もやったし、マスカラも施してきている。が、どうせならもっとという思いで、渾身の力を込めて短い睫毛に癖をつけようと試みた。

「あ」

瞼の肉まで一緒に挟んでしまい、美月は右目を押さえた。根元から折れたような睫毛が数本、手の中に落ちた。

二瓶が店長とともに鮮魚コーナーにやってきたのは午後二時を過ぎたころだった。二瓶は微笑みながら店長の説明に律儀に頷いていた。彼の視線は流れるように施設と従業員の上をかすめていった。それはノルウェー産トラウトサーモンの切り身パックを作っていた美月に対しても平等だった。美月はがっかりした。二瓶がいるときに、美月は一度係長に注意された。二瓶がいることに気を取られ、ガラスの向こうで客が呼びかけているのに気づかなかったのだ。美月は自分に腹を立て、こんな時に呼びかけてきた客に腹を立て、係長にも腹を立ててから、一周して自分にビンタしたくなった。客の注文どおりに鯖を下ろしてからマスクに隠れて唇を噛んでいると、去り際の二瓶がさりげなく声をかけてくれた。

「頑張ってくださいね」

美月はくらりとなった。同時に、二瓶の香りを嗅いだ。それは清涼な初夏の風のような爽やかさで、魚の生臭みを切り裂いた。

退社時間がきて、タイムカードを押してしまうと、美月は急いでスーパー内にあるＡＴＭで八万円引き出した。てふてふ荘とは逆方向の、駅前行きのバスに乗り込み、百貨店に行った。百貨店を利用するなんてここ十年なかった美月は、入口からすぐのところで立ちすくんだ。インフォメーションセンターと書かれたカウンターの中から、海老茶のスーツに帽子を被った店員が見事な営業スマイルを美月に投げかけた。「いらっしゃいませ。どうぞご案内いたします……」

美月はホットカーラーとリボンの形のチャームがついた白い靴、パフスリーブのブラウスに裾が広がったピンクのスカートを購入した。さらに甘いバニラの香りがするオードトワレも買った。フレグランスコーナーの店員は、リトマス試験紙のような紙に幾つもの種類の香水を垂らしては美月に嗅がせ、いい加減ふらふらになったところで「お客様のイメージですと、やはりこちらがお似合いですわ」とそれを勧めたのだった。

(ケーキみたいで悪くはないよね)

美月はケーキが大好きだったが、そう頻繁に食べはしなかった。高いからだ。香水がケーキ一つよりもはるかに高い値段だという事実には目をつぶった。ケーキはほんの二分で無くなる。香水は毎日つけられる……。

デパートのトイレでさっそくオードトワレの箱を開いた。店員は手首や耳の後ろなどと言っていた。どちらにもつけた。つければつけるほど、今までの自分そのものみたいな魚の臭いが薄らいで、別のなにかに変わっていった。

頑張ってくださいね。頑張ってくださいね。頑張ってくださいね……。

耳に残る声をリピートする。揮発していく甘ったるい香りとともに、美月自身も天にのぼっていく心持ちになった。

(明日も気にかけてほしい。明後日も、明々後日も。そうしたら……)

パフスリーブのブラウスにピンクのスカート。新しい靴。お化粧。香水。ホットカーラーで巻き癖をつけた髪。

翌日からさっそく履いた新しい靴は、美月の足に幾つもの靴ずれを作った。滲んだ血がかかとが当たる部分についた。絆創膏を持ち歩いていない美月は、バスに揺られながら仕方なくティッシュを当てた。

一通り部署を回り終えた二瓶は、事務室詰めになったようだ。だから、タイムカードを押すときはその姿を見ることができた。いつも大きな声で鐘を鳴り渡らせるようにしていた「おはようございます」「お先に失礼します」の挨拶が、二瓶がいると妙に気恥ずかしく、がさつに思え、自然と口先だけのものになった。小さな声でも、二瓶や事務員たちは美月の出社退社に気づいてくれた。二瓶は誰よりも早く出社し誰よりも遅くに帰っているようだった。いつもいて、いつも目が合った。

（少しでもよく思ってくれているから、目が合うんじゃないだろうか）

美月はその考えに舞い上がった。ちょうどそれを思いついたときに鮮魚係の係長からなにか注意を受けた気がするが、耳に入らなかった。生返事をしておいた。

バスの中や休憩中、なんとなく人が遠巻きになっていることに気づき始めたのは、数日経ってからだった。大槻だけが渋い顔で美月に言った。

「あんた、最近ちょっと臭いんじゃないの？」

美月は慌てた――生臭いのを香水で消したつもりだったのに、まだ足りなかったか――

――美月は休憩時間も香水をつけ直すことにした。


ある日てふてふ荘に戻ると、遠藤ががっかりした顔を見せた。

「なんだよう、楽しみにしていたのに」

言われて思い出した。二の付く日だったのだ。遠藤と酒のことなど、すっかり忘れていた。ごめんごめんと適当に謝り、炊飯器に残っていた冷や飯でお茶漬けを作る。普段買わないものを大量に購入した反動で、切り詰めるところはとことん切り詰める心構えの美月だった。おかげで少し痩せたようでもある。ホックがきつかったスカートもさほど無理なく嵌められるようになっていた。

「なんか、寂しいなあ」

遠藤のぼやきは黙殺してお茶漬けをかっ込み、明日の朝ご飯が炊けるよう準備してから、美月は風呂の支度をする。遠藤は八畳であぐらをかきながら「みっちゃん、もっと食えよう。足りねえだろう？」などと要らぬおせっかいを口にしていた。引き続き無視した。

翌朝、美月はＳＣの井田とタイムカードの場所で一緒になった。彼女は美月を頭から足の先まで丹念に眺めてから、くすりとした。

「井田さん、変わりましたね。二瓶さんが入社してから」

ＳＣのさっちゃんの顔が近づく。

「彼のこと、好きなんですか？」

思わず後ずさると、シュレッダーの角に腰が当たった。「痛っ」

「……可愛いですね、井田さんって」

耳を疑った。この子は今なんて言った？

井田さっちゃんは、ふわふわの髪の毛を揺らしながらさらに声を低めて告げた。

「食事にでも誘ってみたらいかがです？」

それじゃ、と休憩室へ向かう後ろ姿を、美月は呆けて眺める。彼女の背できれいな髪が躍っている。

かわいいですね、いださんって。

カワイイデスネ、イダサンッテ。

ショクジニデモ……。

振り払えない言葉が、声が、頭の中を回り続ける。包丁を持つ手が何度となく止まる。人生最良の日だと思った。カレンダーを見る。二の付く日ではない。

発泡スチロールの箱に、氷とともに詰め込まれた何種類もの鮮魚が作業場に持ち込まれ、一気に場は慌ただしさを帯びる。美月は千八百円のお造りセットを作れと言い渡された。のろのろと歩いていたら、足元が滑って転びそうになった。

作業場の銀の扉が開いた。

二瓶だった。美月は手にしていた包丁を思わず置いてしまった。二瓶は鮮魚コーナーを見まわし、美月のところで目を留めた。

胸が弾んだ。

――ショクジニデモサソッテミタラ……。

二瓶は軽く頷くとすぐに出ていこうとした。反射的に美月は追いかけた。「おい、井田」係長の声が飛んだが、美月は「ちょっとすいません」と言い放って鮮魚作業場を出た。

「に、二瓶さん」

事務室へ戻ろうとする二瓶が半身をこちらへと向けた。「なんですか？」

美月は勇気を振り絞る――可愛いと言われたのだ、誘ってみろとアドバイスされたのだ――口を鯉のように開けて息を吸い込む。

「よ、良かったら、今度一緒にご飯行きませんか？」

二瓶の唇がお手本の微笑の形になる。

耳の奥からノイズが聞こえ、美月はややぼおっとなった。

だから、返された言葉をすぐには理解できなかった。

「……え？」

二瓶は微笑みながら、しかし目元に若干の険を生じさせて、もう一度言った。

「行きません。そんなことより、ご自分の仕事に戻ったほうがよろしいのでは？」

休憩室へ入ると、談笑していた一群が急に静かになった。美月を見る目は人によって様々で、同情を浮かべているものもいれば、面白がっていそうなものもいた。

バッグから小さな塩むすびを取り出して、番茶を湯呑（ゆの）みにそそぐ。

新しい回覧がクリップバインダーに挟まれてテーブルに置かれてあった。

漫然と字を追っていて、突然頭を殴られたような衝撃を覚えた。

【お客様の声より・クレーム】

『鮮魚係の女性が、最近非常に香水臭いです。こっちの頭が痛くなります。魚の臭いと混ざって不快です。きちんと指導してください』

『鮮魚コーナーの女の人、香水と化粧がひどい。あんな人に魚捌いてもらっても美味しそうに思えない』

もしかして、以前係長に注意されていたのもこのことだったのだろうか。ぼんやりしていてよく聞いていなかったが——美月の視界が暗くなっていく——回覧の日付は今日だ。朝はこの回覧はなかった。午前中に作られたのだ。

さらに嫌な可能性に思い至る。この文面を入力したのは二瓶ではないだろうか。いや、二瓶ではないにしても、事務方が作成するから、クレームの件は当然彼も知っていたはずである。美月は午前中どうして突然二瓶が鮮魚コーナーを覗きに来たかを考え、泣きたくなった。二瓶は見に来たのだ。クレームの元である香水臭い化粧の濃い女のことを。

「……だから臭いって言ったじゃないの。化粧も香水も、限度ってもんがあるよ」

大槻が小声で戒める。美月は洟をすすった。じゃあどうしてSCの井田は「可愛い」などと言ったのだろう、面と向かって可愛いなんて言われたことがなかったから有頂天になっていたが、からかわれただけだったのか。恋愛に疎い年長の契約社員を、鮮魚係を。

　ドアが開いて、外食組の三人が戻ってくる。SCの井田もいる。彼女は美月と美月の手の中にあるバインダーを見て「どうしようもないわね」とでも言うように軽く首をすくめた。

「それにしてもラッキーだったよね」レジ係の一人が聞こえよがしに言った。「二瓶さんにおごってもらえるなんて」

「新入社員でも将来の店長候補なんだから、お給料はあたしたちよりいいはずよ。当然」

「でも知らなかったね、婚約者がいるなんて」

　美月の手からバインダーが落ちた。

「スマホの写真、すごい美人だった」

「あの人に似てない？　ほら」SCの井田が休憩室のテレビを指差す。「モデルの、なんて言ったっけ？」

　テレビはちょうど化粧品のCMを流していた。美月が買ったブランドのものだった。あの女王のように美しい女が、美月と同じ化粧品を使って艶然とした流し目をくれていた。

　同じ人種、同じ性とは思えぬほど、異なる。

（二瓶さんが好きな人はあんな感じなんだ。全然違う。私とは全然）

憑き物が落ちたかのように、美月は急速に冷静になった。ここ二週間ほどの自分を振り返る。溶けて消えたくなった。

化粧直しを終えたSCの井田がそっと近づいて、囁いた。

「まさか、本当に好きだったんですか?」

(まさか。まさかということは、つまり自分はやっぱりエントリー外の人間だと思われていたわけで、そんな自分が浮かれて顔を塗りたくって香水かけまくって似合わない服を着て一生懸命自分を良く見せようなんて張り切っているのは可笑しいことで。魚の井田さんはやっぱり恋愛なんてしないだろうとみんな思っているわけで)

「まさか、ですよね?」SCの井田が顎に人差し指を当てた。「え? 嘘。もしかして……?」

「ち、違うって。そんなわけないよ、私が? ないない、ないって」

美月は道化た。

「あるわけないでしょ、魚の井田だよ?」

「ですよねー」SCの井田はにっこりした。「じゃ、お先に」

大槻が美月の背を軽く叩く。「みっちゃん、もういいって」

「なにがいいんですか? 本当、ないですって。冗談は顔だけに、みたいな? 古いってもう、あはははは……」

トイレに駆け込んで鏡を見る。最悪な顔が美月を睨んでいる。死んだ父が忘年会の罰ゲームで女装したらこんなふうになるんだろう——美月は鏡に拳を当てた。目の奥が熱くて熱くて仕方なかった。指でこすったら、しっかりと塗ったアイラインもマスカラも剝げて、こめかみまで黒い筋を作った。

スーパー内で買った安物のクレンジングシートで、美月は化粧を落とし、ウェットティッシュで香水を吹きかけてきた箇所を拭った。

午後一番で、係長から反省文を書くように言われた。係長はすでに化粧と香水を排除してきた美月を見て「もうわかってるようだけど、決まりだから」と疲れたように嘆息した。

勤務後反省文を提出し、タイムカードを押してから、美月は店舗に行ってカゴを摑んだ。

「みっちゃん、こりゃあどうしたんだい？　今日は二の付く日じゃねえよぅ」

それに顔が朝と変わっているよ、と慌てふためく遠藤をテーブルの向こうに座らせて、美月は買い込んできた酒類とつまみを袋から出して並べた。

「ビール、日本酒、焼酎、梅酒。明日は休みだし、今日は付き合ってよ、おっちゃん」

「そりゃあ、酒はいつでも付き合うけど、どうしちゃったんだい？」

「おっちゃん言ってたでしょ。お酒は嫌なことを忘れさせてくれるって。だから」

「嫌なことがあったのかい？」

美月はガラスコップに紙パックの日本酒を注ぐ。二つのうちの一つを遠藤の前へ押しやり、美月は水のようにあおった。酒は口から食道、胃へと流れ落ちていき、みぞおちの辺りに仄かに温かい灯をつけた。

「私がさ、馬鹿だったんだよ」

一部始終を包み隠さず遠藤に話した。言葉にして口から出し、代わりにお酒を体に充塡していく。恋なんて興味がなかったはずなのに、はなから自分の世界にはないものだと思っていたのに、うっかり一目惚れをして我を失ってしまった。そんな間抜けさとみじめな顚末が、今までもツイているとは言い難かった自分の人生を凝縮したエキスのようで、なにをやっても私は駄目だと美月は思った。

「まあ……遅くにかかった麻疹はやっかいだっていうからなあ」

遠藤がちびりと酒を舐める。美月はそんな遠藤にもっと飲めと促した。

「こんなブスが可愛くしようなんて思ったのが間違い。みんなきっと笑ってたんだ。おっちゃんもさ、可笑しかったでしょ？　可笑しいよね。色気づいた不細工って笑えるもん」

美月は隣の部屋から化粧品のパンフレットを持ってきて、遠藤に見せた。

「私が好きになった人の彼女、このモデルに似てるんだって。同じ化粧品使っても元が違うから全然駄目だよね。なのに名前は美月だよ。美しいっていう文字がつくんだよ。

生まれたときに月がきれいだったんだってさ。止めてほしいよ、将来の顔考えてよ……」

「みっちゃんは不細工なんかじゃないよ」

「いいよ、慰めはさ。自分でもわかってるし。でもやっぱ……悔しいよ」

テーブルの上に、ぼたりと涙が落ちる。

「なんで……お父さんに似たんだろう。せめてお母さんが良かった。こんな顔大嫌い」

遠藤はコップの中の日本酒を指でちょんと突っつき、ごくりごくりと二口飲んだ。

「……俺の娘も、そう言ってやがるのかなあ。娘は男親に似るっていうからなあ……」

「おっちゃん……奥さんのほかに息子さんと娘さんがいるんだったね」

以前、家族構成を訊いたことがあった。

「そうだそうだ。今はどうしてるかなあ。娘は、やっぱり俺のほうにちょっと似てたな」

「へえ……」

洟をかんで涙を拭う。でも、飲んだ酒がそのまま出てきているかのように、目から液体は流れてしまう。

「人生ってハンデ戦だよね。生まれつき頭が良かったり美人だったり家がお金持ちだったら、それだけでもう違う。私もできることなら美人で裕福な家に生まれたかった。四号室の幽霊……薫だったっけ、あいつの顔と取り換えてもらいたいよ」

遠藤は日本酒のパックを手にとって、美月と自分のコップに注ぎたした。

「家が裕福なら落ちぶれるかもしれねえよ？　薫だって生きてりゃ歳くっておっさんになるはずだった。ありゃあ、禿げ散らかすタイプだよ。大体俺くらいの歳になったら、みぃんな似たり寄ったりの爺さん婆さん面になるんだ」

「それでも……最初からブスよりはずっといいじゃん」

遠藤はふぅと一息ついてから、こう諭した。

「みっちゃんよぅ。あんたがたとえ美人に生まれていたとしたって、そりゃ、あんたの手柄じゃないし、不細工だとしても、あんたが悪いわけじゃねえんだよ？」

それから照れくさそうに目じりを下げる。

「俺はよ、みっちゃんの笑ってる顔はいいと思うよ。あんたが笑ってるとこっちまで嬉しくなるよ。最近みっちゃんは変わったなあって思ってたけどよ、そりゃあ化粧や着るものや……香水もあるけどよ、みっちゃんあんまり笑わなかったんだよ。それが一番変わっちまったところだよぅ」

「笑わなかった？」美月は訊き返した。「本当？」

「そうだよ。おっちゃん、ちょっと寂しかったよ。笑顔が一番の化粧なのによぅ」

ビールの缶を勝手に開けて、遠藤は鼻の頭を赤くしている。

「おっちゃん、笑ってるみっちゃんが可愛くて仕方ないんだよ」

頭髪の薄い頭を掻き掻き、そう言って、遠藤は梅酒も開けた。

美月の涙は止まっていた。

（もしもお父さんが生きていたら、こんなふうに励ましてくれたかなあ）

——お父さん、美月が生まれたときはすごく喜んでねえ……。

母の言葉が思い出される。

——可愛い、可愛いって。美月が初めて笑ったときは本当に浮かれて……。

「おっちゃんはさあ、そんなにお酒が好きなのは、やっぱ、忘れたいことがいっぱいあったからなの？」

夜もかなり更けてきて、美月のろれつもやや怪しくなり始めている。遠藤のコップの中身は焼酎のお湯割りに替わっていた。

「生きてりゃあなあ、嫌ーなことばかりさ。基本的にはなあ」遠藤がとろりとなった目をこする。「百の出来事がありゃあ、そのうちの一つか二つさ、いいことなんて。でもなあ、人間ってのは上手(うま)いことできてるもんだよ。自分の人生を振り返ってみたらなあ、おっちゃん楽しいことしか覚えてないよ。一つきりをしっかり覚えておけば、あとの九十九もそれなりの思い出に変わっているんだよう」

焼酎のお湯割りをぐっと干して、遠藤はまた日本酒に舞いもどる。

「酒は一時忘れさせてくれるけどよ、本当に嫌なことは時間が忘れさせてくれるんだよ」

遠藤はすっかりでき上がっている。へらへらと陽気なその様に、美月は笑みを漏らす。

「でもさあ、おっちゃん酔っぱらってー、転んで頭打って死んだんだよね？」

「おお、そうだそうだ」

「私に話してくれたけどさあ、それってさあ、ちょっと間抜けで恥ずかしくない？　それは忘れたくないの？」

「間抜けっちゃあ間抜けだけどよ」ことりと遠藤はコップをテーブルに置いてあんこ腹をかきむしった。「でもよ、こう頭ぶつけて大の字で仰向(あおむ)けになってよ、ああ痛(いて)え動けねえ、俺はこんなことでくたばってくんだなあって思いながら空見たら……きれいでさあ」

「夜空が？」

「そうだよ、月が真ン丸で星がいっぱいで……死ぬ前にこんなもの見せてもらえて、俺はツイてると思ったよぅ。きっとみっちゃんが生まれた夜も、あんな空だったんだろうなあ」

酒飲んで間抜けに転ばなかったら、あんなもん見れなかったよ――遠藤の顔はもう真っ赤だった。

「でも」遠藤が、急にしょんぼりした表情になる。「娘がなあ」

なあ、みっちゃんよ。みっちゃんならこんなおっちゃんがお父さんだったら、やっぱり嫌になるかい?

「ちんまい頃は、そりゃあ素直でよ。お父さんお父さんってべたべたしてくれたのにな。小学校の……五年生くらいからかなあ。口もろくに利いてくれなくなったよ。お父さんの使ったタオルは使いたくない、お父さんの服と自分の服を一緒に洗ってほしくない……つれねえよなあ。死ぬまでずっとそうだった……嫌われてたのかね。今は……みっちゃんくらいの歳かなあ」

美月は逆に父が生きていたら遠藤くらいの歳だろうかと考える。

「娘が生まれたときは嬉しくてよ、酒いっぱい飲んじまったよぅ。おっちゃんもいい歳だったから、余計嬉しくて嬉しくて……。それでよ……夢見たもんさ。大きくなったら俺の晩酌に付き合ってくれねえかなあとか……」遠藤は右手で皺が深く刻まれた広い額を叩いた。「お父さんお疲れ様、なんて肩揉んでもらうとかよ……」

おっちゃん、アホみたいだろう——遠藤が再びコップを手に取り、日本酒をぐびりぐびりとやった——でも一度でいいから、やってほしかったなあ。

「……私のお父さんも、生きていたらー、そんなこと思ったかなあ?」

美月の言葉に、遠藤は「そりゃそうよ」と太鼓判を押す。「男親の夢ってもんだよ」

「そっかあ」

二歳のときに他界してしまった父の肩など、揉む機会があるわけなかった。美月はまた遠藤に亡き父の面影を重ねた。しょんぼりした遠藤ではなく、陽気に笑っている遠藤の顔は、遺影の父と案外似通っているように思えた。

（私の父親がおっちゃんみたいだったら）

確かに思春期は嫌かもしれない。職場で偉くもなれない、ハンサムでもない、頭も禿げている、おまけに酒飲み。うっかりズボンのファスナーを御開帳したままでトイレから帰ってきそうなタイプ。

でも、間抜けすぎるそういうところも、ちょっと愛おしい。どこか憎めない。

どうしてだろうと思案し、美月はひらめく。

（おっちゃんは、笑ってるから……？）

笑顔が一番の化粧だと照れくさそうに言った遠藤の声が、酔った頭の中で繰り返される。

遺影の父も笑っていた。呆れるほど楽しげに。

間違いない、もし父が生きていたらこんな夜は、おっちゃんみたいなことを言ったはずだ。そう美月は確信し、手の中のコップをテーブルに置いた。

「……おっちゃんさあ」

紙パックの日本酒を自らコップになみなみと注いだ遠藤が、アルコールにとろけた目を上げる。「なんだい？」

「私でよければさ、肩揉んであげようか？」

「ええ？　みっちゃんがかい？」遠藤はまた脇腹を掻いてから、その手の臭いを嗅ぐように爪を鼻先に近づけた。「そりゃあ、無理じゃねえかなあ。おっちゃんはほら、幽霊だしさあ」

「ああ、そうだったねー」

認めつつ、美月は酔っぱらった遠藤の背に回った。幽霊かどうかなどどうでもよかった。

「私はお父さんのかわり、おっちゃんは娘さんのかわり」

両手を遠藤の肩に置く。

驚いた、ちゃんと感触があるのだった。生きているかのような温かみも感じられる。

「お、お、おりょ？」

遠藤も妙な声を発したところを見ると、酔っぱらった美月の幻覚ではないらしい。

「あー、揉める。揉めるよーおっちゃん、どこ揉んでほしい？」

遠藤は大事そうに日本酒を一口味わって飲んでから、コップを置いた。

「……じゃあ首と肩の骨の内側だなあ」

「いいよ、肩甲骨に沿ってやればいいね」

母親の肩揉みは何度かしたことがある。それを思い出しながら、美月は遠藤の首と肩をほぐした。強弱をつけて叩き、親指を使って指圧し、優しく手を当ててゆっくりとさすり、自分が疲れたときにやってほしいようなことを遠藤にした。

遠藤の首と背のちょうど際に、ひどく固い箇所があった。

「おっちゃん、やっぱ凝ってるわ」

そこを重点的に揉みほぐしていると、遠藤はやがてテーブルに突っ伏した。

「ああ……極楽だあ」横から覗きこむと、遠藤は今にも涎をたらしそうな夢見心地の顔でいた。「気持ちいいなあ……みっちゃん、ありがとうよ……」

遠藤は寝息を立てだした。そのアイスクリームがとろけたような様に、美月も急激に眠気を感じた。


目覚めると陽はすでに高かった。

そして、遠藤はいなかった。

かわりに、青い球が転がっていた。


「遠藤さんが見えなくなった、ですか」

大家の声は二日酔いの頭にも心地よく響いた。彼は訪ねてきた美月を自室のソファに座らせてから、握りしめている球に目を細めた。

「そちら、受け取ってよろしいですか？　あとで二階の台に載せておきますので」

「はあ」

青い球はビリヤードの的球ナンバー2だった。美月はそれを大家に渡した。大家は的球をしばし見やり、

「昨夜、遠藤さんに触りませんでしたか？」

と訊いた。

「肩揉みしたんです」美月は手に残る遠藤の首や肩の感触を思い出した。「普通に揉めたんでびっくりしました。酔っぱらってたけど、記憶違いじゃないと思う」

大家は少し興味をひかれたようだった。「肩揉み？」

「ええ……あの、なんて言うんですかね。私、父を早くに亡くしていて、おっちゃんも娘さんの話するし、そうしたらなんだか昨夜はあのおっちゃんのこと……」

「本当のお父さんみたいに思ってしまいましたか？　ただの幽霊ではなく？」

事実である。美月は頷いた。

大家もその反応に頷き返し、しばらく黙って青い球を手の中で数回まわした。それから美月にこう告げた。

「ただの幽霊だという認識以上の感情を抱いて、つまり、彼らのことを生きている人間のように思って手を差し伸べると、すり抜けないんです。そうやって入居者が同室の幽霊に触ると、彼らは部屋の呪縛から解き放たれる」

美月はぽかんとなった。「……え？」

「端的に言うと、遠藤さんは成仏したんです。美月さん、あなたのおかげですよ。ご協

力ありがとうございました。これからはのびのびと一人暮らしができますね」

美月の腰が知らず浮く。

「一人……？」


二号室に戻り、後ろ手でドアを閉じる。

――みっちゃん、おかえり。

――みっちゃん、今日は二の付く日だなあ。

テーブルの上には昨日の残骸が残っているのに。コップは二つちゃんとあるのに。

静かだった。

美月は六畳に駆け込む。いない。見えない。

――みっちゃん。

「おっちゃん……」

あっと思う間もなく、急激に視界がぼやけた。壊れた蛇口みたいに美月の目から涙が噴き出た。我慢しても無駄だとすぐに悟り、美月は泣いた。隣から苦情が来てもいい、そんなことどうでもいい――思いっきり気のすむまで大きく声をあげた。二歳の子どものように。

二時間くらい泣き続けた。一号室と三号室から、苦情は来なかった。

それでもまだ止まらぬ嗚咽を持て余しながら、美月はふとドミノのように並べられた化粧品の中に埋もれている鏡に気づいた。

手にとって自分の顔を見てみる。泣いたせいで腫れぼったい瞼はさらに重く、鼻の頭も白目も真っ赤だった。

またしても込み上げた涙が、少し痩せた頬を流れたとき、遠藤の言葉が耳元で蘇った。

――みっちゃんの、その、笑顔をよ、見ながら酒飲むのは、極楽だあ。

――笑顔が一番の化粧なのによぅ。

「やっぱ……」

笑ってみる。不細工だった。泣き笑いだからなおさらだった。

「ブスじゃん」

――みっちゃんの笑ってる顔はいいと思うよ。

「でも、これが私らしいかもね」

ごてごてと塗りたくり、香水を振りかけまくっていた日々よりはずっと。

ここのところずっと伏せていた父の遺影を、きちんと立てる。楽しげに嬉しそうに笑っている、自分とよく似た顔。そんな表情とは対照的にぎこちなく変に力の入った肩。

そのとき、美月は気づいた。

父の遺影の下辺に白く写り込んでいるもの。大して気にも留めずにいたが、これはまさか。

「おくるみ……？」

父は抱いているのではないのか。美月は目を凝らす。よくわからない。やっぱり光が入りこんだだけなのかもしれない。でも。

――美月が生まれたときはすごく喜んでねえ……可愛い、可愛いって。

――おっちゃん、笑ってるみっちゃんが可愛くて仕方ないんだよ。

美月はもう一度大泣きした。

ようやく泣き疲れて、息をつく。

窓の外に目をやる。いい天気だった。きっと夜も晴れるのだろう。

遺影を見、鏡の中の自分を見つめる。笑う。自分が生まれたときの父を想像し、遠藤との酒盛りを思い出して笑う。自分のことを、自分の笑顔を可愛いと言ってくれた『二人』。

「仕方ない」美月は鏡を伏せなかった。「信じるからね」

そして、いつか遠藤くらいの年齢になったとき、この日のことを思い出したいと強く願った。心から笑いながら。

――できるよぅ、みっちゃん。

遠藤の声が聞こえた気がして、美月は鏡の中の顔に頷いた。

三号室

ひでぇなあ、と長久保啓介は八畳間の窓を背にかぶりを振る。秋の日は落ちかけ、室内も着実に闇へと向かっている。投げ出した足先を眺める。右の靴下の親指付近が、今にも穴が開きそうなほど薄くなっている。

(ひでぇもんだ)

「なにしけた顔してんのよ」

気っ風の良い声で言い放った石黒早智子を、長久保は見上げた。破れかけの靴下の先に、両手を腰に当てるポーズで傲然と立っている。

「また不採用になったってへこんでんの？」

(よく言うぜ、この疫病神が)

床に放置された、戻ってきた履歴書を横目に、長久保は内心で毒づく。

石黒の全身を包むのは、赤のウェットスーツである。背も高く、スタイルは申し分ない。長い髪は後ろで一つにまとめられ、額をすっきりと出し、輪郭もあらわだ。ごまかしのきかない髪形だが、顔は悪くない。悪くないどころか、世間一般の基準からすれば十二分に『美人』と評して問題ないレベルにある。やや男性的なきらいはあるが、力強い二重の眼差しに高い鼻、大きめな唇に適度な厚みもあり、なかなか派手で外国人風である。あえて難を言うならば若干トウが立っているか、というところだけだ。

（このツラで選んじまったんだよな）

目の前の幽霊に嫌味のつもりのため息をついてみせ、長久保は天井を仰いだ。

「まったくおまえは……悪い女だよ」


八畳に座りこんでため息をついた日からさかのぼることおよそ二年、長久保は『てふてふ荘』に入居した。

外壁のモルタルにところどころヒビが入った、今時珍しいくらいに古びたアパートだったが、ここ以外に選択肢はなかった。

身を寄せるような縁者もいない。手持ちの金は雀の涙ほど。そして前歴。

長久保は八年の刑期を勤め上げた、詐欺の前科者であった。

それを知って難色を示さなかったのも、ここの大家だけだった。身元保証人は必要ない、最初の一ヶ月は家賃もいらない――大家はそう言った。ほろ酔い気分になりそうな美しい声の説明を聞きながら、この状態では体裁が悪いからとにかく誰でもいいから入ってほしいのだろう、と長久保は踏んだ。当時のてふてふ荘は全室空いていたのだ。

大家はとんとん拍子に話を進め、長久保はそのペースに巻き込まれるがまま、六枚の顔写真と対峙（たいじ）した。

様々な年齢の男性四人に女性が二人。

四十代も半ばになったとはいえ、長久保とて男である。美人が嫌いなわけはない。刑務所では女日照りだった。入居時になぜか大家から見せられた六枚の写真の中で、やはり注目したのは二人の女だった。一人は若く女子大生のようで、もう一人が石黒だった。写真の石黒は自信たっぷりに笑っていた。女子大生よりはずっと年嵩ではあったが、長久保は女の魅力は三十半ばからという嗜好だった。

それに加え、どこかで見た顔だ、と思ったのだ。

石黒の写真を指すと、大家はにっこり微笑んで長久保を一階一番奥の三号室へ案内した。八畳と六畳にキッチン。刑務所帰りの長久保に文句があるわけがなかった。海が見えるこの街で、潮風にさらされ劣化した外観と違い、内部はどこもかしこも清潔で手入れが行きとどいていた。大家が住んでいる一階の部屋の真上は、住人の集会室だそうで、ソファや本棚などがある中にでんと鎮座したビリヤード台が、ひときわ長久保の目を引いた。

「いつでも撞いていいですから。的球が一部ないですけど……」

契約書に拇印を押し、長久保はほとんど身一つで三号室に転がり込んだ。布団や最低限の生活雑貨は、大家が貸してくれた。携帯を持つ余裕がないと打ち明けると、就職活動の際の連絡先はてふて荘、つまり大家の部屋宛てにしてもらって構わないとも言ってくれた。

「私はだいたいアパートの中にいますから。呼び出し電話と思って使ってください」

よほど誰かに入ってほしかったらしいと、その親切心をありがたがりながらも、ふと裏があるのではないかと疑わずにはいられなかった。詐欺でお縄を頂戴した長久保は、人の心の裏を読む癖がある。自分に利をもたらさない親切などないというのが、持論であった。

せっかくの住み処を投げ出すわけにもいかないが、あの大家の挙動には注意しておいたほうがいい——そんな長久保の警戒も、翌朝六時には吹っ飛んだ。

真っ赤なウェットスーツを着た派手な美女が、目覚めた長久保を見下ろして堂々と立っていたからである。

もちろんすぐさま大家の部屋の扉を叩きまくって、出てきた相手に事の次第を訴えた。

そうして、長久保は知ったのだった。てふてふ荘には各室に地縛霊が先住していることを。

（ありえねえだろ）

裏がある、などという次元を超えた真相をにこやかに語る大家に、長久保は頭を抱えてその場にうずくまったものだ。

そんな長久保を尻目に大家は「今晩、あなたの歓迎会を集会室で開きましょう。イタリアンは好きですか？」と微笑んだ。

「他の部屋の幽霊も呼びますね」

「ま、そういうわけ。仲良くしましょうよ」

いつの間にか横に来ていた石黒が、右手を差し出した。長久保は踵で床を蹴るようにして立ちあがり、目の前の石黒をしげしげと見た。これが生身の人間でないとは到底信じられない現実感ではあるが、おんぼろアパート内で真っ赤なウェットスーツは確かに尋常とは言い難かった。試しに差し出された右手を軽く握ろうとしたら、長久保の指はすり抜けた。

「げっ」

思わず声をあげ、石黒から大家に視線を移すと、彼らは示し合わせたように「ね？幽霊でしょう？」とユニゾンしたのだった。

その日の夕刻、石黒にせっつかれ、大家に言われた時間に集会室へ行った。オリーブオイルとニンニクのいい香りの中、大家のほか写真で見た顔が五人いた。

頭の薄い初老のおっさん、三十前後の爽やかイケメン男、美少女コンテストに写真を送ったら書類選考は余裕で通過しそうな学ランの少年、それよりさらに若い十一、二歳くらいの男の子、合コンの場にいれば一番人気をさらうだろう、明るい瞳の若い女。

「彼女は一号室の幽霊、白崎さやかさん……」

ナチュラルに紹介を始めた大家に、長久保は眉間に指を当てた。どう反応してよいか見当もつかなかった。詐欺師時代は相手の一段も二段も上を行き、自分のペースを失うことがなかった長久保だったが、八年の刑期で頭の回転が鈍ったというよりは、目の前の事実を深く考えたくない、との感想が正直なものだった。長久保は一人分だけ用意されている料理に手をつけることにした。一人分なのは、さすがに幽霊は食事をしないからだろうと納得していると、大家が開けてくれたワインを持った二号室の幽霊遠藤が勝手に手酌で飲みだし、めまいを覚えた。

「長久保さんは、なぜ彼女を選んだんですか？」

ふいに声を掛けられ、そちらを向くと、五号室のイケメン幽霊、オレンジのライダースーツを着た槇裕太郎が笑っていた。

「もしかして、石黒さんのファンでしたか？」

「ファン？」

「あれ、知らなかったんですか。やっぱり俺くらいなのかなあ、彼女のこと覚えているのは。彼女ね、生前タレントだったんですよ」

「え、あれでか？」

確かに美人だとは思ったし、どこかで見たことがある気もしたのだが、まさかタレントだったとは、と長久保は驚いた。それほどのスター性は感じなかったのだ。

「覚えてませんか？　十年以上前になりますが『こぶ茶牛乳ラーメン』っていうインスタントカップめんあったでしょう？　こぶ茶とミルクとラーメンでおいしいトライアングル～、みたいな歌が流れて……」

言われて、ああと思いだした。くだらないＣＭだと鼻で笑った記憶があった。商品を手にした男優のバックで、シュールな格好をした男女がツイストを踊っている十五秒。

二人は昆布と牛乳パックの着ぐるみ姿だった。

「彼女は昆布の方でした」

学ラン少年に向かってなにごとか一方的に説教している石黒の背を、長久保は見やった。

（あいつ、あの昆布だったのか）

「そのラーメン、すぐに販売中止になったな」

青年幽霊は頷いた。「ええ、なにやら製造過程で異物が混入したことが問題になって。CM放送期間も短かったです。一ヶ月あったかどうか」

それでも覚えていたのは、くだらなさで突出していたからだろう。

「一時期はT銀行のポスターにも起用されていましたね」

槇が口にした銀行名に長久保はピクリと反応した。長久保が詐欺に手を出すに至ったのは、元を辿れば勤めていた不動産会社が倒産し失職したせいで、さらに突き詰めれば——。

「あの、破綻しやがったT銀行か？」

「ええ、彼女を起用した一年後に潰れました。あれからすっかり景気が冷え込んで」

「おかげで俺も割を食ったよ」

「石黒さん、テレビ番組にも出ていたんですよ。いくつかバラエティで。『朝まで五時間』でしょう、『午前零時の牛丼特盛り』や『俺の股の下をくぐれ！』とか……」

朝剃り忘れて無精髭が伸びている顎を、長久保は掻いた。「一つも知らねえな」

「ローカルで、しかも全部ワンクールで打ち切られましたからね。あ、でも全国ネットのドラマにも一度出たはずです。『ラッキーパンチは当たると痛い』という。チョイ役でしたけど、一応名前もあって」

「月9初の二回短縮打ち切りドラマか」

「映画にも出ました。主人公行きつけの居酒屋の常連客役で、題名は『君の愛に☆ＫＡＮＰＡＩ』……」

「それ、全然観客動員なくて、配給会社が潰れる寸前までいったって週刊誌で読んだぞ」

「そうなんですよ。なんか運がないんですよね、彼女……あ」

槇が黙った。斜め上に向けられた彼の視線の先には、真っ赤なウェットスーツを着込んだ幽霊が腕組みして立っていた。

「そうよ、私を使うと絶対コケるって業界じゃ大評判だったんだから」

おかげで業界内の知名度に比べて一般ではねえ、と石黒は両の手のひらを上向けた。

「槇君はよく私のこと知ってたわね」

「俺、職業柄昼夜逆転することが多くて」

「そっか、看護師だったんだもんね」

主賓であるはずの長久保をよそに、石黒と槇は楽しげに会話を進めだした。

「じゃあ、私の最後の出演番組も見た？」

「もちろんですよ、『ザ・潜入霊場』。果敢にいわくつきゾーンに特攻していく姿にしびれました」

「岡本(おかもと)め。ディレクターからプロデューサーに出世して。まったくもう」

「ちょっと待て」長久保はそこで口を挟んだ。「おまえを使うとコケるんだろ？　でもその潜入霊場だとかいう番組、ちゃんと続いていないか？　しかも深夜枠なのに結構な視聴率稼いで。ローカル制作にもかかわらず今や全国の系列局でも流れてるって聞いたが」

「なんでムショ帰りのあんたが知ってんの」

あっさりと長久保の前歴を口にしてのけた石黒に、槇が若干身を引いた。「え、刑務所？」

「この人詐欺で服役してたのよ。大家さんから布団借りるとき、そんな話、してた」

「おまえ、聞いてたのかよ。あのときは見えなかったのに」

いきりたつ長久保にも石黒は余裕綽々(よゆうしゃくしゃく)だった。

「お生憎(あいにく)さまでした。一晩部屋で眠らないと見えるようにはならないの。で、なんであんたがセンレー……潜入霊場のこと知ってるの？」

長久保は持っていたフォークを、サラダのミニトマトに刺した。「同じ房の奴が週刊誌買って読んでたんだよ。それで特集されていたんだ、ローカルのお化け番組ってな」

「お化け番組ね。確かにお化け探してる番組だけど」

「なんで、おまえが絡んでヒットしてるんだ」

「私がそのロケで死んでから、一転視聴率がうなぎ上りになったのよ」

心霊写真がよく撮れると噂のハッカリベツの滝で、当時ディレクターだった岡本に命じられシャワークライミングをさせられたのだ、と石黒は言った。

「髪が濡れたほうが幽霊番組っぽいし、臨場感出るからヘルメット外せって言われてね。やばいと思ったけど、まあ、本当にやばかったってわけ。あいつ、死亡事故出したくせにうまく立ち回っちゃって、死人に口なしでぜーんぶ私の暴走みたいな感じで片付けて、今は下手なタレントより有名人になってる」

それにしても岡本、いけすかないやつだったわ、と石黒はソファに座って長い脚を組んだ。なるほど、だからそのなりなのかと、長久保は納得し、それにしてもひどいジンクスを持つタレントがいたもんだと内心呆れた。槇は横で、やっぱり石黒さんはさばさばしてるなあ、と爽やかな笑顔で彼女を見ていた——。


「で、私のどこが悪いってのよ」

「いいから黙っててくれよ」

「ことごとく落とされるからって、私のせいにされちゃ困るわ。今不況なんだし」

まともな若い人だって職探ししているのに、わざわざ四十代の前科者なんて雇いたくないの、当たり前でしょ？　と言い切る石黒は、長久保の痛いところなど斟酌しない。いつだって球速百五十キロの直球ストレートである。

しかしながら、石黒の生前のエピソードを知るにつけ、その負のタレントオーラが、同居する自分にも悪影響を及ぼしているのではと、どうしても勘ぐってしまうのである。長久保はてふてふ荘に入居してからずっと、職探しに失敗し続けてきた。

足元に無造作に落ちている履歴書は、石油小売り会社アリバ石油の0支店から戻されたものだった。出所後は真面目に定職に就こうと心を入れ替えた長久保は、日雇い労働で日銭を稼ぎつつ、ハローワークに足繁く通い、求人情報誌にも目を通して、自分の再出発に向けて取り組んできた。だが、履歴書の段階ですべて落とされた。

出所後の就職を支援する民間団体が隣接のS市にあると聞きつけ、頼み込んでもみた。職員は親身に協力企業に掛け合ってくれたが、周りがそれなりに腰を落ち着けていく中で、長久保だけが取り残された。なぜか受け入れ先の人員補充がタッチの差で決まっていたり、急な業績悪化から人を採れなくなったりというケースが再三だった。

——あなたはどうにも運が悪いですね。

仲介の電話をかけた支援団体の職員が、先日もそう言って首をかたむけた。

——驚きましたよ、あなたに斡旋しようと思っていた事務所、今ちょうど二回目の不渡りを出してしまったそうです……。

今回求人票で見つけたガソリンスタンドの契約社員は、履歴書持参で面接をその場でやってくれるとのことだったから、いつにも増して長久保は張り切った。書類選考で落とされはしない、自分の努力で好感触を与えられるかもしれない。改心して誠実に生きようとしていることを主張すべく、尋ねられた前歴も包み隠さず話した。

だが、杉野という面接担当者はけんもほろろだった。

――あなた、これは致命的ですねえ。

――この汚点をカバーできるような売りって、なにかありますか？　これ見た限りじゃなにもなさそうだけど。せめて危険物取扱者資格でも持っていればね。

――詐欺師だったんでしょう？　口先だけの更生なら、そりゃ上手いでしょうなあ。

「正論だわね」

きりりとした表情で頷く石黒に、長久保は履歴書を拾って隣の六畳間へ逃げ込むしかなかった。

「いくじなし。本当のことを言われただけじゃないのよ」

「おまえは黙ってろ、ついでにさっさと成仏しちまえ」

「できるもんならとっくにしてるわよ」

ふすま越しにやり合う声は、隣の二号室まで聞こえているだろうか、と長久保は少々気になる。長久保以降このボロアパートにも入居者が増え、二号室と六号室が埋まっていた。

大声で反論しても大人げないだけだ、相手は幽霊なのだし、と長久保は思い直し、手の中の履歴書を見つめる。この写真はきれいに剥がして次に使おうと考えつつ、屈辱的な面接がまたも綿埃が立つように脳内に浮かびあがり、長久保はついそれを床に叩きつけた。

あいつがいると、絶対ツキが逃げる。

長久保は頭をかきむしり、求人情報誌を拾い上げ、それを八畳のほうのふすまにぶつけた。

「ものに当たらない！」

石黒の声が飛んできた。

五時で終わった日雇い仕事の後の足で、ハローワークに行って情報をさらう。検索パソコンの空きはなく、背もたれのない長椅子に六名の男女が神妙な顔をして番号札を持ちつつ待っていた。

その場に足を踏み入れた長久保を、六人の中の一人——秋物のコートを腕に抱えた二十代後半の女だった——がちらりと見た。

すぐに目を逸らされる。長久保は日雇い労働者丸出しの汚れたつなぎ姿だった。カウンターの上に設置されてある機械がベロのように吐きだしている番号札を一枚むしり取り、長椅子の隙間を探す。

長久保に目を向けた女の横が空いていた。

腰を下ろすと、つなぎの左腕が女の右腕に当たった。詫びたが女は応えず、かわりにあからさまに身を縮め、長久保から離れた。女はジャケットのポケットから取り出したハンカチを鼻に押し当てた。

自身のいでたちを客観的に頭に浮かべた次に、長久保はふとお縄を頂戴する以前の姿を思い出した。

二十代から三十代前半くらいまでは、長久保は十分に平均点以上の容姿を誇っていた。目が鋭く、頬骨が出ていてきつい顔立ちではあったが、鼻筋が通っており、顎のラインもすっとしていたので、特に横顔には自信があった。身長も申し分なく、女性好みのスタイルでもあった。勤めていた不動産会社がメインバンク破綻のあおりを食らい倒産してから、長久保はその容姿にあぐらをかいて、しばらくは女に食わせてもらうヒモの生活をした。

そこで楽をして生きることと、女の適当なあしらい方を覚えてしまった長久保は、ほどなくそれを利用して金をだまし取るという次のステップへ進んだ。

仕立ての良いスーツを着て、女性に声をかける。小金を持っていそうで、男性経験は多くなく、褒められることにあまり慣れていなさそうな三十前後の女を狙った。

もともと長久保は口の達者な男だった。頭の回転も悪くなかった。

実家の旅館が傾きかけている。

司法試験を目指しているが、予備校の授業料が高くて。

事業を立ち上げるのに少し金がいる。

簡単だった。長久保が少しばかり憂いの表情を作ってそう言いさえすれば、女はキャッシュカードを持ってＡＴＭへ走り、印鑑と身分証明書を手に定期預金を解約した。最初はあまり大きな額は狙わず、数をこなすことを心がけた。怪しまれたらすぐに身を隠した。しかし、長久保も経験をつむごとに上手くなり、警戒心は徐々に緩んでいった。

ちょろいもんだ、と、だまされる女を見下した。罪悪感など鼻毛の先ほどもなかった。人の生命を奪って得るような乱暴な手段ではなく、スマートに金を手にする自分に酔った。

（あの頃だったかな、『こぶ茶牛乳ラーメン』のＣＭを見たのは）

カウンターの中から三桁の番号が呼ばれ、隣の女が助かったというように席を離れた。女はジャケットの右袖を、手にしていたハンカチで払った。

（詐欺が一番うまくいっていたころだったな。俺の羽振りも良かった……）

長久保は思わず叫びそうになった。一番うまくいっていたということは、それからは下降線だったのだ。財布の紐を緩ませるはずの決まり文句と憂い顔に疑いの眼差しが向けられ、「あなた、それ本当？」と怪しまれるようになった。事業を起こすなら計画書を見せてほしい、実家の旅館の電話番号を教えろ、など。しかも、それまでならば多少危ない場面になっても二言三言でまた女の信頼を取り戻せたのに、以降は取り繕えばますますぼろが出た。そのうちとっかかりの『カモを引っ掛ける』ことすら難しくなった。焦った長久保がようやくなびかせることに成功した、バーで知り合った女は――妹が刑事だった。

長久保は捕まった。余罪の件数が多すぎて、執行猶予は付かず、八年の実刑を食らった。

まさか、あいつのCMを見たからか？

長久保は奥歯を嚙みしめた。

自分のとった紙きれの番号が呼ばれ、指定されたパソコンの前に座る。ペン型の入力デバイスで自分の年齢と性別、希望地域などをいつものようにタッチした。

該当の求人は三十件ほどだった。

一度にプリントアウトできる求人票は五枚である。長久保は吟味に吟味を重ねて選び、紹介窓口の職員にそれらを出した。

「うーん、すみません。どうやらいずれも今日の夕方までに決まったみたいですね。最新情報を確認すると、決定済みとなっています」

長久保は肩を落とした。

「よう、長久保じゃねえか？」

てふてふ荘への帰途、思いがけない声に振り向くと、そこには二年前まで同じ釜の飯を食った男が立っていた。

「武田、か？」

「おう、元気そうだな」

八年の刑期中、三年間同じ房で暮らした男だ。麻薬の売人で、長久保が出所するときはまだ服役中だった。出身地――この街のことである――も同じで年齢も近く、とりわけ気が合った相手だった。石黒が事故死した番組の特集記事が載った週刊誌は、武田が買っていたものだ。

「いつ出てきたんだ？」

長久保が訊くと、武田は鼻の付け根に皺を作った。変な顔だが、これが武田の笑い方なのだった。

「先々月。満了まで勤め上げたぜ」

「今どうしてるんだ？」

「どうもこうも」武田はまた笑い、ちょうど横にあった街路樹の幹を拳で叩いた。「出なかったほうがまだマシだな。おまえは？　日雇いか？」

見栄を張ることもない、長久保は頷く。「ああ。このご時世、俺を雇うようなところはない。そのうえ……」

部屋には最悪の女が居座っている。

就職が決まらず、つい自棄に振る舞う長久保に、石黒は本当に容赦がないのだった。

職が決まらないより、男としてそういう態度が情けない、と、むしろ傷口にオキシドールを垂らして、さらに粗塩を擦り込む。

「ま、やっぱりな。そううまくはいかねえよ。俺らは顔に大きなバッテンつけてるようなもんだからな。しかしあれだ、おまえ二年もよく辛抱してやってるぜ」

「辛抱するしかないからな」

「俺はもう見切りつけたぜ？　なんぼ頑張ったって、駄目なものは駄目ってな。だってそうだろ？　根性で空が飛べるかよ」

武田がすっと距離を詰めて、長久保に顔を寄せる。

「労力の無駄ってやつだよ……ここで会ったのもなにかの縁だ。ちょっと話をしないか？　おまえとなら組んでもいいと思ってるんだ」

——その気になったらこの番号に連絡をくれ。所詮俺たちはこういう道でしか生きられない。長久保、おまえの二年間を振り返ってみろよ。真面目にやっていいことがあったか？

武田から持ちかけられた話の内容を思い起こしながら、長久保は自室を見まわす。やるなら六畳のほうだろう。着替えて寝るだけの部屋で、布団を畳めばもともとがらんとしているから、用具を運び入れてもさして手狭ではない。問題は運び入れるときだが、てふてふ荘は寂れた場所にあるし、大家も他人の生活を覗き見するような真似はしない。隣の住人井田美月は、スーパーに働きに出ている。六号室の米倉は自室で仕事をしているらしく、部屋からめったに出てこない。

――辺鄙なおんぼろアパートに住んでいる？　うってつけだよ。人工照明を使えば、室内だけで十分育てられるんだ。

――発芽能力のある種子、いわゆる脱法種子だけどよ、手に入れられそうなんだよな。

長久保は武田から大麻栽培を持ちかけられたのだった。

必要になる水耕栽培の用具や照明、種子はすべて武田が用意するという。

「なに黙りこくってんのよ」石黒の声が背中に投げかけられた。「怪しいな。なんか妙なこと考えていそう」

石黒は時々ひどく鋭い。長久保は振り返った。スタイルの良さを強調するようなウェットスーツ姿で、石黒は胸を張り、その胸の前で両腕を組んで、じっと長久保の目を探るように見据えた。

嫌な顔をしても動じないだろうことはわかっていながら、それでも長久保は抵抗のつもりで不快な表情を作る。

「おまえには関係のないことだ」

「あ、やっぱりなにか企んでるんだ」石黒はそれ見たことかと言わんばかりに顎を上げた。「いつもはハロワから帰ってきたら、履歴書を書いたり無料求人誌を見たりしているのに。もしくは、うまいこと紹介されなくて落ち込んでいるか、さもなくば荒れているかが最近のパターンだった。でも今日は違う。なーんか、違う」

言葉に詰まる長久保に、石黒は右手人差し指を真っ直ぐ突き付けてきた。

「この部屋で勝手は許さないからね！」

「許さないって……ここは俺の部屋だろう」

「私の部屋でもあるわ」

「家賃払ってんのは俺だぞ」

言い合っているうちに、互いに自然と声が大きくなる。

「こんな安い家賃で滞納してるくせに」

「職が決まらないんだから仕方ないだろう」

「逃げ腰だからよ」

「なに？」

「前歴を言い訳にしてる。前科があるからどうせ駄目なんだろうって逃げてる。違う？」

これにはさすがに頭に血が上った。血が上ったのは、事実を突かれたということでもあるが、それでも長久保なりに就職活動に精を出してきたつもりだったのだ。しかし、軒並み討ち死にする結果が続けば、誰だって自分に自信がなくなる。前歴だって気にして道理至極ではないか。いつか石黒自身も「前科者なんて雇いたくないのは当たり前だ」と言ったくせに。なのにこの女は。

長久保は怒りの勢いに任せて部屋を飛び出し、外へ出た。

頼りない明るさの街路灯が続く人気のない道を、長久保はめっきりその数を減らして久しい公衆電話に向かって走った。


武田に連絡を入れた一週間後の午後一時、長久保のもとに幾つかの荷物が送られてきた。日付と時間を指定していたため、玄関に待機していた長久保が直接それを受け取れた。

石黒に決して入ってくるなと言い含め、六畳で荷をほどく。

水耕栽培のセットと、照明器具。そして、大麻の脱法種子。含有する麻薬成分が多くなるよう改良された品種だと武田は言っていた。

ビニール袋に詰められている大麻種子を手に取り、見つめる。たった三十粒ほどのそれが、長久保には腕が震えるほど重く感じられた。

と、大家の部屋の電話が鳴り、次に自分の部屋の扉が叩かれた。

「長久保さん、お電話です」

大家が口にした社名は、ついこの間履歴書を送ったところだった。長久保は大麻種子をとっさに部屋の隅に押しのけてある布団の上に置き、そのまま部屋を出た。

内容は不採用の連絡だった。

ため息をつき部屋に戻ると、目の前に赤いウェットスーツの同居人が仁王立ちしていた。

「なに、あれ」

力のある眼差しが、六畳の奥の布団に注がれた。正確には、その上に放り投げ出されている大麻種子に。

呼び出しに慌てた長久保は、六畳のほうのふすまを開けっ放しにして出てしまったのだった。種子を睨んでいた石黒の視線は、それから梱包をほどいた段ボールから僅かに見えている、照明器具と栽培用具へゆっくりと移った。

「あんた、また悪いことするつもりなの？」

石黒の声には異常な迫力があった。気圧されながら、しかし長久保の口から出たのは開き直りの言葉だった。

「だったらどうだっていうんだよ、勝手に覗き見しやがって説教か？」不採用の連絡に気持ちが荒んでいる長久保の口調は、おのずから乱暴なものになった。「もう仕方ねえんだよ。なにやったってまともなところに勤められるわけがない。前科者にはそれなりの道しかねえんだ」

「で、大麻栽培？　誰に吹きこまれたの？　刑務所仲間？」

「おまえには関係ないだろう」

石黒の鋭角的な眉が上がった。「関係あるわよ、私が住んでいる部屋なんだから！」

「ここは俺の部屋だ！　てめえはただの地縛霊だろうが」

「でもこの部屋にいるのは事実じゃない」

「だったらなんだよ。てめえは飯食わなくていいじゃねえか。俺は生きているんだ。飯食って風呂入ってクソして寝なきゃいけない。それには金が要るんだよ。きれいごと言ったところで、金がなきゃ始まらないんだ。幽霊のおまえと一緒にするな」

言いたてて、長久保は肩で息をつく。石黒の唇が少し開いた。

「偉そうなんだよ。おまえだって、生きてたころはろくな仕事してなかったくせに」

弾けるような若さは残念ながらない、トウの立った美人幽霊が、長久保を睨み上げた。

「ろくな、仕事？」

「関わった企業や番組を全部駄目にしてきたんだろう？　ということはだ、おまえはタレントとしてだんだん干されていったわけだよな。最終的には、当時はまだ不人気だった深夜ローカルで、シャワークライミングにヘルメットなし、なんて常識外れの要求されて。ごリッパな仕事ぶりだろうが。事務所やクライアントから大事にされているタレントだったら、そんなことにはならないよな。リアクション芸人ってわけでもなかったんだろ？」

「芸人じゃないわ。私はタレントでやってきたし、いずれは女優として花開きたかった」

「女優？」長久保は失笑した。「無理だろ、それ」

しかし石黒は首を振った。「無理だなんて思ってなかった」

「現実を把握できていなかったんだな」

「そうかもね。でも後悔はしてない」

「口だけならなんとでも言える」長久保は相変わらず自分を睨んでくる女幽霊に冷たい視線で応じる。「女優を目指しながら、変なCMで昆布になるって、いい気分じゃなかっただろ」

「昆布？」

一度訊き返してから、すぐに石黒は「ああ、あれね」と頷く。

「あれだって一つのステップアップだと思ってやったわ。誰がどこで見てくれているかわからないもの」

「でも、一ヶ月で終わりだったな」

「結果としてはそうね」

「昆布なんて正直、嫌な仕事だと思っただろ。もっと別の、見映えのいい仕事が来ればいいのに、ってな。きれい事は抜きで答えてみろ」

石黒は鼻から大きく息を吐いた。「……そりゃあね」

「それで芽が出るならまだしも、おまえは事故死するまで駄目なままだった。頑張ったって努力したって、業界内で妙な噂が立つだけで、仕事のオファーだってどんどん少なくなり、質も低下していく……辛いと思うことだってあっただろ。真面目にやるのが馬鹿馬鹿しくなることだって、実際あっただろ？」

大きな双眸が長久保をじっと見つめている。長久保は勝負あったと確信し、言葉を継いだ。

「だったら、俺の言い分もわかるだろ。俺だって好きでやるわけじゃない、生きていくためには――」

「……で、自分の良心を殺すんだ」

長久保の言葉にかぶせるように、石黒は言い放った。

「出所してから今まで、それなりに真面目に頑張ってやってきた二年間を、たったあれだけの粒で殺しちゃうんだ」

殺す。

その言葉に、一転長久保は絶句した。

詐欺師だったとき、長久保は乱暴に人の生命を脅かして金を取る奴らとは一線を画している自分に誇りすら感じていた。

大麻栽培だってそうだ。誰の命を奪うわけでもない。

でも、石黒は「殺す」という言葉を使った。

彼女は長久保を睨んだまま言った。

「あんたさっき、自分の言い分もわかるだろって言ったけどね。残念ながらこれっぽっちもわかんないわ」

迷いなどさらさら無い口調で。

「仕事が辛いのは、当たり前じゃない」

断じた途端、石黒は一気に勢いづいた。長久保に口を挟む間も与えず、まくしたてた。

「私は昆布になったことを恥じてなんかいないわ。むしろ誇りに思ってる。ローカルタレントの枠を超えて女優として認められたら、喜んで昔はこんな仕事をさせてもらったって話すつもりだった。仕事をくれてありがとうってお礼を言いたかった。辛いのは別に自分が望むようなことができなかったからじゃないわ。たぶん夢見ていたとおりに女優になって、名前が売れて、大きな仕事をいっぱいもらえるようになったとしても、それが仕事である以上、辛いこと自体はなくならなかったと確信している。だって仕事だもん。楽しいことばかりやってお金もらえるわけがないじゃない。だからお金には価値があんのよ。苦労の一つもなくいっぱいお金がもらえるなんていうのは、よっぽど選ばれた人間だけよ。そんな人、ホイホイいるわけないじゃない。あんたが詐欺でお金稼いでいたときは今みたいな苦労もなくて楽ちんだったでしょうけれどね、それは仕事じゃないからよ。仕事じゃないから楽してお金が手に入って、で、捕まったのよ」

いったん言葉を切り、石黒は大きく肩で呼吸した。

「本気でやってる努力なら、馬鹿馬鹿しいなんてことは絶対ないわ」

長久保はようやく一言絞り出す。

「……報われなくてもか？」

「報われなくてもよ」

そして、気づく。

最後まで報われず、あえなく事故死した女幽霊の大きく力強い二重の目に、涙が溜まっていることに。

「なんでここで諦めるの。二年頑張れたら三年頑張れるって、どうして思えないの？」

怒りの表情を乗せた石黒の顔は、目じりや口元の小皺も忘れさせるほど、きれいだった。

「……おまえ、頑張れ頑張れって……うつ病の人には逆効果なんだぞ」

石黒の訳のわからない迫力と涙に戸惑い、見当外れな応じ方をしてしまった長久保だが、彼女の表情は変わらなかった。

（幽霊も泣くのかよ）

鼻の穴を大きく広げて、石黒は息を吸い込んだ。「なにじろじろ見てんのよ」

「いや……幽霊も泣いたり呼吸したりするのか、って」

「いいじゃない、そういう幽霊がいたって」

石黒は洟をすすった。

「だから、どんなに駄目でも、それでも再犯に走らないで就職活動する前科者がいたっていいじゃない」

「おまえ……」

「それがあんただっていいじゃない、あんなもの育てるよりは」

「……」

「家賃滞納したっていいじゃない、あんなもの育てるよりは」

「いや、おまえそれは……」

大家が言うことだろうが、と続けたかったが、声にはならなかった。石黒は泣きながらウェットスーツの右脚をどんと床にたたき落として、怒鳴った。

「いいからさっさとあの見苦しいもの、全部送り返しなさいよ！　このバカたれ！」


夜、八畳の床に座り込んで、長久保はぼんやりと武田の言葉を思い出していた。

——案外ケツの穴が小さいな。おまえのためを思って誘ってやったのに。ま、いいよ、昔のつてがあるから。ただ、このことは漏らすなよ。てめえだって一時加担したことは事実なんだからな。

——ま、せいぜいハロワ通いしろや。あと、無駄になった送料分として三万返せな。

電話先の武田は、どことなく長久保を卑下したような声色だった。公衆電話の受話器を置いてから、武田は明日にでもこの十一桁の番号を捨てるのだろうと思った。

財布の中に万札が三枚あるわけもなく、長久保は大家に借金を頼みこんだ。一緒に出てきた石黒もなぜか隣で頭を下げた。大家はなにも訊かずに、優しい微笑とともに不足分の二万円を渡してくれた。

それを大麻種子とともに封筒に入れ、照明器具と水耕栽培用具も元どおりに梱包しなおし、新しい配送伝票を貼った。夕方、集荷に来たドライバーが、それらを引き取っていき、長久保の六畳はまたがらんとなった。

(明日はまた日雇いだな)

だったら早く眠ったほうがいい、と考え、それでもいつものようには布団にもぐりこむ気にもなれず、長久保は投げ出されていた求人情報誌に手を伸ばす。

石油小売り支店からゴミくずみたいにつき返された履歴書が挟まっていた。

広げて、A3サイズに書き込まれた自分の歴史を見つめる。

『賞罰』に記載があるのはやはり目立つ。

『免許・資格』欄には、服役中に失効した後、再取得した普通自動車第一種運転免許のみだ。

ゆるく頭を振ってから、長久保はリモコンでテレビをつけた。午後十一時四十五分。深夜番組の時間帯だ。

『さて、今日はS市ハチケン町の廃屋に突撃してみたいと思いますよ』

丸顔の男性タレントが、いきなりアップで登場した。目立つ大きな二つの鼻孔が、ボウリングのボールの穴のようだ。彼はこの番組のおかげで、すでに知名度は全国区になっている。

『怖いですねえ、午前二時ごろに、子どもの泣き声が聞こえるという噂が後を絶たない。

僕も本当はこんな仕事したくないんですけど』

タレントのコメントに、すかさず合いの手が入る。

『愚痴ってないでとっとと行けよ、レーンに投げるぞ』

合いの手を入れた陽気でよく通る声の主が、画面に映る。中肉中背で髪の毛がやたら黒々と濃い中年男だ。二人は軽妙な、漫才のような会話を続けている。ときおり絶妙なタイミングでテロップが入る。

そんな一分ほどのやりとりの後、番組タイトルが出た。

『ザ・潜入霊場』

「元気そうだわね、岡本」

いつの間にか石黒が横に屹立（きつりつ）していた。立たれているのも圧迫感があるので、横に座れと促すと、彼女は素直に従った。

「岡本ってのは？」

「タレントの相方みたいに振る舞っているヤツよ。プロデューサーのくせにばんばん画面に出ちゃってさ。でもそれが結構ウケてるみたい」

自分が死んだ番組は目にしたくないだろうと、長久保がリモコンを手に取ろうとすると、石黒はそれを止めた。

「久しぶりに見たかったのよね、センレー。そのままにしておいてよ」

石黒はローテーブルに頬杖（ほおづえ）をついて、穏やかな表情で番組を見ていた。タレントが面白いリアクションをしたら素直に笑い、テロップの字体を褒めたりなどもした。ただやはり岡本プロデューサーには好印象を抱いていないようで、彼の姿が画面に出たときにはフンと鼻を鳴らした。

三十分の番組は、霊的なものが映り込むことも怪しい音声を拾うこともなく、平和に終わった。

「このぬるさも受けているらしいのよね。ごくたまにマジっぽいものを撮っちゃったりすることがあるから、なおさら」

石黒が「もう消していいわよ」とテレビを指差したので、そのとおりにする。

「おまえよ」長久保は戻された自分の履歴書を眺める。「自分をひどい目に遭わせたやつの番組、よく見れるな」

石黒が居住まいを正し、長久保に向きあった。

「変なことを言うのね。むしろ積極的にお会いしたいくらいよ。できることならもう一度番組に参加して、シャワークライミングを見事に決めてやりたいわ」

——せめて危険物取扱者資格でも持っていればね。

その夜、眠りに落ちるぎりぎりのきわで、いつか投げかけられた言葉がぷかりと頭に浮かんだ。

日雇いの仕事帰り、長久保は本屋に立ち寄った。長久保は資格試験の参考書や問題集を取り扱っているコーナーを右上の棚から順に眺め、やがて、それらしきものを見つけた。

少し立ち読みをし、長久保は危険物取扱者資格にも幾つかの種類があることを知った。乙種第4類。

引火性液体の取り扱いと立ち会いが認められるこの種が、最も社会的需要が多いと書かれてあった。

(引火性液体ならガソリンもそうだな)

受験資格は特になかった。年齢制限も学歴制限もなく、誰でも受験できるとある。

長久保は日雇い報酬の一万円がポケットにあるのを確認してから、乙種第4類向けの参考書、問題集をレジカウンターへ持っていった。

本気の努力なら報われなくとも馬鹿馬鹿しくなどない――そう断じたときの石黒の顔が、脳裏をよぎった。

突然、勉強を始めた長久保に、石黒は驚きを隠さなかった。

「なにやってんの？　それなに？」

「うるせえから黙ってろ」

「なによ、わかんないから訊いたんじゃない」

（おまえのせいだよ）

心の中で答え、長久保は参考書を繰った。

（まったく、悪い女だ。俺にこんな苦労までさせやがって）

「試験勉強？」

「だから黙ってろ」

もう一度言うと、本当にぱたりと静かになった。

拍子抜けして顔を上げると、生真面目な表情で正座している石黒と目が合った。

石黒はくっきりとした二重の瞳を、少し驚いたように見開いてから、笑った。

ずっと不振だったリトルリーグの少年球児が、ここ一番で会心のタイムリーを放ったのを目の当たりにしたチームメイトみたいに。

長久保も軽く笑ってから、また下を向いて参考書を熟読する。ここまでやって落ちたのなら、確実に石黒の悪運のせいだと言ってやれるくらい、勉強するつもりだった。

長らく勉学の場から遠ざかっていた長久保には、危険物に関する法令の専門用語はおろか、高校の授業でやったはずの物理系知識ですら一読では理解できなかったが、止めるわけにはいかなかった。参考書と問題集だって安い買い物ではなかったし、なにしろ石黒にまた説教されたくはない。

大きく硬い岩盤を、細く曲がった釘で少しずつ削るように、長久保は歯を食いしばって参考書を一語一語読み込んでいった。

試験日は地域によって違うらしい。調べてみると、最寄りのS市で実施される一番日程的に近い試験は、晩秋にあるらしかった。残念だがそれには間に合わない。受験は来年になる。

とにかく、やるしかなかった。

(見返してやる)

心なしか、石黒が頷(うなず)いている気配がした。

おおよそ頭の中に知識が入ったかという手ごたえを感じ始めたころには、すでに年が明けてしまっていた。長久保は年度前期の試験日程を調べ、六月に行われるものに照準を合わせることにした。

知識を身につけてもアウトプットできなければ意味はない。日雇いから戻って夕食を食べてから、地道に予想問題や過去問を解く長久保に、協力を申し出たのは石黒だった。

「一緒にいたら、私まで覚えちゃったわよ」

それじゃ、危険物の性質に関する分野からクイズね——そう言ってから石黒は二秒ほど考え、はきはきした口調で質問を繰り出した。

「二硫化炭素の液体比重は1より大きい。マルかバツか?」

「……マル?」

「正解。じゃあ次は、危険物に関する法令から。法令上、危険物保安監督者を定めなければならない製造所等は……」

門前の小僧にしてはなかなかの知識量を、いつしか石黒もインプットしていた。石黒は長久保が一人で時間を計りながら問題を解いているときは黙っていたが、料理をしていたり歯を磨いていたりなど、生活のちょっとした合間を狙って、乙種第4類試験で出題されそうな知識を口頭で突いてきた。

長久保のてふてふ荘での時間は、そうやって試験勉強に費やされていった。

試験当日朝、目覚めると、がらにもなく長久保は緊張していた。熟睡できたという実感もなかった。ずっと夢うつつの中で問題を解いていた気がした。

台所のシンクで顔を洗い、電気カミソリで髭（ひげ）を剃（そ）る。石黒は八畳の窓辺で黙って外を見ていた。

問題は出してこなかった。

あまり食欲はわかなかったが、なにも食べないのも頭の回転を鈍らせると考え、冷蔵庫の中で黒くなっていたバナナを取り出し、皮をむいた。食欲をさらに減退させる色合いだったが、腐っているふうでもなかったので、長久保は口に入れた。冷たい水道水を飲むと、頭がすっとクリアになった気がした。

部屋を出、用を足してから戻る。受験票と筆記用具を確認し、ビニールの安物ポーチに入れて、長久保は身なりを整えた。

試験場集合時刻は午前九時三十分。試験開始は午前十時。

三号室を出る前に、目を閉じて大きく息を吸い長く吐く。

ドアを開ける直前、長久保は振り向いた。

石黒が派手な赤のウェットスーツ姿で堂々と立っている。

その石黒の右手が親指を立てた形を作り、長久保へと突きだされた。

一度きり、大きな瞳の片方がつぶられる。

そして、石黒は自信たっぷりに笑った。

「行ってきなさい」

長久保も思わず笑った。「偉そうだな、おまえ」

試験からじきに三週間経とうかというころ、長久保のもとに一枚のはがきが届いた。

合格通知だった。

長久保も石黒ももろ手を挙げて喜んだ。

だが、すぐさま彼女は厳しい顔になり、「これはただの通過点だからね。これで就職決めて、初めて喜べるんだからね」と釘を刺した。

とはいえ、その日ばかりは祝杯を上げずにはいられない長久保だった。石黒もそれを許してくれた。夜遅くまでテレビを見ながら酒を飲んだ。例のプロデューサーが出てくる番組は、相変わらずタレントとの馬鹿話に終始していて、幽霊は一向に登場する気配がなかった。

翌日、さっそく免状の交付を申請した。今まで稼げなかった分、長久保は日雇いに精を出し、大家への借金と滞納していた家賃を返していった。

一号室に入居した高橋という青年の、部屋替えをしたいという一連の騒動には辟易させられたが、それもいつしか落ち着きを取り戻し、二号室の美月がどういうわけか香水臭く色気づきだしたころ、長久保は無事免状を受け取った。

長久保の履歴書には新しい一行が加わった。

取得の日付と資格の内容を書き記すときには、手が震えた。

日雇い後に新しい履歴書を持ってハローワークへ行き、パソコンで求人情報をチェックする日々を送っていたある日、見覚えのある社名が目に留まった。

一度、散々に腐され、落とされた石油小売り会社。アリバ石油のＯ支店。

今度は書類選考を行うようである。

賞罰の欄を読めば、先方も自分のことを思い出すだろう。それだけで落とされる可能性はある。だが。

長久保は睨むように画面をしばらく眺めてから、それをプリントアウトし、紹介窓口へ向かった。

「長久保さん、お電話です」

大家の幻惑するような美声が長久保を呼んだ。その声に、書きかけの履歴書とボールペンを放り投げ、部屋を飛び出す。

「アリバ石油の……」

「わかってる」

社名を伝えようとした大家を遮り、長久保は廊下を走った。大家が後ろで小さく笑みを漏らす声が聞こえた。大家の部屋は扉が開け放たれていた。『イエスタディ・ワンス・モア』の保留音が廊下まで漏れてきている。

「長久保さん、取っていいですから」

大家より先に部屋へ入ることを一瞬躊躇(ちゅうちょ)した長久保の背に、柔和な許可が告げられた。

「すいません」

長久保は一言断ってから、大家の部屋へ駆け込み、電話に飛びついた。

「代わりました、長久保です」

『アリバ石油O支店総務、杉野です』

わかってはいたものの、いざ会社名を耳にすると受話器を握る手に汗が滲(にじ)んだ。杉野。間違いなく以前、長久保に引導を渡した男だった。

『紹介状と履歴書を拝見しました。あなた、前にも一度面接にいらしてますね？』

やはり、気づかないわけはないのだった。長久保もごまかす気はない。賞罰の欄も正直に埋めたのだ。

「はい。その節はお時間をいただきましてありがとうございました」

『覚えていますよ。長久保さんのような特徴のある方は忘れませんからね』

　賞罰に書き込む内容がある人間は少ないだろう。長久保は「はい」とだけ返事をした。他になんと言っていいのかわからなかった。なにを言っても卑屈になるか、逆に怒らせそうな気がしてならなかった。

『……でも、覚えている内容と一ヶ所違うんですよねえ』

　危険物取扱者乙種第4類。

『とりあえず、面接に来てください。日時を申し上げます……』

　小躍りして長久保は三号室に戻った。しかし、石黒はまだ予断を許さないと、厳しい態度を崩さなかった。

「面接で本当に更生したか見るつもりなのよ。ここからが本当の勝負なんだから」

「承知の上だよ」長久保は頷（うなず）いた。「だから、なるべくおまえは近づくな。悪い気がうつる」

「なにそれ、あんたね」

　眉（まゆ）を上げた石黒に、長久保は笑った。「嘘だよ」

　そして、思い切って打ち明けた。

「おまえがあのとき本気で俺を怒ってくれたから、今の俺がある」

石黒は一瞬記憶を辿るような表情をしてから、照れくさそうに肩をすくめた。

「頑張ったのはあんた本人じゃない」

「おまえが頑張らせてくれたんだ」

「あーもう。言ってて恥ずかしくないの？　まったく……スポ根漫画じゃあるまいし」

採用が決まったわけでもないのに、と石黒は鼻息も荒く背を向けた。

「そういうのはね、面接で好感触を得て、本当に採用通知をもらってから言いなさいよ。浮かれて面接に行って、けちょんけちょんにされたらどうすんのよ」

「それもそうだな」

長久保は壁に引っ掛けてあるカレンダーにボールペンで書き込みをした。指定された面接の日取りは、明後日であった。

「もし駄目だったら、他のところに応募するだけだ」長久保は書きかけの履歴書を拾いあげて、ローテーブルの上に広げた。「三年近く頑張ったのなら、四年頑張れるはずだ。そうだろ？」

肩越しに石黒が振り向いて微笑した。「そのとおりよ」

以前と同じスーツを着て、長久保はアリバ石油O支店に赴いた。心は落ち着いていた。もし駄目でも人生自体が終わるわけではない、長久保はそう言い聞かせ続けた。

履歴書を出しているところは他にもある。

だが、正直な思いとしては、長久保はここでリベンジを果たしたかった。自分は変わったのだということを、結果で示したかった。

(あいつが、一番喜ぶだろうから)

ここで待っていろと小会議室のような場所へ通される。スーツを着込んだ男が長久保のほかに三人いた。皆、長久保よりも若く、仕立ての良い服を着ていた。一人ずつ呼ばれて部屋を出ていく。長久保はどうやら最後らしかった。

パイプ椅子の一つに腰をかける。

(あいつがなにかのオーディションに参加するときも、こんな気分だったのかもしれないな)

落ち続けて落ち続けて、ようやく仕事をつかんだと思えば打ち切られたりして。そのうち妙な噂が立って、仕事の幅も狭まって。

(俺は三年弱。でも、あいつはその何倍もの間、頑張り続けたんだ)

泣きながら怒った石黒の心が、ひどく近くに感じられた。

同時に、尊敬の念も湧いた。

不思議な気分だった。異性に対する愛情とは違う。家族に向けるものとも違う。友人とも少し異なる。

敢(あ)えて言うなら『チームメイト』によく似た感じ。

(あの三号室の中で、あいつは俺と一緒に戦ってくれたんだ)

「長久保さん、こちらへ」

呼ばれて、長久保は立ち上がる。「はい」

隣の部屋が面接室だった。ノックをして名前を言うと、中から杉野の声で「お入りください」と返事があった。

ドアを静かに閉め、一礼する。

「まさか、もう一度応募してくるとは思わなくてね」

杉野は長久保に着席をうながしてから、老眼鏡のブリッジを指で押し上げた。

「長久保さん、前に私が言ったことを覚えていますか」

長久保は頷いた。忘れるわけがなかった。「覚えています」

「私も覚えています……賞罰ありを致命的だと言った。この汚点をカバーできる売りがないとも言った。せめて危険物取扱者資格でもあれば……そうも言った」

「はい」

「長久保さん、最後に私が言ったことも覚えてますか？」

長久保は乾ききった唇をさりげなく舐(な)めた。「はい」

「言ってみて」

老眼鏡の向こうから、杉野の目が長久保をとらえている。長久保は大きく息を吸い込んだ。

「……詐欺師だったんでしょう？　口先だけの更生なら、そりゃ上手(うま)いでしょうなあ……

…そうおっしゃいました」

「正解だ」杉野は両手の指を組んだ。「悔しかったですか」

嘘をつくつもりはなかった。「はい、とても」

「ほう、正直ですね。あなたならいくらでもごまかす言葉を持っているでしょうに……」杉野はそこで柔らかく顔を崩した。「あなたは悔しさをばねにちゃんと資格を取って結果を出してきた。そんな方には、以前のような失礼なことはもう言えない。口先だけではないということが、この一行と、あなたの今の言葉で証明された」

杉野の笑みは、徐々に儀礼的なそれではなくなってきていた。縁側に座って茶でも飲んでいるのが似合いそうな好々爺めいた表情で、杉野は続けた。

「実は今回この資格を持って応募してきている人は、あなただけなんですよ。長久保さん」

――あなたに内定を差し上げるつもりです。正式な文書が追って届くので、ご確認ください。まずは契約社員としてですが、あなたの勤務状況次第では正規雇用の道もあります。

バス停からてふてふ荘まで長久保は走った。中年の肉体には応えたが、走らずにはいられなかった。ドアを開けると、玄関のたたきを掃除していた大家にぶつかりそうになった。大家は少し驚いた顔をしたが、すぐになにもかもわかっているというように微笑した。衝突しそうになったことを急いで詫び、長久保は三号室に駆けこんだ。

「どうしたの、あんた」

石黒がさすがに目を丸くする。

「俺、俺……！」

言葉を詰まらせながら面接の一部始終を話すと、石黒は歓喜の悲鳴をあげた。長久保も叫んだ。興奮の極みが二人を包み、長久保は思わず右手を上げた。石黒もそうした。

ハイタッチで二人の手のひらが合わさる。

パン、と小気味の良い音が鳴った。

石黒の手の感触が、長久保の手に残った。

「あっ」

石黒が戸惑ったように右手を引っ込める。

「今、音鳴ったよな？」

「う、うん……鳴ったね」

「いい音だったな！」

「……うん」

まさかこうなるとは思わなかった、というように、石黒は自分の右手を凝視している。

長久保は眉間に皺を寄せた。「なんだおまえ。変だぞ、少し」

「なんでもない。変とか言わないで。失礼よ」

石黒は大きな瞳で長久保を見つめた。

その目は少し潤んでいた。

「おまえ……？」

「馬鹿。違うんだからね！」

「なにが違うんだよ」

「別に……あんたの内定が嬉しくて泣いてるわけじゃないんだからね……！」

長久保は「素直じゃねえなあ、おまえ」とぼやいて、スーツを脱ぐために六畳のほうへ向かった。だが、ふすまを閉める間際、やはりこれだけは言わなければと振り向いた。

「おまえには感謝してる。ありがとう」

石黒は鼻の下を右手の甲でぬぐった。しばらく怒ったような顔でそっぽを向いていたが、やがて堪え切れないというように大きな口が笑みを作った。

頬を涙で濡らしながら、トウの立った美女は最高の笑顔でウィンクし、右手の親指をこちらに向けてみせた。

夜、二度目の祝杯を上げ、いい感じに酔っぱらって長久保は床に入った。翌朝起きると、石黒はおらず、代わりに赤いビリヤードの的球ナンバー3が落ちていた。

石黒のウェットスーツのような真っ赤なそれを拾い上げ、長久保は大家のところへ行った。

「あの女、急にいなくなって。で、こいつが」

大家は相変わらずの微笑みで長久保の手の中の的球を受け取り、教えてくれた。

「長久保さん、石黒さんに触りましたね？　入居者が同室の幽霊に触ると、彼らは成仏できるんですよ」

「待て」長久保は混乱していた。「そういや、前は触ろうとしたらすり抜けたんだが」

「相手に対して幽霊という枠を超えた感情を持つと、触れるんです。長久保さんの場合は……仲間意識、みたいなものですかね？　違いますか？」

「確かに俺は……」

チームメイトだと思ったのだった。

大家は赤い的球を眺め、感慨深げに目を細めた。

「お忙しくてご存じなかったかもしれませんが、つい最近、隣の二号室の幽霊、お酒が大好きな遠藤さんも無事成仏したんです。たて続けで私もびっくりしましたが……なにはともあれ、良かったです」

それでは、これは二階のビリヤード台に置いてきますので、と大家はその場を立ち去った。長久保は狐につままれたような心境のまま三号室へ戻った。

「なあ、隠れてんのか？」

声に出してみる。

「変な冗談だったらおもしろくねえぞ」

返ってくる言葉は無い。

「おい、昆布！　番組クラッシャー！」

長久保の声だけが三号室にこだました。

舌打ちをして、シンクへ行き、コップに水を入れて一気飲みをした。

石黒はいなかった。本当にいないのだった。

長久保はそのまま目をつぶって、床にしゃがみこんだ。


翌日、速達でアリバ石油から採用通知がきた。

それだけではなかった。

今まで履歴書を送って正式な返答が来ていなかったすべての企業から、書類選考通過の文書が届いたのだった。

それらは五社に及んだ。

今までは全部落ち続けていたというのに。

一つ資格を取っただけだというのに。

いや、そうか？　それだけか？

長久保はふと気づいた。

あいつがいないからじゃないのか？

関わる企業や番組をことごとくクラッシュさせてきたあいつが。

私のせいにされちゃ困るわ、と自信たっぷりに反論していた姿が思い浮かび、長久保は送られてきた文書を思いっきり天井に向かって放り投げてから、大声で笑った。

「おまえがいないと、こんなに上手くいくじゃねえか」

笑いながら咳き込む。喉の奥が詰まった感じがした。長久保は両手で顔を覆った。

「やっぱりおまえは……」

涙に濡れた最高の笑顔と、親指を立てた仕草が思い出される。

「……悪い女だよ」

四号室

学生部総務課窓口の女性事務員は、無愛想だった。見知らぬ子どもが描いた落書きでも眺めるように、平原明憲（ひらはらあきのり）の提出した書類をさらりと確認し、再受験料の領収書を切った。この事務員の「なにもかもがつまんないのよね」といった態度は、平原が在学していた三年半前からまったく変わっていない。

変わったところは、女の顔に小皺（こじわ）が増えた、それだけだ。

平原は学生部を出ると、しばし懐かしいキャンパス内をゆっくり歩いた。木々の葉は色づき、中には既に裸になりかけているものもある。行きかう学生の中には、早くもダウンコート姿の者すらいる。平原が大学を離れたのは新緑の季節だった。日々濃くなる緑がやたらと眩（まぶ）しく見えたものだ。

当時を思い出して、平原は足を止める。

あいつ、どうしているだろう。

平原の脳裏に、不機嫌そうな冷たい横顔が浮かぶ。

一日たりとも忘れたことはなかった。

別れ際の彼の言葉も。態度も。

思い出すと、胸が絞られるように痛む。

あんなふうに激しく誰かから拒絶されたのは、初めてだった。

――触るな！

鋭い目。怒鳴り声。指一本動かすのも許さないといった頑なさ。

あんな顔を、あんなことを、させたかったんじゃない、言わせたかったんじゃない。

彼は誤解しているのかもしれない、いや、きっとそうに違いない。

でも平原は一言「ごめんな」と詫びて、部屋を後にするしかなかった。

平原は肺の中の空気を全部吐き出すように、息をついた。

（あのアパート、今もあるんだろうか）

今日の予定は再入学試験の手続きのみだった。あとは駅前のビジネスホテルに帰るだけだ。まだ日も高く、特にすることは思い浮かばない。

これまでもその気になれば訪ねる機会を作れたし、彼にも会いたかったが、気後れが先に立って足が向かなかった。

だが、今日くらいは。

そっと、外から様子を窺うだけなら。

平原はゆっくりと歩き出した。

記憶とほとんど変わらない、寂れた人通りの少ない道を辿り、やがて平原はヒビの入ったモルタル外壁の木造二階建てを目にした。

（ああ、まだあった）

懐かしさに立ち止まる。当時から外観は褒められたものではなかったから、それほど古びたという印象も逆にない。

街路樹の横で目を細めていると、後ろから白のワゴンが徐行で追い抜いて、平原の少し前方に停車した。サイドとリアガラスにカーフィルムが貼ってあって中が見えない。いぶかしがりつつ眺めていると後部座席のドアが開いて、やたらと髪の毛が豊富な中年男が降りてきた。

「すいません、あなたここの近くの方？」

どこかで聞いた声だな、と思い、次に答えがわかる。

「あ、あなたはもしかして」

「僕ね。こういうもんですけど」

中年男は名刺を差し出した。目に飛び込んできた文字に、平原はやっぱりと内心頷（うなず）く。

『ＨＨＣテレビ　プロデューサー　岡本修（おさむ）』

「センレーの岡Ｐですね？」

すっかり視聴者に親しまれている愛称の響きは、岡本を満足させたようだった。「あれっ、知ってた？　いやあ、どうもどうも」

とは言いつつも、岡本からは「自分を知らないわけがない」という自信がぷんぷん臭ってくるのだった。名刺を受け取った平原に笑いかける顔も「俺の名刺を手に入れたんだから、今夜は赤飯炊いてもいいくらいだよ」と言わんばかりである。

「今日は撮影じゃないんだけどさあ」岡本は訊いてもいないのに喋り出した。タメ口だった。「『てふてふ荘』ってあるでしょ？」

プロデューサーの口から飛び出したその名称に、平原は一瞬緊張した。

「……てふてふ荘、ですか」

「そうそう。あのおんぼろアパートだけど」岡本は二階建てのまさしくおんぼろアパートを指差した。「あそこ、どう？　気味が悪いとか、なにか感じるとか、ない？　番組サイトにいくつか書き込みが寄せられててねえ」

センレーこと『ザ・潜入霊場』なるローカル番組の基本コンセプトは、幽霊探しや、いわくつきの場所を探索する、である。平原はそういえば、と顎に手を当てた。今年の春先、潜入霊場は地元の霊能力者を招いてのスペシャルを、恐れ多くもゴールデンタイムで放送していた。死亡交通事故現場や殺人事件のあったマンションなどを廻っていたが、番組の最後にその霊能力者は「ものすごく気になる」とこの街の地図の一角を示した。

結局その一角とやらは「次のスペシャルにて特集！　ご期待あれ！」という特大テロップが出され、明らかにされずに終わったのだが。

「ここだけの話、あれってまさに……いやいや、これはシークレットだった。とにかくね、僕たちあそこのことが知りたくて」

にやにやしながらわざとらしく声を低めた岡本に、平原は単純な嫌悪を覚える。

「潜入霊場って全部突撃だと思ってました。下調べするんですね」

「これは一応大ネタだからね。また来春のスペシャルで……あ、いけない、いけない」

とにかく情報あったら教えてくれないかな、番組グッズあげるから、と岡本はどこかからか取り出したステッカーをちらつかせる。平原は押し黙った。

二人の横を通りすがる男が、じろじろとこちらを見ていく。

「ん？」

その男が唐突に声をあげた。

「もしかして……平原？」

なにごとかと、自分の名を呼んだ男の顔を注意深く観察する。特徴的な容貌ではないが、どこかで目にした気がしないでもない。ややあってから、濃霧が風に流されるように、脳内のメモリデータから一人の面影が浮かび上がった。

「高橋……か？」

「そうだよ、久しぶりだね」

自分の知っていた高橋は、もう少し暗めのやつだった気がしたが、と戸惑いながらも、旧知の人間に会えたことが素直に嬉しく、平原は笑った。高橋は大学に入学してから一年と少し共に学んだ、同期だった。

「平原が休学して以来だね。いつだったっけ？」

「二年生の五月。結局退学しちまったけど」

「体、悪くしたんだったね。で、なんでここにいるの？」

「もう一度大学に通おうと思って。さっき、再入学試験の手続きを取ってきたんだ。おまえは？　もう卒業したんだろ？」

「バイトしてるよ。今日は休みだったんだ」

正社員としての就職ができなかった事実を堂々と言いきった高橋に、平原はやはりこいつは逞しくなったみたいだと思う。

「それにしても奇遇だね」高橋も再会を喜んでいる様子だった。「ここらにいい店があれば、話もできるんだけどな」

「えーと、君たちね……」

口を挟んできた岡本を無視して、高橋はなにか考えている。「一番近くのファミレスもちょっと遠いし……大丈夫かな、泊まりじゃないなら……」

自分よりも若干目線が下になる高橋を、平原は意外な思いで眺めた。本当に彼は変わった。目立たない、人とのかかわりを避けるような人物だった記憶があるが、どうやら彼は今、自分と話をしたがっている。

「平原、もしよかったら僕の部屋によらないか？　コーヒーかお茶くらい出すよ」

アパートすぐそこなんだ、そう言って高橋は『てふてふ荘』に親指を向けた。

「高橋おまえ、あそこに住んでるのか？」

「そうだよ」

ちょっと君たち、と呼びかける声を置き去りに、高橋は「元気になったみたいで良かった」と歩きだした。どうしてよいかとっさにわからず棒立ちになる平原を振り返り、「別の用事でもあるの？」と怪訝な顔をする。

平原は「特にない」と正直に答え、ためらいながらも高橋の後についていった。


共同玄関を開けると、大家が階段をせっせと水拭きしていた。

「ただいまです」

高橋の声に振り返った大家は、平原を見つけて「おや」と微笑した。

相変わらず、信じられないくらいの美声だ——平原はたったその二音に聞き惚れる。外見も変わっていない。

「お久しぶりですね、平原さん」

平原も大家に頭を下げた。「ご無沙汰しております」

「え、なに？　え？」高橋は混乱しているようだ。「え？　あれ？　知り合い？」

大家は笑ったまま答えなかった。自分で説明しろという意味だろうと、平原は解釈する。

「……まあいいや、上がって。僕、一号室なんだ」

一号室の扉の向こうから鼻歌が聞こえる。鍵を開けた高橋に続くと、やはりそこには懐かしい顔があった。

「おかえり……あら、平原君？」

「さやかちゃん……こんにちは」

平原の態度に高橋は面食らっている。「見えるの？　平原、さやかちゃんが見えるの？　一晩寝てないのに？」

ここまできたら、隠す理由はなにもなかった。平原は頷いた。

「俺、昔ここに住んでたから」

「え、本当に？」

さやかが当然のごとく会話に参加する。「平原君は、てふてふ荘最初の入居者よ」

高橋はますます驚いたようだ。「マジ？　知らなかった。いつの話？　一番乗りは長久保さんじゃないの？」

平原は長久保という名前に覚えがなかった。かわりにさやかが高橋に説明をしてくれた。

「長久保さんが来る前にここを出たんだもの。それまではずっと平原君一人だったのね？　と同意を求めて笑いかけてくるさやかに、平原は頷いた。

「入学当初から二年の五月に入院するまで、ここに住んでいた」

「そうなんだ……」高橋は驚きすぎたのか、ほぼ無表情になってしまった。「何号室にいたの？」

あの、冷たく整った横顔を思い浮かべながら、平原は天井を見上げて答えた。

「四号室。ここの真上」

てふてふ荘に住んでいたと打ち明けたときよりも、もっと衝撃を受けた様子で、高橋は絶句した。


大学の合格発表後、入学式までに居住地を決めなければならない必要に迫られた平原は、合格通知と一緒に封入されていた書類の中に『アパート・マンション情報公開日』という一枚の用紙を見つけた。学生部主催で三月下旬の三日間、キャンパス内の学生会館で行われるとなっていた。

賃貸情報誌にあるものは、どれも予算を少なからずオーバーしていた。平原は母親とともにそれに参加してみることにした。平原の家庭は父が他界しており、経済状態が芳しくなかったのだ。入学金も免除申請をしていた。実家からの仕送りは月四万円が限度で、後はバイトでまかなうしかなかった。

平原はそこで激安物件てふてふ荘を発見したのだった。

玄関風呂(ふろ)トイレ共同。しかし月一万三千円という家賃は破格だった。大学からもそれほど遠くはない。資料のコピーを手にその足で下見に行ってみたならば、大家は実に感じよく平原母子(おやこ)を迎えてくれた。アパートの外観はぱっとしなかったが、中は手入れが行き届いて清潔感があったのもプラスにポイントされた。今のところ入居者がいないというのも、平原にとっては気楽だった。母親も大家の人となりに魅せられたようだった。ほぼ即決で平原は契約書を埋めた。

部屋を決める段になって、大家は平原に六枚の写真を見せた。男女それぞれの顔写真だった。

「一つ選んでください」

「お部屋の写真じゃないんですね、なんなんですか？　この人たち」

戸惑う母親をよそに、平原は四枚目の被写体から目が離せなくなっていた。

(なんて、きれいなんだ)

くっきりとした二重瞼(まぶた)ながら、くどすぎない切れ長の目。上品に通った鼻筋。薄めの唇は、色白の肌に映えるように内側の血を透かしてほのかに赤く、ショートカットの髪型は申し分ない輪郭と頭の形を強調していた。

スマートで洗練された造形は、最先端の航空機のフォルムに通ずる機能美すら感じさせた。いつまで眺めても飽きることのない美しさに、平原は釘(くぎ)づけになった。理想そのものと言ってよかった。

四枚目の写真を指し示したとき、隣の母親は身を前に乗り出して首を傾げた。大家は笑みを絶やさず「もっとじっくり選んでいいんですよ」と言った。

平原は選択を変えなかった。何度訊(き)かれたところで、四枚目の子が一番好みなのは事実であり、選べと言われれば、それしかないのだった。今思えば、冷静ではなかった。

顔立ちに気を取られすぎ、首元に注意を払う余裕がなかった。

大家は平原を二階へ連れて行き、四号室を見せ、「ここでいいですか？」と問うた。キッチンに八畳、隣に六畳。思ったよりも広く、窓からは海が見えるところも気に入った。

一人暮らしに必要な最低限の荷物を揃え、入学式の二日前、平原はてふてふ荘に入居した。既に実家から送っておいた布団や日用品の類は大家が配送業者から受け取っていて、一緒に部屋を整えるのを手伝ってくれたばかりか、夕食に手打ちの天ぷら蕎麦までごちそうしてくれた。

「向かいの部屋は集会室です。入居者の皆さんが自由に使っていただければ、と思っていますが、今のところ平原さんだけなので……でもダーツやビリヤードがありますから、よければどうぞ。ビリヤードは的球が一部ありませんが……あ、お風呂も沸いています」

やはり大家は親切な好人物だったと平原は胸をなでおろし、風呂で汗を流した後、拓けた新生活を夢見つつ、寝室に定めた六畳に敷いた布団の中へもぐりこんだ。

平原には幼いころから抱いてきた夢があった。航空機のパイロットである。

平原の実家は、空港から五キロほど離れた場所にあり、アプローチルートと重なっていた。風向きによっては、タイヤの数まで数えられそうなほど低空を飛ぶ機体に、母は

「うるさいし、部品が落ちてきそう」などといい顔をしなかったが、平原は物心ついたころから、それらを夢中で眺めたものだった。平原が生まれて初めて美しいと思ったものは、飛行機だった。飛べない人間が飛ぶために造られたそれは、計算しつくされた美に満ち満ちていた。

当時はまだ生きていた父も、航空機が好きだった。平原が自転車に乗れるようになると、父子二人で暇さえあれば空港へ足を運んで、展望デッキから離着陸する航空機を見てきた。

——どうだ、かっこいいだろう？

まるで自分自身の手柄であるかのように、いつも父は笑って言った。そんな父に平原が返す言葉も決まっていた。

——うん、すごくかっこいい。俺、将来飛行機を運転したい。

そう言う平原に、父はそりゃあいい、と頷いた。

——おまえが操縦する飛行機に、父さんも乗りたいよ。

平原は大学に四年通うつもりはなかった。大学に二年以上在学し、六十二単位修得する。航空大学校の受験資格を得るのが当面の目標だった。

新しい部屋での目覚めは悪くなかった。薄手のカーテンから透ける朝の日差しが、自然な覚醒を誘った。平原は布団から身を起こして伸びをし、寝癖のついた髪をかきむしりながら八畳へのふすまを開けた。

窓から海を見ている人物がいた。

横顔ですぐにわかった。目、鼻筋、唇、顎（あご）。なにもかもが理想。平原がこれぞと選んだ写真の子だった――のだが。

平原はそこで初めて、その子が身につけているのが、紫がかった変わった色の詰襟だと気づいた。

「学生服……え……男？」

少年は目線だけを平原に投げ、呟（つぶや）いた。

「すみません、期待にそえなくて」

それが四号室の幽霊、湊谷（みなとや）薫だった。

「四号室に住人がいた時代があったのか……」

絶句の後に言葉を絞り出した高橋に、平原はあれ、と思う。

（そんなにびっくりするようなことか？）

ノックの音がして高橋が返事をすると、大家が顔を見せた。せっかくだから平原も一緒に夕食を食べていかないか、との誘いであった。平原はどうにもこの大家の声に逆らえない。

「予定が特にないなら……ちょっとパエリアを作りすぎてしまって」

平原が承諾すると、大家はにっこりとした。「他の部屋の人たちも呼びますね。集会室へいらしてください」

大家が言う『他の部屋の人たち』は、当然幽霊も——薫も——含まれるのだろう。最初の朝、初めて薫と対面した直後も、あの子はなんだと訴えた平原に大家は、「彼、ちょっとそっけないけれど、根はいい子ですよ。ええ、とってもいい『四号室の幽霊』です」と、実に朗らかな応対をしたのだった。

「高橋はいつからここに？」

「僕は、今年の七月から」

「仰天しただろ？　部屋に幽霊がいるなんて」

高橋は横で可愛らしく正座しているさやかをちらりと見た。「まあ、はじめは……」

「高橋君ったらね、最初はひどかったんだから。アパートを出ていく、出て行けないなら部屋を替えろ、って」

「でも、結局受け入れたわけだ、高橋は。この幽霊アパートとさやかちゃんを」

「だって高橋君も先立つものはなかったし、部屋替えも空振りだもんね。薫も裕太郎さんも、絶対ドア開けないんだもん。薫なんて、ドアノブ凍らせるまでして拒否したのよ。おかげで今年の夏も快適だったけど」

確かに薫はアパートの空気を冷やすのが得意で、夏場は重宝したのだが、平原がいたころは、ものを凍らせるような真似まではしなかった。

「薫、そんなに嫌がったのか」

「うん、平原君の後はあの部屋ずっと無人。あ、一瞬むりやり入居した人もいたにはいたけど、すぐ追い出してた」

まあ、あの子はもともと人嫌いっぽかったからね、と言いつつ、さやかは立ち上がり、高橋に笑顔を向けた。早く集会室へ行こうよ、と促しているのだ。彼女の笑みに、高橋の頰が少し赤らみ、緩む。

（ああこいつ、好きなんだな）

高橋が見せた表情に、平原は静かにそう納得した。さやかは可愛い。明るくていい子だ。いつも笑っている。一緒にいれば、好きになるにきまっている。唇を綻ばせたことなどついぞなかった薫とは正反対だ。

正反対なのに。

「じゃあ、行こうか。平原が来てくれて、夕飯代が浮いたよ」

高橋とさやかが絶妙な距離を保ちながら部屋を出る。こちらを見た二人に従い、平原も続いた。

（薫と顔を合わせるのか）

不安と緊張が平原の足取りを重くさせる。内臓にセメントが溜まっていくような感覚。

だが、ここまで来た以上はやはり会いたいと願う心が、平原を後押しした。

向こうは俺の顔など見たくないだろうと知りながらも、それでも、もう一度だけでいいから会いたい、声を聞きたいと願っていた相手が、大家に伴われて集会室に入ってきた。

平原を認めても、薫は顔色一つ変えなかった。少しは懐かしがってくれてもいいのに、という寂しさの次に、見慣れた態度の彼に、平原のほうが郷愁を覚える。

大家が座の面々に「このアパートに最初に住んだ方なんです」と紹介してくれた。高橋以外の住人たちは「へえ」「初耳だ」「長久保さんが最初じゃなかったんだ」などと口々に言い合っている。そんな中、平原は面子(メンツ)が二人足りないことに気づいた。

二号室の酒飲み幽霊と、三号室の年増美女幽霊である。他の幽霊——さやかと薫はもちろん、五号室のライダースーツや六号室の小学生幽霊までもちゃんと集まっているのに。

どうしたのかと大家に問おうとしたものの、人懐こく近づいてきたライダースーツの幽霊、槇裕太郎に「お久しぶりですね」と話しかけられ、機を逸した。

「平原さん、お体はもう大丈夫なんですか?」

そのとき、ふと視線を感じた気がした。

薫のいるほうから。

だが、平原と薫を繋(つな)ぐ線の間に、三十歳くらいの女が割りこんだ。井田美月という二号室の住人は、パエリアを皿によそい、スプーンとともに平原に押し付けてから、「ていうことは、病気してたの?」と気さくに尋ねてきた。

「はい、入院の必要があって、ここを出たんです」

「へえ」美月はパエリアを口に入れながら、コルクを抜いてあるワインを手酌で注ごうとして、なにかを思い出したようにちょっと目を伏せた。「どれくらい入院してたの？」

「最初は八ヶ月くらいで……その後も出たり入ったりしました。この夏の検査で、やっと主治医からおおむね安心だろうっていう判断が出て」

「なんだか難しい病気みたいね」

「AMLですよね。確か化学療法だと長期生存率が四十パーセント程度で」看護師だったという槙が知識を披露する。「元気になって良かった、でも俺は、平原さんは治ると思ってましたよ。だって体が丈夫そうだったし」

「AMLってなによ？」

「急性骨髄性白血病のことですよ。ただ、その中でも染色体異常のタイプで予後が違ってくるんです……化学療法が効きやすい人とそうじゃない人と。平原さんは中間でしたか？」

「うん、予後中間群と言われた」

約四十パーセント。

最初に主治医からそのパーセンテージを聞いたとき、平原が思い浮かべたのは航空大学校の倍率だった。

（一次合格率より低いな）

平原が収集した情報では、航空大学校の入学試験は三次まであり、一次でおよそ半数がふるい落とされ、二次でさらに受験者数の二、三割までに絞られ、最終的に合格するのは八人に一人程度となる。

希望を持って大学に入学した平原だが、パイロットへの道のりを知れば知るほど、自分には荷が重いのではないか、と思わずにはいられない瞬間が増えてきた。もちろん、承知の上で選んだ道である。しかしながら、夢がすべて叶えられると信じきれるほど、平原も無邪気な子どもではなくなっていた。

(父さんも、本当はパイロットなんて無理だと思っていたんじゃないか。俺に話を合わせていただけなんじゃないか)

そんな疑念が頭をもたげることも多々あった。

初夏、同期の友人数人と学食でラーメンをすすりながら、航空大学校を目指している、と話をしたことがある。

そのとき、友人たちは笑った。

——パイロットかよ。なんか、小学生みたいだな。

——生命保険のアンケートでガキが答えるやつだろ。

——俺もちっちゃいころ、なりたかった気がするけどよ。さすがに今はな。

彼らの言葉は心に残った。

小学生。ガキ。さすがに今はな。

幼いころは微笑ましい未来への思いも、大人になるにつれて現実との折り合いをつけなくてはいけなくなる。平原を笑った友人たちは、既にそうしはじめていた。

本当に俺はなれるのか。

パイロットの夢を子どもじみていると切って捨てた彼らは、単位は落とすまいとやっきになる平原を、合コンや飲み会に誘った。せっかく入学したんだから、今遊ばなくては損だ、と言いきるものもいた。断り切れず、遅くに四号室へ戻るたび、平原は一人「自分はいったいなにがしたくて進学したんだ」と落ち込んだ。

そんな平原を、薫は冷たい目で一瞥してからそっぽを向くのだった。視線を逸らしてから、彼は必ず海を睨んだ。

薫が海を見ている。

つれないその姿は、なぜか平原を強く叱咤し、奮い立たせた。駄目かもしれないと考える弱気の横っ面をぶん殴り、下らぬことで悩んでいる暇があったら前を向けと、強く訴えかけられている気がした。

心が揺らいだとき、平原は薫を探すようになった。目が合えば、薫の顔はいつも窓の向こうに広がる海へと背けられた。

――一月末に、埠頭から一家で車ごと飛び込んだ。意識のないまま、真冬の海に沈んだ。一服盛られていたからどうにもならなかった。その日は十五歳の誕生日だった――

滅多に喋らない薫が自分の身の上を語ったのは、入居まもなく、平原が「実はパイロットになりたくて」と口を滑らせた夜更けのことだった。しかしそれは平原に心を許したからというのではなく、同じ部屋にいる以上礼儀として、といった感があった。

父親は病院を継がせたかったみたいだけど、僕は検察官になりたかった、と彼は言った。なりたかったけど、親の都合で勝手に殺された。勝手に違法診療をして、ばれて、勝手に困って、勝手に子どもが一人だけ残されるのは不憫だと判断して、勝手に。

別に一人でも良かったのに。未来があるほうが、ずっと良かった、と。

教科書を読みあげるみたいに、なんでもない語り口が、かえって平原をいたたまれなくさせた。

一つの目標に向かって真剣になる薫は、どんなにかきれいだったろうに。それこそ、飛ぶために造られた航空機のように。だが、薫は生きることすら許されなかったのだ。

そして、ひたすら海を見つめてみせる。

主治医から生存率と即刻入院の必要性を説かれた帰途、平原は「どうせ駄目なんじゃないか」と考えた。

パイロットは、心身ともに常人よりはるかに健康を要求される。平原が罹患したのは、罹ったという経歴だけで法的に不適合とされる病だった。覆すには、治療後寛解し、十分な経過観察を経てさまざまなデータを提出し、指定医の適合判定を受けなければならない。それに平原は、頑健な見た目にそぐわず肉体的な痛みや苦しみに弱かった。必要とされる治療を考えると、闘うよりはさっさと緩和ケアをしてもらって、人生の幕が下りる日を待つほうが無難なような気がした。

それでも結局治療に耐え、復学するだけの体力も戻り、このアパートに今、いるのは。

(薫)

心の中でその名を呼びながら美月の肩越しに見つめると、冷たい眼差しが応えるように平原に注がれた。

(別れ際、おまえがあんなふうだったからだ)

すぐにふい、と逸らされた視線が平原に自責の念を呼びおこさせる。

(怒っているんだろう。謝らなければ。ここに来た以上は)

「平原さん、どうぞ遠慮なく」

大家が平原にワインを勧めた。薫は一人でビリヤード台のラシャを見ていた。

最初に病院へ行けと忠告したのは、薫だった。大学二年に進級した直後だった。

「平原さん、最近変です。自分でもわかっているんでしょう、それ、ただの風邪じゃないです」

珍しく平原と真っ直ぐに目を合わせ、薫は大真面目な顔をして言った。

おまえでも他人を心配するのかと、やっぱり医者の血をひいているんじゃないかと、平原は熱の下がらない揺らめく視界でそんなことを思った。

「でも、単位が」

「単位を取る前に死にたいなら、勝手にすればいい」

そう言って背を向けて、薫はまた窓から海を見た。

裸足の皮膚に目を落とせば、湿疹のような赤い小さな斑点が無数にあった。痒みはなかったから、二日前風呂に入ったときにようやく気づいた。それは全身に散っていた。

発熱、倦怠感、出血傾向。

結局平原は薫の言うことをきいた。血液検査で即異常が見つかり、大学病院への紹介を受け、一泊入院の詳細な検査の後に、ＡＭＬの告知を受けた。その日のことを平原はよく覚えている。気持ちよい五月晴れの空だった。大型連休はとうに終わっており、桜はエゾヤマザクラから八重桜へと盛りを移していた。

大学病院を出てすぐ、表のロータリーの真ん中で、輝く陽光を受けた八重桜が重そうに花々をぶら下げているのが目に入った。来年は見られないかもしれない、と漠然と思った次の瞬間、その光景は網膜に焼きついた。

親に連絡しなければいけないのに、真っ先に浮かんだのは、なぜか薫の顔だった。

(あいつとも、会えなくなるのか)

どうせ駄目だ、入院したらそれきりだろう——。よくあるドラマのワンシーンのように看護師や医師から花束を受け取って、にこやかに退院するというビジョンが、平原にはまったく想像できなかった。

とりあえず、ありのままを携帯で実家に伝えた。母親は「しばらく付き添うから、入院する日を教えなさい」と言い嗚咽した。医療費のことを口にすると「おまえはそんな心配をしなくていい」と叱責された。

電話を切り、平原はまた薫を思った。

(志を持ちながら、叶えられずに死ぬのは同じだな)

同類と知れば、少しは自分に寄り添う態度を示してくれるだろうか——平原は熱でぼんやりする頭を軽く叩いた——あいつは同情なんてしない。傷を舐めあうなんてしない。なんとかJRとバスを乗り継いで、てふてふ荘の四号室へ戻った。薫はやっぱり窓辺にいた。平原が帰宅しても、なにも言わなかった。いつもなにも言わないのだ。ただ、海を見ているだけで。

「入院することになったから、ここを出るよ」

それだけ告げると、薫は振り向かずに「疲れたでしょうから、もう寝たら」と返した。

薫のそういう態度が平原にはもどかしくてたまらなく、六畳に敷いたままの布団に倒れこんで、密かに歯嚙みした。自分が薫に対して抱く感情が特別なものだということは、とうの昔に知っていた。初めから一目惚れみたいな状態で四号室を選んだのだ。薫が女で生きていたら、と平原は入居してから何度も考えた。毎日考えた。そしていつしか、そんなことはどうでもよくなった。

女でなくても生きていなくても、好きなことにかわりはない。

その薫ともう会えなくなるのなら——大家に事情を話し、手伝ってもらいながら荷物をまとめ、大半のものは粗大ごみに捨てる手配を取った丸一日の間、平原の心は薫のことでいっぱいだった。——よしんば寛解したところで、空の世界に携わるには大きなハンデを背負う。気力の萎えた状態で、これからの闘いを一人で勝ち抜く自信はない。おそらく自分は死ぬ、薫と同じく夢に手が届かぬまま。ならば、これが今生の別れとなるなら、せめて。

せめて最後に。

最後の朝、部屋の中に残った私物はすべて大家に処分を頼み、黒のナイロンリュックに身の回りのものを詰めて右肩に担ぎ、四号室のドアノブに手をかけて。

平原は振り向いた。

がらんとなった八畳に、窓を背にして、こちらを向いて、薫は立ちすくんでいた。いつもの大人ぶった冷たい表情とは違う、なにかを言いたそうで言いだせないような思いつめた顔が、平原の目に飛び込んできた。

平原もなにを言っていいかわからなくて、ひたすらに心が乱れ、気づいたら薫に向かっていた。

感情のままに腕を伸ばして、抱きしめようとしたとき、

「触るな！」

薫の怒鳴り声に、平原の腕は触れる寸前で止まった。

これ以上近づくのは絶対に許さないといった目で、薫は平原をねめつけていた。

激情は一気に冷め、平原は我に返って愕然となった。肩からリュックが滑り落ちた。

薫は必死な顔をしていた。

(怒らせた？　怖がらせた？)

そんなつもりはなかった、薫が嫌がるようなことをやろうとしたわけではなかった。

最後の別れをしたかった、それだけ。

しかし、言い訳が許される空気ではなかった。平原は床に落ちたリュックを拾い上げて、これ以上怯えさせないように静かに離れた。

「ごめんな」

謝ると、薫は背を向けた。すっかり見慣れた、窓から海を眺める姿の、その腕が、手が震えていた。

「……平原さんの病気が治ってここに帰ってきたら……言いたいことがあります」

平原は四号室を出て、入院した。

(おまえがあんなふうだったから)

たった一人でラシャを見つめ、指先でそれに触れようとする仕草を繰り返す薫から、平原は目が離せない。一緒に住んでいた間も、そのほとんどの時間、薫は平原から顔を背けていた。

その横顔が、好きだった。

誰にも心を開かない、誰も信じない。自分の意志をないがしろにして未来を奪ったやつらを許さない。そう全身で主張しているような薫の態度が、ときに子どもっぽいと微笑ましさを覚え、ときに胸を痛ませ、それから——。

「パエリア、冷めますよ」

槇が言う。平原は頷き、サフランの匂いがするそれを口に入れた。魚介類の濃厚なうまみがしみた、程よく粘り気が飛んだご飯に、舌が喜ぶ。

この美味しさにくらべ、病院の食事はまずかった。加えて、化学療法の副作用がきつく、食事どころじゃない日々も続いた。

抵抗を止めたらどんなに楽か。

何度となく思うたびに、窓辺に立つ薫の姿が瞼に蘇った。八重桜と同じく、別れ際の海を見つめる彼の姿は、熱せられた鏝を押しつけられたように心を焼いていた。

(言いたいことってなんだろう?)

激昂させた直後だから、嬉しい言葉ではなかろうという覚悟はあった。それでも気になって仕方がなかった。そっぽを向き続けてきたあの薫が、自分になにかを伝えたいという『意志』を示したのだ。

(たとえ責める言葉だとしても聞いてみたい)

諦めようとする平原をいつも寸前で引きとめたのは、そんなちょっとした引っかかりと、海を見つめる薫の残像だった。

今、こうしていられるのも、最後の日の薫の言葉と後ろ姿があったからこそなのだ。

ずっと薫に会いたかった。

とはいえ、今日に至るまでふてふ荘を訪問できなかったのは、健康を取り戻すと同時に湧きあがってきた気まずさと、本当になじられて傷つきたくない、という弱さのせいである。

平原はため息をついた。

「あれ、パエリア美味しくないですか？」

槇が横から顔を覗きこんでくる。平原は「いや、違うんだ」と首を振り、「そういえば二号室の遠藤さんと三号室の石黒さんって……」

所在のわからない二人のことを訊こうとした、そのときだった。

「最近、変なやつがうろついていませんか」

六号室に住む米倉が口を開いた。

「いるよね」美月が同調する。「早番シフトの帰りに声をかけられた」

「俺は夜出勤のときだ」長久保も頷く。「潜入霊場のなんとかってやつだろ」

「それだ」

「幽霊を探してる番組なんだよな。あのやたら髪の毛豊富なプロデューサー、相当いけすかねえ男らしいぞ」

槇が苦い顔になったのを、平原は見逃さなかった。

「僕も何度か声かけられました」高橋がムール貝を頬張りながら喋る。「できれば絵的に映える女の人の幽霊が良いとか言ってました」

平原の胸はざわめいた。そんな番組に万が一薫が映されたりしたら。勝手に扱われることをなにより嫌う薫が、あの不愉快な男の番組で面白おかしいだけの取り上げ方をされたら、どんなに不快に思うだろう？

「面白いんじゃない？」

平原の心配をよそに、楽しげな声が響いた。さやかだった。

「薫が撮られたら見栄えしそうじゃない？　あたしでもいいけど。そうしたら、ここも一気に観光スポットになったりして。美人幽霊が出没します、なんて」

自分の顔色が変わるのを、平原は自覚した。

「ね、薫。映されてみれば？　美少女幽霊として。人気者になるよ、きっと」

さやかが一人でいる薫に声を投げる。薫は無表情でそれを見返した。

瞬時に頭に血が上った。

「止めろよ」

平原は怒鳴った。さやかがびくりと身を硬くする。

他愛もない冗談だということはわかっていた。わかっていたが、どうしようもなく腹が立った。冗談でも薫に見世物になれ、などと口にしてほしくなかった。

「なんでそんなこと言うんだ、薫の気持ちはどうでもいいのか」

さやかをかばったのは高橋だった。

「悪気があったわけじゃない、ちょっとしたノリで言っちゃっただけだ。そこまで責めることないだろ」

さやかがとりつくろうように明るい声を出す。「ごめんなさい、あたし、調子にのっちゃって」

座は一気に白けた。しばらく誰も声を出さず、動きもしなかった。

やがて長久保が「俺、明日早いからここらで」と、部屋を出た。美月も早番シフトを理由に続いた。大家が一つ頷き、その他のものも三々五々部屋を去った。

部屋から出る間際、薫はちらりと平原を振り返った。

高橋がぼそりと「じゃあ、僕たちも」と言い、さやかを伴って消えると、集会室には大家と平原二人だけになった。

平原は大家に詫びた。

「申し訳ありません、せっかくこういう場を作ってくれたのに、大声を出したりして」

皿やグラスを片付けている大家は、鷹揚に笑った。「気にしないでください」

することもなく、大家に片付けを手伝うと申し出る。意外なことに大家はそれを断らなかった。

「じゃあ、お願いできますか？」

何度か集会室と大家の部屋を往復し、すべてのものを下げてから、布巾を手に集会室のテーブルなどを拭く。大家は平原の健康状態を尋ねてきた。

「ありがたいことに、山は越えたようです」

「それは良かった。ここを出て行かれたときは本当に辛そうで、心配していました」

あの朝の薫とのやりとりを思い出して、平原の手が止まった。「すみません……もっと早くご挨拶に伺うべきでした」

「今日、お顔が見られてほっとしましたよ」

さりげなく平原の拭き残しをカバーして微笑んだ大家に、そういえば、と疑問に思っていたことを尋ねた。

「二号室の遠藤さんと三号室の石黒さんがいませんでしたが、どうしたんですか？」

大家は微笑みを崩さなかった。「成仏しました」

「成仏？」

「ええ。彼らは幽霊でしたから、成仏してもおかしくはないでしょう？　二人ともつい最近の話で……もう少し早くいらしていれば会えたんですが」

でも、本質的には喜ばしいことですから――大家は窓の外の宵闇を見つめる――この部屋に縛されたままでいるよりは、ずっと。

「だから、私としては薫君が一番心配で」

「どうして薫のことが？」

「彼、ずっと入居者を受け入れていないんです。あなたが出た後すぐに一人希望者が現れたので入れてみましたが、二週間ともちませんでした。もっと正確に言えば、二週間のうちその人が四号室に居られたのは数時間です。薫君が嫌がりましてね。そういう態度を、よく石黒さんからたしなめられていました」

自分が四号室に住んでいたと教えたときの高橋の反応と、さやかの言葉を思い出す。

だが、それがなぜ心配の種になるのか。

大家は平原の手の中にある布巾をそっと取り、言った。

「彼らが成仏するには、たった一つの方法しかありません」

常ならば脳を蕩(とろ)かす大家の美声が、初めて平原に衝撃を与えた。

「その部屋の入居者が彼らに触れる、これしかないのです」

普通は彼らには触れられません。彼らは幽霊ですから、すり抜けます。

でも、愛情でも憎しみでもなんでもいい、彼らのことを幽霊だなんて忘れるほどの感情を持って触ったとしたら……。

泊まっていかれませんか、と大家から優しくかけられた言葉に、平原はやっぱり逆らえなかった。

四号室のドアを開け、電気をつけると、時を戻したかのような薫の姿が目に入った。

窓辺に立って、暗がりに目を向けている。その先には海。静かな部屋。

もしかしたら、例のテレビクルーが張り込んでいるかもしれないという危惧がよぎる。

「薫」

呼びかけに、彼は応えない。

「薫、窓から離れたほうがいいよ。撮られてるかもしれないから」

言うことをきかない頑なさも懐かしく思う。四号室の中で薫は、いつだって自由に振る舞い、自分の意志で動いた。最期にそうできなかった悔しさを晴らすかのように。

ノックの音がしてドアを開けると、大家が布団一式を抱えていた。

「これ、平原さんのなんですよ」

あっけに取られる平原を尻目に、大家はその他一泊に必要と思われそうなものを次々運んでくる。

「どうしてこんなものが」

最後に使った寝具などは、粗大ごみにして捨ててくれと頼んだはずだった。

大家は窓辺の薫をちらりと見やり、「彼のお願いでとっておいたんです」と耳打ちした。

思わず学生服の背に視線を送る。薫は動かない。こちらを見ない。

大家は「おやすみなさい」と去っていった。

また、部屋は静かになる。

「そこから離れたほうがいいよ」

薫は振り向かない。平原は説得を諦めた。彼がそうしたいなら、すればいい。大家が置いていった布団に目を落とす。本当に間違いなく、それは平原のものだった。

「薫……」

会いたいと願いながら、ずっと足が向かなかった。気後れしていた。けれども、この部屋に戻ってきたなら、まずすべきことは一つしかないのだった。平原は深呼吸をした。

「あのときは悪かった」

薫が少し体を動かした。でもまだ顔は横を向いている。

「薫、ここからは独り言だから。聞かなくていいから」

薫の横顔に、平原は視線を固定する。

「俺、おまえのこと好きだ」


「入院している間、考えていた」

平原の言葉どおりに聞き流しているのかどうか、薫の表情からはなにも摑めない。

「夢ってやっぱ叶えられないようにできてるのかな、とか」

――どうだ、かっこいいだろう？

いつも隣で、目を細めて機体を見やっていた父は、平原が中学三年の夏に死んだ。

平原は、痩せ細った死の床の父に言われた。

――おまえの飛行機に乗りたかった……すまんな。

父の願いも叶えられなかった。

「病気になったのも、諦めろって意味かなとか、思ったりした」

寛解にまでこぎつけ、なおかつ再発もなく、復学する。辛い治療の最中は、そんな日など来ないように思われた。

「でも、なんとか戻ってこられた。それは、たぶん……それは」

部屋で一人海を眺めていた同居人を、いかなるときも忘れはしなかった。

「……俺の病室からも、海が見えたんだよ」

朝、目覚めるたびに、病室の窓辺に懐かしい後ろ姿を重ねて、自分はまだ生きていると平原は思った。地獄に垂らされた蜘蛛の糸より頼りないかもしれないが、それでも生きている限り可能性はゼロではないと、か細いながらも内から訴える声を聞くことができた。

体調が思考に耐えられるとき、平原はずっと考えた。なぜ薫は海を見続けていたのか、命をなくした嫌な場所であるはずなのに。自分もなぜ気が弱くなったとき、そんな彼を探したのか。

そして、あるとき思い至った。薫は、わざと見せていたんじゃないか。夢を叶えたくてもどうにもならない自分の姿を、悔しい思いを、弱くても生きている俺のために。

僕の未来はあそこでついえたけれど、平原さんにまだそんな場所はない。すべてが終わったわけじゃないくせに、と。

そう言いたかったのではないか。

だから、俺も自然と奮い立つことができたんじゃないのか。

病床で平原は、ようやくそれに気づいたのだった。

いつも顔を背けて、窓の外ばかりに目をやっていた薫。つれない態度なのに、なぜかそれが好きだった。そうされたいと、どこかで願っていた。

あれは無口でそっけない彼なりの、精いっぱいの励ましだったのだとしたら。

平原は胸をかきむしりたくなった。

四号室を出るときも、薫は背を向け、海を見たのだ。

その真の意味を悟り、平原は身悶(みもだ)えた。

(もう一度薫に会いたい)

自分にこんな思いを抱かせるのは、後にも先にも薫しかいない。闘病の中で平原は確信し、だから、苦しみながらも立ち向かえたのだった。

「おまえが最後に言ったことも、すごく気になっていたし……うん、すごく気になった。戻ってこられたのは、おまえのおかげだよ。ありがとうな。俺、復学してもう一度単位を取りなおして、航空大学校を受験する。そして、やっぱりおまえが好きだよ。本当に……いや、違うな。上手(うま)く言えない」

薫は窓辺から動かず応えない。それでいい、と平原は思う。独り言なのだから。

だが、続きは。

「薫、ここからは独り言じゃないんだ」

うつむき加減だった薫の顎が、僅かに上がった。

「ごめん。俺、おまえに悪いことをした。ここを出るとき、怯えさせた。言い訳に聞こえるだろうけれど、よこしまなことをするつもりはなかったんだよ」

横顔の左目が、少し厳しくなった。

「俺、女にするみたいに、おまえをどうこうしたかったわけじゃないよ。そういうのとは違うんだ。ただ、これきり会えないと思って、たぶんこれが最後だろうと思って、このまま別れるのが辛くて、だから」

「……別れの抱擁ってやつですか」薫の声は冷静だった。「母親と同じだ」

「母親？」

「一服盛られて意識が無くなる直前、そうされた記憶があります」

ならば、さぞ嫌だっただろう。平原は今一度詫びた。

「本当に悪かった。ごめんな」ゆっくりと振り向いた薫に、平原は頭を下げる。「俺が全部悪い。最後だと思ったら、衝動が抑えられなかった」

「そんなに、好きだったんですか？」

他人ごとのように訊く薫に、平原は首を振る。

「だった、じゃない。今もそうだ。好きだという言葉がふさわしいかどうか、俺ももうわからない」

恋情のようであり、強い友情のようであり、家族愛や同志愛にも非常に似ていて、しかし、それらすべてとどこか異なる。

　薫への気持ちに、正確な名は見つからない。

　確実なのは、自分にとってかけがえのない人ということだけ。

　薫の両手が拳（こぶし）の形になる。

「頼みがある。あの日おまえが言いたかったことを教えてくれないかな。俺が戻ってきたら言ってやりたいってことを」

　どれほどなじられるか、非難を浴びるかわからないが。

「聞きたいんだ」

　薫の心を言葉で知りたい。いつしか平原は落ち着いていた。


　初めて、薫が息を吸う音を聞いた。

「平原さんが出て行ってからすぐ……若い女が一人入ったんです」

「聞いたよ。おまえ、追い出したんだって？」

「なんでそうしたか、わかりますか？」

　平原は素直に答えた。「わからない」

「そいつ、ここを死に場所にする気だったんです。この部屋を選んだのはただ単に四号室だったから。〝死〟とかけたんでしょうね……男と心中しようとして逃げられて、もう生きていたくないって、長い独り言をぼそぼそ喋（しゃべ）ってた。だから追い出した。そいつはここで寝ていない。トイレに行った隙に閉め出したから」

「そりゃあ、その人もびっくりしただろうな。寝てないんならここの幽霊のことも知らないだろうし……」

「大家さんがいろいろ面倒みてましたから、なんとかなったんじゃないですか。出て行くときはそれなりに立ち直ってたみたいだし」

「その女の人と、おまえが言いたかったことと、なにか関係があるのか？」

握りしめられている薫の指が白い。

「心中を考えた人なら、もしかしたらあっさり僕に共感してしまうかもしれないじゃないですか」

薫の死因を思い、平原は納得する。「普通のやつよりは……ありうるかもしれないね」

「……このアパートの幽霊って、どうしたら成仏するか知ってますか？」

平原は頷いた。「さっき、大家さんから教えてもらったよ」

答えて、はっとなる。薫の表情が変化していた。あの日、四号室を出る前に見たときみたいに、冷たげな表層が剝がれおちつつある。薫の拳が震えている。

「あのとき、平原さんに触られてたら、僕は成仏していたはずです」

平原は息を吞んだ。薫の頰や目の周りが赤くなっていく。双眸が潤んでゆく。

「平原さん、弱ってた。死んでもいいような感じだった。でも、そんなの嫌だった。あれで終わりになるなんて」

耳を疑う——薫は今、なんて言っている？

「生きてるなら、あがいてほしかった。平原さんならできると思った。どんなに迷ったって、結局は机に向かえる平原さんが羨ましかった。本当はいつも見てた、海だけじゃなくて、ガラスに映る平原さんも。だから……」

信じられなかった。こんな顔を薫がするなんて。

「元気になった平原さんに、もう一度会いたくて、泥臭くても、みっともなくても、ちゃんと生きてあがいている平原さんじゃなきゃ、嫌で」

触れてほしくなかったんです、あのときの平原さんにも、馬鹿な女にも——手の甲で目を拭おうとした薫に近づく。今度の衝動はどうにもならなかった。

薫の腕を掴んで引き寄せる。

すり抜けなかった。

（あ）

肩に当たった薫の額から温もりを感じる。

（やばい、触った……）

おかえりなさい、薫の小さな呟きが聞こえた。

（消えてしまうんだろうか、成仏してしまうのか、このまま）

焦った平原は、抱きしめる腕にいっそう力を込めた。

「薫、答えを聞いてない」平原は叫んだ。「教えてくれ」

薫の顔がゆるやかに上がる。

「……今、言いました」

小さく呟いた言葉。

「おかえりなさい、って……」

薫と目が合う。その目も、頬も、睫毛も濡れていた。

「ずっと平原さんに言いたくて、ここで待っていました」

内から殴られたように大きく心臓が跳ねた。

平原の視界も滲む。初めてかけられたその言葉に、歓喜で身がわななく。だが、同時にぞっとなった。これ以上ないほどがっちり触ってしまった。薫が消える、確実に成仏してしまう。どうすればいいのか。このまま触れ続けていれば先延ばしできるのか。

「消えるな、薫」

薫の手がぎゅっと平原の上着を握った。

「待ってくれ、俺といてくれよ。このままいてくれ。俺、まだ全然駄目だよ。おまえがいなきゃ……」

切れ長の瞳が平原を見つめる。

「ここに帰ってこられたんだから――」

平原さんは、もう大丈夫です。

いつも冷たく引き結ばれていたその唇が、ふっとほどけた。

こいつが笑った、と思った瞬間、激烈な寒さが一気に押し寄せてきて、平原はその場に昏倒した。

意識が無くなる寸前、さよなら、と囁く声を聞いた気がした。


翌朝、平原はちゃんと布団の中で寝ていた。

枕元にはビリヤードの的球ナンバー4が転がっていた。薫はいなかった。

紫の球を拾い上げ、両手で包む。少し冷たかった。

大家のところへそれを持って行くと、平原を見るなり心得ていたというように頷いた。

「ありがとうございます、平原さん」

「え」礼を言われると思っていなかった平原は戸惑った。「どうしてそんなことを」

「大家として、私は彼らを成仏させたいと願っていますので」

平原は手の中の的球ナンバー4に視線を落とす。

「正直なところ、薫君については諦めかけていました。誰も入居ができないんですから」

平原が顔を上げると大家は的球を慈しむように見ていた。

「私が無理に入れた女性ですが」

「薫から聞きました。自殺するつもりで入居したそうですね」

「ええ。薫君はひと目でそれを看破しましてね。自分のご両親とのことで、そういう気配には敏感になったんでしょう。彼女をすぐさま閉め出してしまいました。薫君のドアノブを凍らせる技、そのとき初めて出たんですよ。よっぽど嫌だったんでしょうね……仕方がないから、集会室に寝泊まりしてもらって。私が話を聞き、相談に乗って……結局彼女は思い直して出て行きましたが、後でどうしてそんなに彼女を拒んだのか薫君に訊いたら、彼、こんなことを言ったんです」

思わずなにごとかと姿勢を正すと、大家は柔らかい表情をした。

「四号室の住人は今も平原さんなんだから、空室扱いは止めてほしい、と」

「え?」

「しかも、そのときだけじゃないんですよ。薫君は事あるごとに談判してきました。自分の写真は誰にも見せるな、平原さんは必ず帰ってくるから四号室は空き部屋じゃないと、それはもう、必死になって」

的球を握りしめる。固い感触。

「だからあなたが来てくれて、良かったです」

平原は唇を噛んでうつむく。

「彼、ちょっとそっけないけれど、根は……とってもいい子だったでしょう?」

大家の言葉を聞きながら、平原は目を何度も瞬かせた。あふれてきそうなそれを懸命に引っ込めて、必死に明るい声を作る。

「薫がいい子？　まさか……困りますよ」自分でも上手く喋れているかどうか、平原はわからない。「それなら俺、三年半分の家賃、滞納してることになっちゃうじゃないですか」

「ああ、そうですね」

大家はそっと手を伸べてきて、平原の手から的球を優しく取った。

「でも、薫君のおかげで夏場浮いた光熱費が、ちょうどそれくらいになるんじゃないかと」

　ここのところ、酷暑の年が続きましたからね——大家のいい加減な計算に平原は苦笑する。いくら薫が空気を冷やすのが得意だからといって、そんなどんぶり勘定はない。

　と言いたかったものの、やっぱりあふれるものを堪えるのに精いっぱいで、平原はもう言葉が出ない。

「来年の夏が思いやられます」

　ちっとも思いやられていない声音で。

「布団の類は取っておきますから」

　よかったらまた、いらしてください。

　四号室は、あなたと薫君の部屋ですから。

　微笑みながらそんなことを言う美声の主に、平原はただ深く頭を下げた。

五号室

「こんにちは、お久しぶりです」

駅前まで迎えに来てくれた大人しげな男に、槇真由美(まゆみ)は思わず笑みをこぼしてから頭を下げた。メールや電話でやりとりはしていたが、実際に会ったのはたった一度しかない相手に、まったくもって親切なことだと真由美は感謝の念でいっぱいになる。

米倉という名のその男は「よかったら荷物持ちましょうか」と手袋をはめた右手を差し出してきた。

「いえいえ、とんでもないです」真由美は遠慮した。「アパートを紹介していただいただけでも十分すぎるのに」

そう言うと、米倉は少々困った顔をした。「……いや、あの……いろいろびっくりすると思うんですけど」

本当に良かったのかな、と呟いた米倉の声を、真由美は聞き逃さなかった。

この米倉という男は、内心後悔しているのではないか、といぶかしむ。真由美自身も厚意に甘えすぎたか、図々(ずうずう)しかったかと、密(ひそ)かに反省はしているのだ。一度しか会っていない相手に、住む場所の相談を持ちかけるなど。

事故現場からそう離れていない場所に、三ヶ月とちょっと。

ウィークリーマンションという選択肢もあったが、真っ先に思い出したのは米倉の存在だった。彼はまさに現場から徒歩十分程度の、『てふてふ荘』という安アパートに居住していたのだ。

家賃が破格なのは、初対面時に聞いていた。真由美は結婚を控えて寿退社済みの身なので、時間はそれなりにあるが、お金の無駄遣いは避けたい。定住するわけではないのだから、住み心地も多くは要求しない。

メールで米倉に空室状況を尋ねてみると、一つ空いている部屋があると言われた。

「すみません、ご面倒おかけしました」

米倉からてふてふ荘の大家に、入居希望者、つまり真由美のことを伝えてもらったのである。

「本当なら私がちゃんと大家さんにお願いすればよかったんですけど」

「まあ、そういうこともあるんでしょう」

米倉とともにバスのステップを上がりながら、そんな会話を交わす。米倉から教えてもらったてふてふ荘大家の電話番号は、どうしてか繋(つな)がらないことがままあり、繋がったとしても終始無音だったのだ。おんぼろアパートだから、回線の調子も悪いのかもしれない。

「米倉さんは六号室なんですよね」

「はい」

「空いているのは五号室だけなんですよね」

「ええ」

「じゃあ、お隣ですね」

米倉はぎこちない笑みを浮かべた。「あの……びっくりしないでくださいね。本当にその……安いには安いだけの理由があるというか……いや、紹介して良かったのかな……」

そんなに荒廃したアパートなのだろうか。外観は一度見ている。米倉と出会ったときに、よもやま話をしがてら、一緒にそこまで歩いたからだ。確かに時代遅れのアパートではあった。外壁のモルタルにも、ヒビがたくさん入っていた。だが、ここまで米倉が否定的な言葉を口にするからには、中はもっとひどいのか。

それでも、今さら他をあたってくれと言われても、困ってしまう真由美である。

「あの、米倉さん。私はすごく助かってるんですよ。期限付きとはいえ、見知らぬ土地で過ごすわけですから。兄のお知り合いの米倉さんがいらして、ほっとしてるんです」

米倉は真由美の兄、槇裕太郎の知人だった。

特別に親しいというわけではなかったようだが、兄の死亡事故現場にいた家族三人に声をかけてきたのは米倉のほうなのだから、それなりに付き合いはあったのだろう。

バスにしばらく揺られ、促されて降車する。ふるさとの青森とは違う雪の匂いがする。午後四時を回った時刻だが、季節柄辺りはもう暗い。雪道の足元に気をつけながら歩いていくと街路灯の先に件のアパートが見えた。

（やっぱり、おんぼろ）

でも、まあいいか、と真由美は気を取り直す。一生住むわけではないのだ。生来真由美は楽天的な性格であった。

「一番近くのお花屋さんって、どこですか？」

「花屋？」訊き返した米倉も、すぐに腑に落ちた顔をした。「事故現場より少し先にわりと大きなスーパーがあります。その中に花屋さんも入っていたはずですよ」

「ありがとうございます。あのときは、両親と駅前のデパートで買ったものですから」

「そうでしたか」

共同玄関から中へ入る。屋内はとても清潔だった。目に入る範囲はどこもかしこもきれいに管理されていて、変な臭いもしない。

（全然問題なさそうじゃない）

「じゃあまず、その、大家さんに……」

米倉が出してくれたスリッパに足を突っ込み、玄関からすぐ右手のドアに向かう。

ノックの後、しばし待って、米倉はそのままドアを開けた。

「あら、大家さんお留守なんですね」

「え？」米倉が目をぱちつかせた。「え？　あの……？」

「お夕飯の買い物でしょうか」

「え？　真由美さん……え？　もしかして、大家さんが見え……」

「とりあえず、先に五号室へ入ってもいいのかしら。それともお帰りをここで待ったほうがいいですか？」

目の前の米倉が視線を泳がせている。なにごとかと真由美は首を傾げた。

やがて米倉は虚空を見つめて頷き、「……あの、じゃあ僕が部屋に案内します」と、テーブルの上に置いてあった鍵を手に取った。


五号室には手配をしておいた必要最低限の家財道具が到着していた。それを整理しながら、真由美はことのいきさつを振り返る。

——家賃が安いので……最初の一ヶ月はそれも免除でしたし、敷金礼金もなくて。

去年のゴールデンウィーク中にぽつりとあった平日。事故現場からてふてふ荘への道のりを歩きながら、米倉はガラガラ声で自分の住んでいる場所をそう説明していた。明らかに発熱していると思われる潤んだ目とよろめきながらの足取りは、両親とともに青森に戻ってからもしばしば話題になったものだ。

——あんなに具合が悪そうなのに、わざわざ声をかけてくれたなんてね。

——裕太郎の友達に会えるなんて、思ってもみなかったなあ。

兄の裕太郎がバイク事故で他界してから五年目の春。真由美一家は事故現場へ花を手向けに来ていたのだった。きっかけとなったのは、年度末に放送されていたバラエティ番組のスペシャル版だった。

番組タイトルは『ザ・潜入霊場』。心霊スポットなどいわくつきの場所に乗り込んでいくという内容である。とはいえ、実際にこの世ならぬものが映り込むことはない。意味ありげに静止画像に印がつけられた回もあったが、真由美にはさっぱりであった。ゆえに世間で言われるほど面白いとは感じないのだが、友人によると、実際に幽霊が映るか映らないかは二の次で、「あれは基本的に出演者のトークとリアクションを楽しむもの」らしい。

スペシャルはゴールデンタイムでの放送だったので、一家そろって視聴した。中年の女性霊能力者がゲストに招かれていた。

テレビを眺めていて、一家は仰天した。番組の中で、兄の事故現場が取り上げられたからだ。しかもその女霊能力者は、さもおぞましいものに耐えるように声を震わせながら断じたのだった。

『ここで亡くなった男性は、まだ成仏していません』

すっかり慌てふためいた、なんでも信じがちの両親が、ゴールデンウィークを利用して花を供えに行こうと言いだしたのはそのせいである。

現場は街中心部の方向に向かって緩く下りながら、反時計回りにカーブしていた。兄は下りカーブの出口で急にハンドルを切り、対向車線側の電柱に激突して死んだ。おそらく飛び出してきた小動物を避けようとしたのだろう、と当時の警察官は説明した。

その電柱の下に花束と生前兄が好んだ銘柄の缶ビールを置き、両親に倣って手を合わせていると、背後からガラガラ声がした。

――あの、槇さんのお知り合いですか？

薬の入ったビニール袋を片手に提げ、いかにも風邪をこじらせてしまいました、といった顔をした二十代半ばの男がいた。

それが、米倉だった。

事故現場から坂道を十分ほど歩くと総合病院があるのだった。兄が勤務していた病院でもある。どうやら米倉はそこで診察を受けた帰りらしかった。

――ここをご存じなんて……もしかして息子の、裕太郎のお友達ですか？　私たち、裕太郎の家族なんです。

まず食い付いたのは母だった。死んだ息子の知人に遭遇できると思っていなかったのだろう。なにしろ事故から五年経っていたのだ。

――あなた、お名前を教えてくださる？　お葬式にもいらしてくれたのかしら。

――生前は息子が大変お世話になりまして。

両親はこれもなにかの縁と考えたに違いなかった。米倉に一家で現場にやってきた理由を詳(つまび)らかにし、一定年齢を超えた人間特有の押しの強さで、米倉の氏名はもとより、どういう付き合いだったのか、生前の息子の話を聞かせてほしいと迫った。なんなら腰を据えて近くの喫茶店で、とでも言いだしそうだった。両親の気持ちもわからなくはないが、具合の悪そうな米倉にそれは酷に思われた真由美は、両親を諌めた。なら、せめて米倉が帰る道を一緒に歩きながら。最大限譲歩した両親に、米倉は戸惑いの表情を浮かべたが、それでもてふてふ荘まで一家三人が付き従うのを拒絶しなかった。米倉は誠意を持って、両親が投げかける兄に関する質問に答えてくれた。

――槇さんは、とてもいい人です。明るくて面倒見が良くて、バイクと野球に詳しくて……。

――僕はこの先のてふてふ荘というところに住んでいるんです。絵を描いて暮らしていますが、あんまり売れなくて……あそこは家賃が安いので……。

――槇さんとはそこで会いました。

生前の兄はもっと街中に近いアパートで暮らしていたはずだった。

――じゃあ、お互いの部屋を行き来するほど、親しくしてくれていたんですね。ありがとうございます。

母が涙ながらに言うと、米倉の顔色が少し変わった気がしたのは、たぶん気のせいだったのだろう。

――すみません、あまりお話しできなくて。

てふてふ荘前で別れるとき、米倉は若干うなだれていた。高熱の人間に何年も前の記憶を掘り起こして事細かに喋れというほうが無理な話である。真由美はもっともっとと聞きたがる両親を今一度制し、礼を述べた。すると米倉は逆に恐縮したように言ったのだった。

——よかったら、連絡先を教えてもらえませんか。槙さんについて、少しでもお話しできることを思い出せたら、お教えしますので。

そういう経緯で、真由美は米倉と連絡を取り合うようになったのだった。

米倉はメールをくれるたびに、家族の知らない兄の生前のエピソードを教えてくれた。内容を両親に教えると、母は「私たちのために思い出してくれているのねえ」と涙ぐんだ。

真由美も米倉に好感を持った。もちろんそれは異性としてではなく、単純に人として「誠実だ」と感じたのだ。

状況が変わったのは昨年末だった。十二月二十日付けで勤務先を寿退社した真由美は、婚約者とクリスマスを過ごした翌日、両親と共にとある居酒屋を訪れた。両親が持ちかけたのだ。結婚して家を離れれば、彼らと外食する機会もそうそうないだろうと、真由美は誘いに乗った。母が予約したその店は、夕方のローカル番組で『料理がおいしい上に、店主の特技がリピーターを増やしている』と紹介されていたところだった。

その『特技』が胡散臭い霊視だということを知っていれば、真由美は別の店にしようと進言しただろう。

小上がりで三人そろってビールで乾杯し、出てくる料理に舌鼓を打ち、そろそろ会計しようかと席を立ちかけたとき、店主がふいにこちらへ来て言った。

「事故で亡くなられたご家族がいらっしゃいますね」と。

周囲の客はどよめき、一家は唖然となった。店主は続けた。

「彼は地縛霊になっています。現場に百日休まず花を供えなければ……」

馬鹿馬鹿しい、失礼だと真由美は憤りすら覚えたが、両親、特に母がそれを気にした。潜入霊場スペシャルの件もあり、裕太郎の魂は、本当にまださまよっているのではないかと、事あるごとに口にするようになった。

「一度きりじゃ駄目だったんだね……。真由美、お正月が過ぎたらまたお花供えてきてくれないかい？　うちはお店があるし……」

真由美の家は小さな酒屋を営んでいた。

結婚までにはまだ半年以上の間があるとはいえ、正直なところ、真由美は母の提案にまったく気乗りがしなかった。花嫁修業の一環として料理教室に通うつもりだったし、なにより幽霊などいないというのが真由美の持論だった。それらしきものを見たことも聞いたこともないからだ。

それでも真由美が米倉に相談を持ちかけ、てふてふ荘に入居したのは、結婚前に最後の親孝行でもしておくか、という、ただそれだけだ。

（明日から百日参りか）

それ以外はどうやって暇をつぶそうかと、真由美は頭を悩ませつつ、実家から持参してきたバイクのミラーをこたつの上に置いた。

（死亡事故なのに、こんな割れやすいものだけ無事だったなんてね）

中に映る自分の顔を指で突っついてから、真由美はガスの確認もかねてお湯を沸かした。それからアパートの各室に挨拶に行くべく、青森で購入してきた土産物のお菓子をバッグから引っ張り出した。

「なによ」真由美はひとりごちた。

「なにもないじゃないの」

仮住まいの五号室で初めての朝を迎えた真由美は、今一度奥の六畳とミラーのある八畳をくまなくチェックした。カーテンを開け、外を眺めてもみた。別に変わりはない。今日も寒いですよ、と言いたげな薄曇りの空が広がっているだけだった。

レンタル契約した電気ストーブのスイッチを入れる。すぐに電熱線が赤くなった。ついでにこたつも暖める。本当は灯油ストーブが欲しいところだが、仮住まいであるため我慢することにしたのだった。

昨夜、お土産片手に各室に挨拶に行った真由美だが、手渡せた他の住人たちから一様に言われたことがあった。

――明日の朝、驚かないでくださいね。

「なにに驚けっていうの？」

残ったお菓子の箱を眺める。四号室と大家の分である。この二つは昨晩のうちに渡せなかった。部屋の主がいなかったのだ。四号室については米倉が「埋まっていると言っても新年度からの予約状態なんです」と説明してくれたが、大家については理由がわからなかった。

（まあ、いいか）

よくわからないことを考え続けるのは時間の無駄というものである。真由美はお湯を沸かしてインスタントコーヒーをいれた。

そこに、ノックがあった。

ドアを開けると、失態を打ち明ける子どものような表情の米倉が立っていた。

「真由美さん、すみません」

「なんのことかしら？」

「びっくりされたんじゃないですか、部屋に槇さんが現れて……」

「は？」米倉の言葉は意味不明だった。「現れるって、私は昨日からここにいますよ？」

「いや、その……え？」米倉は真由美の背後に視線を走らせたようだ。「え？　真由美さんって……あれ？」

「昨夜も、起きたら驚くとか脅かされたけど、なんだったのかしら」

米倉の下顎（したあご）が落ちて自然に口が開き、どこか翳（かげ）りを感じさせる顔が間抜けなものに変わる。「……もしかして、本当に見えてない？」

「見える？」真由美は小学生からの自慢を言ってのけた。「見えてるわよ、私ずーっと視力、二・〇なの」

「そ、そうでしたか」米倉はたじろいだようだった。「すみません、忘れてください」
一礼して隣の部屋へ戻っていく米倉の姿に、真由美は少しおかしくなって笑った。

雪の積もった現場に花を供え終え、ついでに調達してきた食料品を整理してから、真由美は壁にかけたカレンダーの今日の日付の上に、赤いペンで『1』と書き入れた。

「王貞治（おうさだはる）……百までは遠いなあ」

母親に連絡を取る。母は「あんたに任せてすまない」というようなことをしきりに言っていた。こんなことで両親の気がすむのなら百日参りもやる価値はあるのだろう。

帰って来たときに大家の部屋をノックしてみたものの、返答はなかった。

いつまで留守にしているのだろうと思いながら、簡単に昼食を作って食べていると、米倉が部屋を訪れた。

「あの……今朝はすみませんでした」

忘れてくださいと言っておきながらなぜまた謝る、と心中で突っ込みを入れつつ、一方でその生真面目さに感心する。思えば生真面目だからこそ、事故現場にいた一家を無視できなかったのだろうし、真由美の一時的な間借りについても尽力してくれたのだ。

「よくわからなかったですけど、気にしないでください。私も全然気にしてないんで」

用件を問うと、今晩二階の集会室で真由美の歓迎会を開きたいから、時間を作ってくれないか、と言う。真由美は二つ返事で承知した。挨拶回りでお菓子は配っているが、どうせなら一つ屋根の下で暮らす者同士、もっと親しくなっておきたい。期限付き住人の身ではあるが、だからといって『旅の恥はかき捨て』といった振る舞いをする人間を、真由美は好かなかった。

(お兄ちゃんも、そうだったなあ)

兄の遺品の中には、たくさんのはがきや手紙があった。兄は暇ができれば各地のプロ野球観戦もかね、バイクで小旅行をしていた。それらは、その道中で出会った人たちから送られたものだった。

――もう二度と会わないかもしれないからこそ、仲良くしておきたいだろ。

誰とでも親しくなれるのは、兄の一つの才能だった。だから、歳の離れた米倉とも付き合いがあったのだろう。そういえば、通夜や告別式に参列した人も多かった。青森の古くからの友人知人だけではなく、思いがけないほど遠方から足を運んでくれた弔問客もいた。

最初の花を供えてきたせいもあるのか、不思議と兄のことが心に浮かび、真由美はこたつに入って思い出にひたった。しばらくすると、外気で冷えた体が温(ぬく)もってきたせいか、眠気を覚えて、そのまま真由美はうたた寝をした。

幼いころ、真由美は兄との年齢差がとてつもなく大きく感じられた。いつも裕太郎は真由美の前を歩いていた。そしてときどき振り返り、笑って声をかけてくれた。

真由美に野球のルールや楽しみ方を教えてくれたのも兄だ。

三十歳で裕太郎は死んだ。今、真由美は当時の兄と同い年である。今年誕生日を迎えたら、あとは追い越すばかりだ。

なのに、兄は兄でしかない。決して弟にはならない。

遺影の兄は、オレンジのライダースーツを着て笑っていた。とても楽しそうだった。

（あれは誰が撮ったんだろう……）

ふっと、目覚める。誰かが近くで自分の寝顔を眺めていたような気が、しないでもなかった。

集会室に用意されていた料理は、どれもこれもが美味(おい)しそうで、真由美は有頂天になった。特に真由美を喜ばせたのは、鶏の唐揚げと蟹玉炒飯(かにたまチャーハン)だった。どちらも幼少のころからの大好物なのだ。ビールで乾杯をした後、米倉に促され、真由美は遠慮なく箸(はし)をつける。

集会室には真由美を含めて五人の住人が集った。やっぱり大家はいない。忙しいのか、それとも泊まりの用事にでも出ているのか。挨拶を済ませていないのが少々気懸かりではあるが、不在であれば致し方ない。

と、真由美は自分を見つめる四人の視線に、変わったものを観察するような好奇が潜んでいるのに気づいた。

「あの、皆さんどうかしましたか？」

「ねえ、真由美さん。あなた本当に今朝なんでもなかったの？」

二号室の井田美月という女が問うてきた。真由美は頷く。「ええ、とりたててなにも」

「こんなことがあるのか」唸るように言葉を吐いたのは三号室の長久保だった。「信じられん」

「どういうことですか？」

率直に尋ねてみたものの、住人たちは互いに顔を見合わせるのみである。真由美は深く考えるのを止め、別な話題をもちかけてみた。

「この料理美味しいですね。しかも、どっちも私の大好きなメニューなんです。嬉しいわ。どなたが作ってくれたんですか？」

「ああ、それは大家さん。大家さん、料理上手だから……」

米倉よりも少し若そうな一号室の高橋の答えを、真由美は怪訝に思う。

「大家さん、いつ戻ってらっしゃったんですか？　昨日も今日の午前も会えなくて……ご挨拶まだなんですよね」

高橋が飲もうとしていたビールのコップを、口につける寸前で止めた。美月は野菜スティックを取り落とし、長久保は鋭い目を一瞬虚空に向け、すぐさま真由美へと戻した。

米倉がおずおずと近づいてきて、一枚の紙を渡した。賃貸の契約書だった。

「……ええと、とりあえずこれ、書いてもらえますか。部屋に戻ってからでいいんで」

「そうよね、こういうものもまだだもの」真由美はそれを受け取った。「書いたら、大家さんのお部屋に持って行けばいいのね」

「いや、いいです」米倉がかぶりを振った。「僕にください。僕から大家さんに渡します」

「え、でも。ご挨拶もまだだし」

「その、あの、いや、結構です。僕が責任を持ってやります」

「大家さんは今、下にいらっしゃるのかしら。ちょっと中座していいですか？」

「真由美さん！」思いがけない米倉の声量だった。「ここにいてください、大家さんは……その、出かけています」

「そ、そうみたい」美月が米倉の後を継いだ。「忙しいらしいの、なんだかわからないけど」

「ちょくちょくいなくなるぜ、なあ」

「う、うん、いなくなる。なります」

長久保と高橋も同意し、真由美は「そうですか」とまた唐揚げを口に運んだ。

歓迎会はその後和やかに進行した。集会室にあるダーツやビリヤードは真由美の注意を引いた。無造作に置かれてある蔵書や雑誌も、心を浮き立たせた。訊けば住人は集会室のものを自由に使っていいという。暇つぶしの方法を探していた真由美にとって、うってつけだった。

真由美以外の入居者たちは、秘密を共有するもの同士のようにときおり目配せし合っていたが、真由美は気にしないことにした。気にしただけで解決する問題など、この世に一つだってありはしない。

（それでもちょっとは、気になるけど）

五号室に戻ってこたつに足を突っ込み、真由美はバイクのミラーを覗（のぞ）き込んだ。ビールで少し赤くなった自分の顔が、見返していた。

花を買ってから現場に供えに行く道すがら、たとえば、と真由美は小さく声にして出す。声は白く目に見えるようになってから、辺りに散らばって消えていく。

たとえば死んだのが私だったら、兄はこうやって花を供えに来てくれたろうか、と。

「しないだろうなあ」

真由美だって、結婚を控えたつかの間の自由の身であるからこそ、できるのだ。看護師の兄ならば、到底無理だ。

それになにより、自分が死んだ後のことなど想像できない。死後の世界や幽霊も信じられない。見たこともなければ聞いたこともない、匂いも感触もないものを存在すると言いきれる人間を、真由美は今一つ理解できないのだった。だから花を道脇に置き、手を合わせても、無益な労力を使っているという気にしかならない。

曇り空から小雪が舞い落ち始めてきたので、真由美は長めのマフラーをきつく首に巻きなおし、てふてふ荘への帰途につく。

集会室で、真由美はビリヤードのキューを手に取り、勝手に撞いてみる。

勤め始めて間もないころ、真由美は歳の近い同僚たちと共に、退社後ゲームセンターに併設されているビリヤード場で遊ぶことがあった。

中に一人、大学時代ビリヤードサークルに所属していた同期がいた。彼は嫌な顔一つせず、真由美ら素人にキューの握り方や構え方から、ゲームの種類やルールを教えてくれた。おかげで真由美も下手糞なりになんとか撞けるようにはなっている。

ナインボールの練習をやろうとして、的球が欠落していることに気づいた。一番と五番、六番がない。真由美は肩をすくめ、ストライプボール三つで代用する。

「あ、すいません」

声に振り向くと、一号室の高橋だった。フリーターという話だったが、今日は休みなのか。彼はキューを握る真由美をちらちらと見やりながら、本棚を吟味し始めた。真由美は気にせず並べた球をブレイクした。格好よく散らばりはしなかったが、球と球の当たる音が好きな真由美は満足だった。

「あの……」

呼びかけられたようで顔を上げると、高橋がカバーの外れた古い文庫本を一つ手にして、こちらを見ていた。

「なんですか?」

にこやかに返すと、高橋はしばしためらった後にこう尋ねてきた。

「真由美さんは、幽霊とか信じていますか?」

現場に花を供えに通うという行為を、愚かしいと思っているのだろう。真由美はそう判断した。

「信じていないというか、信じようがないわよね。目に見えないんだもの。でも、両親を安心させるためにやっているの」

変でしょう、笑っていいわよ——そう言ったのだが、高橋は真剣な表情だった。

「真由美さん、霊感とかって……あります?」

「霊感? ないない、全然ない。世界一ないと思うわ。私、心霊写真を見せられても、どこになにが写っているかさっぱりなの。白い線で縁取られていてもわからないわ」

「ああ、それで……」

「それで、って?」

「いや、いいんです」高橋は慌てて文庫本を持った手を振りまわした。「僕、初めの日におかしなこと言ってすいませんでした」

「朝起きたら驚く、っていうやつ? 気にしないで。なにもないに越したこと、ないもの」

ちょっと頭を下げてから集会室を出ていく高橋に軽く手を振り、真由美は今一度キューを構えた。

ふと左側中央のポケットが、ちょうど兄の死亡現場に向いていることに気づいた。

（あのポケットの真っ直ぐ先で、お兄ちゃんは……）

白の手球を撞いて、真由美は三番の的球をそのポケットに落とした。


看護師の資格を取った兄が、地元の病院に勤務しなかったことを両親は残念がり、どうしてわざわざ遠くに、としつこく尋ねていた。そのたびに、兄は学生時代ツーリングで楽しんだ思い出を、滔々（とうとう）と語った。

——休みの日はああいうところを飛ばしたいんだよなあ。季節の移り変わりの匂いが最高なんだよ。道も広いし。

十六歳でさっそく免許を取得してから、兄とバイクはいつも一緒にあった。

そのころから、数人のませた同級生に「真由美ちゃんのお兄ちゃんってかっこいいよね」と言われだした。恋文を託されたこともあった。

兄に恋人がいたのかどうか——おそらくいた時期は何度となくあっただろうが、事故当時は決まった人はいないようだった。たぶん兄は色恋よりもバイクが好きだったのだろう。

最期までバイクに乗っていた兄は、そういう意味では幸せなのかもしれないと、真由美は小さな花束を現場に置いた。

昨日の白菊の上にはうっすらと雪が積もっていた。

(一晩に何十センチも積もられたら大変)

海に接したこの街に吹く風は、波の上の寒さをはらんで冷たい。青森にも雪は降るし海風も吹きつけるが、その質が根本的に違うように思われた。

前日の花を片手に帰途を辿る。一日で捨ててしまうのがもったいなくて、役目を終えた花は五号室で枯れるまで活けていた。

花を持つ指先に切るような風が吹く。現場で合掌するときに手袋を外したままだったのだ。オーバーのポケットからカシミヤのそれを取り出し、また兄のことを思い出す。

あの日も冬だった。小学校低学年だった真由美は、友達の誕生パーティに招かれていた。お小遣いで買った消しゴムのプレゼントを渡してケーキを食べ、ひとしきり遊んだ帰り際、手袋が無いことに気づいた。行きの道中でプレゼントを買ったからそこの店に忘れてきたのか、それともなにかの拍子で道端に落としてしまったのか、さっぱりわからなかった。パーティの前は晴れていたのに、帰りは吹雪いていた。

手袋を無くしたことを親に言えば怒られる——幼い真由美は、かじかむ手を揉みながら、重い足取りで家に戻った。両親はまだ店の方に詰めていた。雪の付いたオーバーを脱いでのろのろと茶の間へ入ると、兄がいた。

——どうした?

兄は指先まで真っ赤になった真由美の両手を取り、息を吐きかけ、こすってくれた。

——さては、手袋無くしたな？

からかうような口調が、心を少し軽くした。兄はそのままストーブの前まで真由美を引っ張って行って、暖まるように言った。

——お兄ちゃんも謝ってやるから、元気出せよ。

兄は優しかった。大抵の場合は。もちろん兄妹喧嘩がまったくなかったとは言わない。だが、本当にそれはごく稀だった。本気の喧嘩をするには、二人は少し歳が離れていた。かといって、お兄ちゃんべったりの仲良し兄妹というわけでもなかった。二人が一緒に過ごす時間は、あまり多くはなかった。

その、多くない幾つかの場面が、アパートと現場を往復する道中ぽつらぽつらと、記憶の深みから気泡のように浮かび上がる。

手袋を無くしたあの日、兄の手は温かかった。

我知らず、真由美は自分の手をこすりあわせていた。真冬の海風のような寂しさが、ふいに真由美の心を切った。

カレンダーの日付に赤ペンで『31』と書き入れ、呟く。

「掛布だわ」

てふてふ荘での生活もふた月目に入った。米倉の話によれば、最初の一ヶ月は家賃が無料だそうだが、今月から一万三千円を払わねばならない。

大家は相変わらず姿を見せなかった。米倉をはじめ、アパート内で顔を合わせる他の住人に尋ねると、彼らは口を濁しつつも「用事でちょっとここを離れている」という趣旨の説明をした。具合が悪くて入院しているのかとの疑問には、即座に否定が返ってきた。

大家がいないとなると、共同スペースの管理はどうなっているのか、という疑問も生まれた。トイレはもちろん毎日、風呂場も一日置きに利用するが、いずれもいつ見ても清潔に保たれていた。廊下も階段も磨かれてぴかぴかである。季節柄、夜のうちに雪が積もっていることも少なからずあったが、真由美が外へ出る時刻には、玄関から道路までは、いつもきれいに雪が除けられていた。

誰がそれをしているのか。真由美は考え込んだ。大家がいない以上、ここの住人である確率が高い。もしかしたら交替制なのではなかろうかという心配が生まれた。新入りとはいえみんなが使う場所ならば、自分も参加しなければ申し訳が立たないというものだ。

だが、自分にも役割を振ってくれと米倉に訴えてみたものの、それは彼を困惑させただけだった。

「いいえ、必要ないです」

「でも、皆さんでやってらっしゃるんでしょう？　だったら私も……」

「違いますよ、僕も他の人も掃除や雪かきはしていません」

「そうなの？」真由美は眉(まゆ)をひそめた。「じゃあ、一体どなたが……通いのお掃除の人でもいるのかしら」

「ええと、とにかく真由美さんはなにもしなくていいんです」

米倉のみならず、出くわした他の住人にも尋ねたが、答えは同じであった。そして、なるべくこの話題を早めに切り上げようとする。真由美は疎外感を覚えた。自分以外の住人らが結託して、なにがしかの秘密を守ろうとしているようであった。

五号室に戻った真由美は、座りこんでこたつの上のミラーを覗(のぞ)き込んだ。ため息が出た。

「なんなんだろうね」

考えても埒(らち)のあかない問題はかかずらうだけ時間の無駄と、いつものように思考を切り上げようとしたとき、また寂しさの薄い刃(やいば)が心の表層をすっと裂いた。

「……お兄ちゃん」

つい、口にしたときだった。

　触れてもいない目の前のバイクのミラーが、ことりと音を立てた。

　母親から電話があった。おまえ一人に任せてしまってすまない、という何度となく言われた詫(わ)びをまた聞く。

「いいってば。結婚したらしたくてもできないんだし。自炊生活も良い予行演習よ」

暖かくして、栄養のあるものを食べて、風邪を引かないように——母の言葉に一つ一つ素直に返事をして通話を終える。

婚約相手には真由美から携帯にかけた。おおらかな性格の婚約者は、真由美の百日参りに関しても、「親御さんが喜ぶならいいんじゃない?」と言ってくれる。声を聞くと一緒にいられない物足りなさが逆に募るのだが、週に二、三度は連絡を取り合っていた。

(そういえば、米倉さんって恋人いるのかしら)

大人しげだが、自分に対する接し方一つ取ってみても、性格は悪くなさそうだし、容姿に難があるわけでもない。二十代半ばという年頃も、付き合う相手を欲して当然である。

二十代半ば。

また、真由美の頭に一つ疑念が浮かんだ。

兄裕太郎と米倉の関係である。

六年近く前に三十歳で他界した兄である、当時米倉は二十歳前後だったはずだ。米倉は、兄とはてふてふ荘で知り合ったと言っていた。兄はなぜ、このアパートにやってきたのだろう。年齢の離れた二人を介する共通の知人でもいたのだろうか。

「お兄ちゃんのことだから、バイクか野球仲間かな」

それにしては、現在の米倉はどう見てもインドア派で、どちらにも興味があるふうではない。

――槙さんは、とてもいい人です。明るくて面倒見が良くて……。

初めて会った日、米倉は痛めた喉でそう言っていた。

――いい人です。

「……なんで現在形？」

槙家を代表した日課をこなす道中、真由美は兄のことばかり考える。おかげでこれまでに雪道を五度転んだ。しかし、転んでも兄のことが頭から離れない。生前はもちろん、兄が他界した直後も、これほど兄のことを考えたことはなかった。

ずっと、特別に仲が良かったとは言えない兄妹だと自覚していたが、ここに来て思い出すのは、優しい兄の姿ばかりだった。どんな会話をしていても、兄はいつも最後には真由美に笑いかけてくれた。陽気で明るくて、誰からも好かれた兄。

兄が亡くなったときの両親の憔悴ぶりは、真由美にとってもショックだった。

自分が死ねばよかった、とすら思った。

スーパーまで急ぎ、すっかり顔なじみになった店員にいつものように小ぶりの花束を作ってもらい、現場まで戻る。新しい花と取り換えて、手袋を脱ぎ、目を瞑って手を合わせる。

「地縛霊、か」

真由美には、成仏できない兄の姿がピンとこない。幽霊そのものを信じていない以前に、快活な兄と地縛霊という響きに、果てしない乖離を感じるのだ。

　よいしょ、と声に出して立ち上がる。真由美は自分がもう若くないことを自覚している。

　指先が冷たい。

　もし兄と話せるなら、と真由美は思う。自分のしている百日参りについてどう感じるか、尋ねてみたい。笑い飛ばす気もするし、すまなそうに「俺のために悪いな」と詫びる姿も想像できる。

（お兄ちゃんは幽霊を信じていたんだったかな？）

　小雪まじりの海風が花束を覆うビニールを震わせた。同時に、真由美は忘れ去っていた兄との約束を思い出した。


　六歳のとき、母方の祖父の通夜と葬式に参列した。当時の真由美は死というものがまるでわからず、普段は夏休みなどでしか会えない従兄弟らと顔を合わせられたことが、ただ嬉しかった。

　通夜の晩、大人たちは寺のお堂に泊まり込み、子どもだけが祖父の家に戻って寝た。そこで従兄弟たちは「人は死んだらどうなるか」という話題に花を咲かせた。従兄弟の一人が胸の前で手首から先をだらりと下げる仕草をし、「お化けになってそこらで俺たちを見ているかもな」と言った。さすがに当時は『お化け』『幽霊』という単語に原始的な恐怖を覚え、真由美は思わず部屋の隅々を見回した。無論、なにもいなかったのだが。

　だが、幼心にそれは引っ掛かり続けた。夜中に祖父の幽霊に遭遇したら嫌だなあ、という思いもあった。祖父の四十九日が過ぎたころ、真由美は兄にこう尋ねた。

「お化けって本当にいるのかなあ、お兄ちゃんはどう思う？」

兄の裕太郎はうーんと唸り、「わからないよ」と答えた。

「俺も見たことないもんな」

「じゃあ、死んだらお化けになるっていうのは嘘だよね。幽霊なんていないよね、お兄ちゃんも私も見たことないんだったら、きっといないよね」

すると、裕太郎はいきなり「真由美、蛙の目の話、知ってるか？」と訊いてきた。

首を横に振ると、兄は楽しそうに笑って続けた。

「この間、先生が言ってたんだ。蛙って動いているものしか見えないんだって。蛙の餌は生きている虫とかだから、そういうふうに進化したんじゃないか、って。でも、動いていないものもこの世にはいっぱいあるだろ。他の動物や人間にはそれが見える」

「蛙の目がお化けと関係あるの？」

「うん、だからさ。真由美や俺の目もそれと同じかもしれないってこと。蛙には止まっている石ころが見えない。見えないから蛙の世界に石ころはない。でも、本当はある。幽霊もそうかもしれないよ」

真由美は兄の服の裾（すそ）を握った。「じゃあ、やっぱりいるの？」

「怖がりだな、真由美は」

苦笑いした兄は、次にいいことを思いついた、というように目を輝かせ、こう提案した。

「じゃあ、約束しよう」

「なにを？」

「俺が先に死んで、それでもし幽霊になったら、絶対真由美のところに行ってやるよ。俺の幽霊なら怖くないだろ？」

「でも、見えなかったら？」

「どうにかして、いるって教えるよ」

それでいるかいないか証明してやるよ——兄は真由美の目の高さに合わせて腰をかがめ、そう言ってくれた。

「じゃあ、私が先に死んで幽霊になれたら、お兄ちゃんのところに行くね。そうしたら、わかるね」

「そうだな」

「じゃあ、約束ね」

それから二人は小指を絡ませて指切りをしたのだった。

幼かった私に合わせてくれたのだろうと、真由美は推測する。兄はそういう優しさを持った人だった。

きれいに雪が除(の)けられているてふてふ荘の前を眺め、共同玄関を開ける。

五号室へ戻り、萎(しお)れた花を処分してから新たなものを活(い)ける。

静まり返っている。窓の外の雪は少しばかり勢いを増したようである。

ストーブとこたつのスイッチを入れ、手袋を取り、息を吐きかける。

それから、ミラーに映る自分の目を、真由美はじっと見つめた。

「知覚できるものだけがすべてじゃない」真由美はぼやく。「私の目は蛙、か……」

ミラーに映る人間は自分しかいない。ため息をつき、真由美はいったんこたつから離れ、カレンダーの日付を赤ペンで潰(つぶ)す。数字はマリナーズ時代までの、イチローの背番号だった。

——俺が先に死んで、それでもし幽霊になったら、絶対真由美のところに行ってやるよ。

あのとき兄は、絶対という言葉を使った。

「昔の約束、忘れた？」ペンのキャップを閉め、それをこめかみに押し当てる。「なんかわかんなくなってきたよ……いるなら姿を見せて証明してよ、お兄ちゃん」

と、なにかが倒れる音がした。

振り向いた真由美の目に、こたつの上で転がっているミラーが飛びこんできた。

近づいて、それに触れる。

今しがたまで、なにものかが実際に触れていたようなおぼろげな温もりがあった。

近しさを感じさせる、どこか懐かしい温かみ。

「お兄ちゃん？」

目を凝らせば、ミラーに薄く指紋が付いている。ちょうど温もりを感じた部分だ。自分の指よりはほんの少し大きい気もする。

「まさかね」

自分の中に芽生えた思いに戸惑いながら、真由美はミラーを胸に抱く。

「まさかだけど……」

この部屋に誰かいるのだろうか。自分が見えないだけで。

子どものころの約束を守るためだけに、真由美の前で必死に呼びかけ、気づかせようと躍起になっている兄の姿を思う。そんな兄は間抜けで、微笑ましくて——ちょっとだけ哀しい。

「指切り、したんだったね」

(私も間抜けなこと、してみようかな)

真由美はしばし考えてから、よし、とミラーに笑いかけた。

「お兄ちゃん、おはよう」

目覚めてすぐ着替え、こたつとストーブのスイッチを入れてから声に出してみる。

「今日は晴れてるね、嬉しい」

自分の目には見えなくても、存在しないとは限らない。真由美は兄が近くにいるつもりで過ごしてみようと決めたのだった。馬鹿げているという思いもあったが、どうせ誰が聞いているわけでもない。それに、兄を心に浮かべて呼びかけた二度、なぜか遺品のミラーが動いたことも暗示のようであった。

「お兄ちゃん、私この夏結婚するんだよ。信じられないでしょ」小ぶりのフライパンの上でといた卵をかきまわしながら喋る。「旦那さんになる人ね、ちょっとお兄ちゃんに似てる……いっぱい食べるところとか」

さすがに兄の分まで食事を作る、などということはしないが、それでも取りとめもなく語りかけているうちに、真由美は本当に誰かが傍にいて自分の独り言に耳を傾けている気がしてくるのだった。

いつものように現場に花を供えて昼前に戻る。カレンダーは『55』の数字で潰された。

「やっぱり松井はこの番号よね……ところで次メジャーに行くのは誰かな。お兄ちゃんは誰だと思う？」

そのとき、扉がノックされた。返事をすると顔を見せたのは米倉であった。

米倉は驚愕したように目を見開いていた。

「今……お兄ちゃんって聞こえたんですけど、まさか」

　真由美は慌てて首を横に振った。「ああ、違うの。大丈夫、気は確かだから怖がらないで。ただの独り言なの。なんだか……」笑われるかもしれない、といささか迷ったものの、まあいいか、と打ち明けてみる。「お花を供えに通っているうちに、兄のことがどんどん思い出されちゃって、近くにいるみたいな感じでつい……」

「真由美さん……」米倉は真由美の後方に目をやってから、足元に視線を落とした。「……良いと思います、そうしてあげてください」

　真由美は笑って頷いた。「で、米倉さんはどうしてここへ？」

「あ、その……家賃のことで」

「私も気にしていたの。大家さんいないからどうしようかしら、って」

「大家さんの部屋は日中施錠していないんで、適当にテーブルの上にでも置いておいてくださいということでした」

「え、そんなのでいいの？」真由美は驚いた。「物騒じゃないかしら。大家さんは了承しているの？」

「あ、ええ、はい。大家さんからそう伝えてくれと……電話があって」

「そうなの。なら、わかったわ。ありがとう」

　律儀に頭をしっかりと下げて、米倉は自室へ戻っていった。常識的にありえない集金の仕方だが、それも大家が住人一人一人を信頼しているというあらわれかもしれない。

　真由美は深く考えることを止め、適当な茶封筒に一万三千円を入れて、米倉の指示どおりに大家の部屋へ赴いた。

室内は誰もいなかったが、居心地良く暖まっていた。

応接テーブルの上に封筒を置こうとして、真由美はそれに気づいた。

二つに折られた便箋だった。折られた表には『槇真由美さまへ』と書かれてあった。

取り上げて読む。

『ご挨拶ができませんで、申し訳ありません。あなたが五号室にいらっしゃったこと、とても嬉しく思っております』

ペン習字の手本のような、整った字だった。

兄について語るとき、現在形を使った米倉。他の部屋の住人たちが醸し出す、秘密を共有している雰囲気。

自分に見えなくても、他の人には見えている。

人の数だけ世界があるのかもしれない。

「そういうのも、面白いのかな」

真由美は大家からの手紙をそっとこたつの上に置いた。

そろそろ寒さが緩み始めたと思いきや、その朝は、一ヶ月時を遡ったかのように冷え込んでいた。真由美は布団の中でしばしぐずぐずとしたのち、ようやく意を決して着替え、顔を洗った。

「お兄ちゃん、おはよう」

空間に語りかけるのも慣れてきた。昨夜の残りの味噌汁(みそしる)を温め直しながら、真由美は兄が昔の約束を必死に果たそうとして、自分の周りをうろついている様を想像する。

「怒ってたりして……私があんまり鈍いから」

ごめんね、お兄ちゃん――小さい声で謝ってみる。

身支度を整え、オーバーとマフラー、それから手袋をしっかりとはめ、てふてふ荘を出る。とたんに冷気が真由美を襲い、息を吸うと鼻の奥が瞬時に凍った。耳が急激に冷える。雪は降っていなかったが真由美はフードをかぶった。踏みしめる雪がきゅっきゅっと音を立てた。

昨日の花は、一面細かな氷の結晶で覆われていた。それを拾い上げ、新しいものを供え、手袋を脱いで瞑目(めいもく)する。ここで息絶えた兄を思う。最後に見た景色は、よぎった感情はどんなものだったの？　と、声に出さずに話しかける。

(私たち家族のことも、ちょっとは思い出してくれたかな)

気づけば指先の感覚がすでにない。真由美は花束をぎこちなく抱きながら、てふてふ荘へ戻った。

冷え切った手でバッグの中の五号室の鍵(かぎ)を取り出そうとして、花束を落としてしまった。拾い上げてなんとかドアを開け、中に入ったところで、今度は鍵が指からすり抜けた。

「……冷た」

手袋を取ると、両手は指の付け根まで真っ赤になっている。

子どものころ、手袋を無くして帰ってきたあの日のように。

兄は優しく息を吐きかけ、こすってくれた。

そのとき、真由美はなにものかの温もりを確かに指先に感じた。

懐かしい思い出と同じ、優しい温もりを。

「お兄ちゃん？」

思わず口を突いて出た言葉に、自分で驚く。もちろん真由美の手に触れるものなどなにもない。少なくとも、目には映らない。だったら、目を開けている必要もないだろう
——真由美は瞼（まぶた）を閉じた。

「私、本当に蛙の目なのかもね」

見えるものが、この世界の全部ではないのだろう。あってもいいのだ。

こういうふうに自分の手を温めてくれる人は、兄しかいないのだから。

他界していようが見えなかろうが、兄は兄なのだ。

真由美は自然な気持ちでそう納得した。

ゆっくりと温もりは離れていく。

「お兄ちゃん、私が手袋を無くしたとき、こうして温めてくれたね」遠ざかる温もりに

向けて自分の手を伸ばす。「私のこと可愛がってくれて、ありがとうね」

誰も、なにもいないはずの空間に、ごわついた生地の感触があった。兄がオートバイに乗るようになってから身につけていた、ライダースーツのような。

目を瞑ったままさらに指先で探る。スーツの感触を辿ると、忘れもしない人の手の温もりを探し当てることができた。

それを握って目を開ける。五号室には自分以外に誰もいない。自分の手の先には、なにもない。

しかし、真由美は確信を込めて言った。

「お兄ちゃんだね」

(見えないけど)

「私もお父さんもお母さんも、みんな元気だよ」

(お兄ちゃんは、ここにいる)

「お兄ちゃん。ちゃんと温かいよ……」

両手にまた一度慈しむような吐息を感じ、それから温もりは完全に離れた。

翌朝、こたつの上のミラーの横に、オレンジの的球ナンバー5が寄り添っているのを、真由美は見つけた。真由美は兄のライダースーツの色をしたそれを拾い上げ、両手の中に包み込むようにしてから、静かに息を吐きかけて温めた。

「お気をつけて。御家族と……婚約者さんによろしくお伝えください」

駅の改札まで荷物を持ってついてきてくれた米倉が、生真面目な顔で言う。

「ありがとう。短い間だったけれど、お世話になりました」

「いえ、僕なんて全然……」

「兄のこと、いい人って言ってくれて嬉しかった」

米倉は前にずり落ちたマフラーを静かに巻きなおした。「槙さんは、大袈裟じゃなく、本当にすごく……いい人でした」

――槙さんは、とてもいい人です。明るくて面倒見が良くて……。

出会った日の米倉の言葉を思い出し、真由美は呟く。「……過去形になっちゃったね」

米倉は「寂しくなります」と目を伏せてから、また翳りのある微笑みを浮かべる。

「でも、真由美さんが来てくれて良かった。大家さんも僕以外のみんなも、そう言っていました。槙さんも嬉しかったと思います」

駅構内にアナウンスが響く。空港へ向かう快速の改札が始まったのだった。

「それにしても真由美さんは、最後までなにも見えなかったんですか？」

「そうよ、ある意味すごいでしょ？」

「はい、びっくりしました。なのに、触ったなんて」

真由美は苦笑した。「蛙のことを思い出しただけよ」

「蛙ですか？」

なんのことだ、と言いたげな表情をした米倉に、真由美は言付けを頼む。

「大家さんにお礼をお願いします。いつもきれいにしてもらっていて、とても住みやすかったです、と。鶏の唐揚げと蟹玉炒飯もおいしかった……私の好きなもの、あらかじめ兄に訊いてくれたのね」

「あの人は気の付く方ですから」米倉が目を細めた。「大家さんのことは……僕たちも知らなかった。まさかあの人も……本当に真由美さんが来てくれたおかげです」

「おかげだなんて。こちらこそ紹介してくれてありがとうございました」

微笑しながらおじぎをした米倉に、真由美は手を振って、改札を抜けた。

ホームへの階段をのぼりながら、荷物を整理する際に捨てたカレンダーをふと思い起こした。最後の赤ペンの数字は、『70』だった。

「あれって誰の背番号だっけ？　お兄ちゃん」

少しだけ、春の匂いがした。

六号室

二ヶ月と少し、五号室で暮らしていた槇真由美を駅まで送ってから、米倉道則（みちのり）は『てふてふ荘』へと戻った。

雑巾（ぞうきん）とバケツを手に、大家が二階から下りてきた。

「おかえりなさい」

空室となった五号室の掃除をしていたのだろうか。米倉は耳に残る大家の美声をリピートしながら、ただいま、の意味で頭を下げた。大家はアパートを出入りする住人を見つけると「いってらっしゃい」「おかえりなさい」と必ず声をかける。他の住人は普通に「いってきます」「ただいま」と返しているようだが、米倉だけはどうしても言葉が出なかった。なんとなく家族的で親密に過ぎる気がするからだ。

それに加え、大家の秘密を知った今、どう接して良いのかわからないのも事実だった。

真由美をここへ連れてきた日のことを思い出す。大家に引き合わせようとして、扉をノックし、中からの返事を聞いてからノブを回した。大家がすぐそこに立っているのに、真由美はこう言い放った。

――あら、大家さんお留守なんですね。

集会室で行われた真由美の歓迎会の後、大家はいつもの笑顔に若干のすまなそうな色合いを加えて先住人に打ち明けた。

——黙っていてすみませんでした。実は私もそうなんです。

真由美ほど『見えない』人はめったにいない。『見える』人間ばかりがもてはやされるが、その逆もまた特別なのだ。真由美は意図せず大家もこの世ならぬ人だった事実を暴いて、去っていった。

自室である六号室の鍵を開け、中へ入る。水彩絵の具やパステルなどの画材が入り混じった匂いの空間に、ぽつりと小さい影がある。緑色のTシャツに短パン姿。低い身長にまだ細い腕と脚。米倉の同居人は子どもだった。

山崎翔太（やまざきしょうた）。十一歳だと最初に聞いた。つまりこの子は十一歳で死んだのだ。

ドアを開けてすぐの八畳の隅で、翔太は大抵膝（ひざ）を抱えて黙っている。真っ直ぐに米倉を睨（にら）みながら。

真由美みたいに、見えなければどんなにいいだろうかと思いつつ、彼の視線から目を逸（そ）らす。元来米倉は他人と深く付き合うことが苦手だった。専門学校を卒業しイラストレーターという職を選んだのも、一人でできる仕事だと思ったからだ。本当ならば玄関風呂（ふろ）トイレ共同のアパートなどではなく、普通のマンションで暮らしたかったが、かなわなかったのは稼ぎが悪いからに他ならない。

翔太少年の視線を背で受けとめ、米倉は手を洗ってからアトリエ兼寝室にしている隣の六畳へ行く。

（適正距離）

絵の具を溶く水の入った容器を覗き込む。そのとき、ドアがノックされた。

「米倉さん、いるよね？」

二号室の井田美月の声だった。

「今晩八時に集会室に来てくれる？　ちょっと……あのことで」

了解の意を伝えると、美月の気配は離れた。頭を振りつつ、ふと窓の外を見やると、窓からぎりぎり見えるか見えないかの位置に、サイドにカーフィルムが貼ってある白のワゴンが停車していた。

「あいつら、年度頭のスペシャルで絶対ここ来るぞ」三号室の長久保が苦々しげに吐き捨てた。「昨夜なんか一晩中張ってたぜ。よっぽど通報してやろうかと思ったよ、不審車が停まってるってな」

「実際されたみたいよ。警察官と喋ってるのを見たもの」

美月の発言に一号室の高橋は顔をしかめた。「なのに、懲りずに事前取材か」

集会室には現段階で居住している四名の住人と大家がいた。今夜の集会は『ザ・潜入霊場』なるローカルバラエティ番組のぶしつけな取材攻勢から、てふてふ荘の幽霊たちを守る作戦会議なのだった。

——実は私もそうなんです。

大家までもが幽霊だった事実は、住人に衝撃を与えた。部屋に居座る幽霊たちとは違い、大家とは普通に接触ができたし、彼もなに不自由なく物体を動かしていた。買い物にも出かけていた。近所の住人との会話だってあったはずだ。

考え込みながらじろじろと見つめてしまっていた米倉に、大家は微笑む。

「ともかく、あいつらの思い通りにさせてたまるかよ。とくにあのいけすかねえプロデューサーにはよ」

長久保の口調は荒々しかった。どうやら長久保は、番組の岡本プロデューサーという男が特に気に入らないらしい。

「でも、具体的にどうしたら」

腕組みをする美月に、長久保は断じた。

「そりゃあ、一番いいのはあいつらが来る前に全員成仏してることだろうよ。ぬるい番組らしいが、スペシャルは霊能力者っていうのか、そういうの呼ぶらしいし」

「番宣もすごいもんね」

系列チャンネルで流されるようになったスペシャル番組のあおり文句は『生放送でついに撮っちゃう⁉　潜入霊場スペシャル、春の幽霊アパート。今回ばかりはガチでやります！』なのである。

「来る気満々だろ、やつら。あの鼻っ柱を折ってやるにはそうするのが一番だ」

米倉は思わず高橋を見た。同じ思いだったのだろう、すぐさま視線が合った。

大家を除き、住人の部屋に居座る幽霊でまだ成仏していないのは、高橋の住む一号室のさやかと翔太だけだ。

「彼らを成仏させるには、たった一つ……」今まで黙っていた大家の柔らかい美声が集会室に響いた。「触ればいいのです、彼らに」

でも、ただ触るだけではすり抜ける。

彼らに対して、幽霊だという事実を忘れるほどの特別な感情を持つ。そうして初めて触れられるのだと、大家は言った。

美月、長久保、真由美。いったん部屋を離れた四号室の平原も、たまたま訪問した一夜でそれをやってのけた。

「……大家さんは、どうやったら成仏するんです？」

美月の質問に、大家はなにも答えなかった。

いったん大家が座を離れた隙に、四人は額を突き合わせた。

「大家はああいう人だ、自分については喋らないだろう。ただ『大家』である以上、各室の連中の成仏が前提としてあるのは間違いないと思う。俺の部屋にいた年増女が成仏したとき、あの人、良かったって言ったんだ」

長久保の言葉に美月も同調した。

「私には確か、ご協力ありがとうございました、って」

とにかく、彼らの成仏を大家は喜んでいたようだと、長久保と美月は声を揃えた。

「だから、まずはおまえらの部屋の女とガキ、なんとか成仏させてやれ」

長久保が鋭い目で高橋と米倉を順に見た。

「あの子らのためにも、大家さんのためにもだ」

米倉はふと高橋の手に目をやった。その手は微かに震えていた。


「僕はすぐにでもさやかを成仏させられると思うんです」

会合の後、風呂場の前で鉢合わせた高橋が言った。

「彼女のことが本気で好きだから……」

米倉は特に驚かなかった。さやかが明るくいい子なのは承知だったし、昨年の晩秋、平原が一泊していった夜も、彼女のちょっとした失言をむきになってかばっていた。

「最初のころ、聞いたことがあるんです。彼女は成仏したいって言っていた。だからそうしてやりたいし、しなくちゃいけないとも思うけど……やっぱり、別れるのは寂しい」

肩を落として一号室へ戻る高橋に、米倉は言葉をかけなかった。

大家には世話になっている。彼が成仏した後、このアパートがどう管理されるのかという疑問は横に置き、当人が各室の幽霊や自分の成仏を望んでいるのであれば、叶えることに協力するのはやぶさかではない。

しかし、米倉の部屋にいるのは翔太なのだ。

なぜ、あの子を選んでしまったのか。

大きな理由はなかった。同居相手の選択だとは夢にも思っていなかったから、大家から写真を見せられたとき、なんとなく『懐かしい』と思っただけで指を差してしまった。どうして『懐かしさ』を覚えたかはわからない。自分の少年時代に若干似た面差しだからかもしれない。いずれにせよ、選択は失敗だった。

脱衣場から続く浴室へ足を踏み入れる。

タイルはきれいに磨かれている。今日はまだ誰も使った形跡が無い。

浴槽の湯は程よく温まっているようだ。米倉はその湯の中にふっとおぼろな緑の影を認めた。

かけ湯をしてから、右手を浴槽に入れる。

とたん、浴槽内の湯が大きく揺れて一塊となり、米倉の体に襲いかかってきた。米倉は身を後ろに反らし、塊にタオルを投げ入れた。湯はタオルを抱き込んで浴槽に深く沈んだ。

「同じような手には乗らないと、何度言えばわかるんだ」

湯の中で、なにものかの気配が消えた。

それを確認してから、米倉はゆっくりと湯船につかる。

同室の幽霊翔太には、他の幽霊には無い能力があった。二号室の幽霊が酒を飲めたり、四号室の幽霊が空気を冷やせたように。

『アパート内の水を動かすことができる』。

今もそうだ。翔太は湯を使って米倉を沈めようとした。もちろん沈められたところで、大人の米倉ならば、もがけば抜けだすことなどわけないのだし、六号室から離れれば離れるほど動かす精度も威力も落ちるようだから、溺死には至らないだろう。

だが、子どものいたずらと笑い飛ばす気分にはならない。

あの目。部屋の隅から米倉を監視し、隙あらばなにかを仕掛けてやろうと機をうかがうような。

入居翌朝に初めて対面したときは、翔太に現在のような敵愾心はなかった。驚愕する米倉に向けて、はにかみながらも笑顔を見せたのだ。

だが今は違う。翔太ははっきりと米倉に対して悪意を持っている。

米倉は湯船の湯を手ですくい、顔に当てた。いつからこんなに憎まれるようになったのか、記憶をさかのぼってみるものの、ろくに会話をしたことすらないのだから、思い当たる節があるはずもない。

話さないことには理由がある。室内に地縛霊がいるという現実をなんとか受け入れた後、米倉は翔太にこう提案したのだ。

――お互いに適切な距離を保って生活していこう。僕は君を気にしないようにする。自分個人の生活スタイルを守る。君もそうしてくれ。いいだろう？

そのとき、少年はどこか不満げな表情になったが、今向けられているような憎しみにまで発展する予兆はなかった。

ここで生活するうちに、彼の心を変える言動を自分が取ったのだろうか。

濡れた頭を振って、米倉はいったん答えの出ない思考を中断し、湯につかる自分の右手首に目を落とした。手首の内側には三つ並んだほくろがある。この特徴で、小学校高学年のころは『オリオン』と呼ばれていた。今思えば、小学生にしてはしゃれたあだ名をつけられたものだ。

――オリオン、東京に行っても元気でいろよな。

父が転勤族だったため、米倉は小学校時代二度転校した。内向的な米倉がそこそこ級友とうまくやれたのは、この街で過ごした小学校四年生からの二年三ヶ月だけだった。ほくろを見つめながら、そのまま幼い友人たちに思いを馳せる。別れは六年生の一学期終業式の日だった。最後だからと、米倉は午後、彼らと市民プールへ出かけた。思えばあれが、米倉の今までの人生における『友達と遊んだ』ラストシーンだということに気づき、まざまざと浮かんだ夏の日差しと、光を受けた水面の眩しさに、米倉は目を閉じた。

その翌日、米倉一家は引っ越しをした。

転校先では、周囲になじめなかった。孤独と暇を持て余したあげく、絵を描くのを好むようになった。それが結局自分の進路を決める形になって今に至る。

父の定年後、米倉一家は「環境が一番良かった」という母の一言でこの地に戻ってきたが、プールで遊んだ友人たちとは既に音信不通で、年賀状のやりとりすら途絶えていた。かつて『オリオン』とあだ名された級友がいたことなど、彼らも忘れているだろう。人間関係なんてそんなものだ。だったら最初から適切な距離を保って過ごしたほうが、楽に決まっている。

慎重に湯船から上がり、髪と体を拭いて服を着てから、米倉は六号室へ戻った。

部屋の隅に体育座りをして、じっとこちらに視線を投げかけてくる少年を無視し、六畳に籠る。

描きかけのイラストを眺めて、米倉はため息をつく。今手がけているのは、地元駅前などに置かれるフリーペーパーのカット数種類だった。依頼があるだけまだましだと心を慰めるが、無論大した金にはならないし、米倉が描きたいと望む絵でもない。

そもそも自分の描きたい絵とはなんだろう？　自分の絵、自分にしか描けない絵とは。ごく単純なそんなことすら、今の米倉には見えてこない。

並行して幾つかの公募に送るための作品にも着手してはいるのだが、納得のいくものは描けないでいる。目立った入賞歴はない。公募で賞を獲った作品を見ては、自分の作品との間に横たわる深く大きな溝を思い知り、無意識のうちにそれらに似せたタッチや構図で描いてしまっていることに気づき、焦る。

自分でもわかるのだ。見てもなにも訴えかけてくるものがない。押し寄せてこない。

そこにあるのは、紙の上の線と色、それだけなのだった。

オリオンと呼ぶ声が遠くなるにつれ、米倉は孤独をイラストで紛らわせた。絵だけが自分の友人で、かつ世界だった。

実家の両親を思う。街中から若干外れたマンションで悠々自適に暮らしている。そこには米倉の部屋もある。だが、イラストレーターになることを猛反対され、意地もあって家を出た以上、なんの結果も残さずおめおめと戻るなど、なけなしのプライドが許さない。

それでもここに至って思い浮かぶのは、意地を捨てて、てふてふ荘を後にする自分の姿だった。

——だから、まずはおまえらの部屋の女とガキ、なんとか成仏させてやれ。

いったんは握ろうとした筆を床に投げ捨てる。とてもできそうにないと思う。

さやかのことが本気で好きだ、と言った高橋を「幽霊相手に馬鹿馬鹿しい」と軽んじる視線を持ちながら、どこかで羨ましいとも感じている。他の部屋の住人たちもそうだ。彼らはどういうやり方で、幽霊たちと特別な絆を持ったのか。どういうきっかけで彼らに手を伸べたのか。米倉には想像もつかない。

しかし、翔太はともかく、大家にはそれなりに好意を持っている。内部の隅々に至るまで、住人たちがいつも心地よく生活できるように気を配ってくれる。不機嫌そうにしているのを見たことがない。顔を合わせれば微笑みとともに優しい言葉がかけられる。

いったんは床へ投げた筆を拾って、できないならできないと、早く決断したほうがいいのではないか、自分よりも子ども好きの、翔太と気が合いそうな人がここに入ったほうがベターではと、考えあぐねる。

たぷ、と水音がした。

そちらを見ると、プラスチック容器の中で絵の具が溶けた濁り水が波立っていた。

「……出ていくの？」

水の中から声が聞こえる。翔太の怒りと敵意に満ちた声が。

「そのほうが、君だっていいんじゃないか」米倉は静かに返した。「君は僕のことが嫌いなのだから」

僕も君を成仏させられないだろう。

米倉の返答に、容器の中の気配はちゃぷんと姿をくらました。

入居して間もないころ、大家から翔太の死について軽く説明されたことがあった。

――彼は水死したんです。事故でした。痛ましいことです。集会室に、当時の記事が載った新聞もあったはずですよ。もしよければ探してきましょうか。

米倉はそれを断った。大家の手を煩わせるのもどうかと思ったし、『適正距離を保って暮らす』というスタンスを揺るがせたくなかった。詳細を知ったところで自分はなにもできない。同情をかけて変に懐かれるのも鬱陶しい。

子どもの相手をするために家を出たのではない。米倉にとって、向き合うべきは幽霊ではなく自分の作品だった。結果を出したい、認められたい、両親を見返したい――がむしゃらに作品を仕上げ、手当たり次第に公募へ送っては、落選回数を増やした。そんな米倉へ翔太が向ける眼差しは、もの言いたげではあったが、憎しみはなかった。

翔太の視線に敵意が混じるようになったのはいつからかと改めて考え、思い至る。米倉がてふてふ荘に住むようになって、三ヶ月ほど過ぎたころだ。

その日米倉は、公募の結果が載った雑誌を片手に部屋に戻った。手にしている雑誌が突きつける現実に、米倉の体からは嫌な汗が滲み続けた。長袖のシャツを震える手でまくりあげた。もう一度雑誌の該当ページを見た。自分のものではない、自分のものよりも明らかに数段次元が上の絵が、堂々と印刷されてあった。

また駄目だった――雑誌が床に落ち、米倉はしばし瞑目した。予測していた結果であろうとも、その瞬間は深く暗い沼に足をとられたような心持ちになる。負けるためだけに誰が闘いにのぞもうとするだろうか。

それでも次を描かなければ先は拓けないのだと、無理やり自分に言い聞かせ、目を開けた瞬間だった。

翔太が瞬きもせずに米倉の右手首を凝視していた。

（ああ、あれからだ）

あの日から、翔太の視線は怒りと憎しみに満ちたものとなり、嫌がらせもされるようになった。それは今現在まで、ずっと続いている。

「えっ、米倉さんここを出るんですか？」

高橋が瞠目している。

退去について相談しようと大家のドアをノックしかけたところを、一号室から出てきた高橋に見つかった。きっと、常ならぬ表情をしていたのだろう、なにかあったのかと訊かれ、ごまかすのも面倒で出ていくつもりだと話した。

「どうして？」

このフリーターには、自分の気持ちや置かれた立場など想像もつかないだろう——米倉はため息をついた——生活空間に自分に良い感情を持っていないものが存在するという緊張。気を抜くなどできない。嫌われる理由があるのならまだ納得できる。しかし米倉には心当たりがない。

水を通していつも監視されている。風呂場もトイレも気が休まらない。

「長久保さんが言っていたじゃないですか、僕と米倉さんはさやかと翔太君を……翔太君と大家さんを見捨てるんですか？」

「違うよ」

むしろ、彼らのためなのだ。このままで、どうやってあの子に触れられるというのか。

しかし、高橋にはやはり理解ができなかったようだ。

「僕だって、さやかと別れるのは辛いんですよ」

涙ぐみながら興奮したのか、高橋がふいに米倉の右手首を掴んだ。

三つのほくろが並ぶちょうどその箇所を潰すように。

そのとき、米倉の頭に忘れていたシーンがフラッシュバックした。

ずっと昔、小学校の階段。

ぐらついた米倉の体を、引き留めるために伸ばされた手。踊り場の窓から差し込む光で影になった顔。

「辛いけど、やらなきゃいけないって思ってるんです。米倉さんは違うんですか」

米倉は高橋の手を振り払った。本格的に泣きだしそうな男を前に気を殺がれ、なにも答えず踵を返して六号室へ戻る。

（それにしても、今のはなんだ？）

手首を掴まれたときに浮かんだ記憶が気にかかった。しかし、もう一度想起しようとすればするほど浮かんだ光景がゆがんでしまう。米倉は爪を噛んだ。

部屋に入るなり、八畳の隅で膝を抱える翔太の視線が突き刺さった。

いつものように逸らそうとしたのに、目が離れない。

翔太はゆるゆると表情を変える。唇の端が上がる。

邪気がないはずの子どもの顔が変じていく。

「逃げるつもりなんだ。でも出ていかせやしないよ」

それは意外にも楽しげな声だった。

「その前に、僕が殺すから」

一瞬で皮膚が粟立った。「……どうしてだよ」

問いかけても答えは返らない。翔太は口だけで嗤った。十一歳の少年らしからぬ表情になった。

「絶対に、逃がさないよ。このアパートの中で死ね」

（あの顔）

目に焼きついた翔太の表情を、米倉は紙に殴り書きした。ときおり聞こえる水音には耳をふさいだ。

殺す。

死ね。

とても短い言葉なのに、いざ自分に投げかけられれば、なんとそれは強くしつこく心に残るのだろう。

幽霊に殺されるなんて、ありうるのか。

馬鹿げていると思いたいのに、笑い飛ばすことができない。アパート内の水を動かせる翔太ならば、頭を使えば不可能ではない。今までは子どもの浅知恵とかわし続けてこられたが、ああいうふうに宣言した以上はもっと本気でやってくるだろう。

今こうしている間も、きっと監視されている。絵の具を溶く水を通して。

米倉は窓を開け、容器の中身を外に投げ捨てた。

こんなふうにあのガキを外へ追い出すことができたら。

どうして自分がこんな目に遭うのか。理不尽さに米倉は歯噛みした。翌月締め切りの公募に向けて描きかけている作品が一つあったが、とてもそちらに集中する気にはなれなかった。

朝、いつものようにシンクで顔を洗っていたら、水が鼻の中に流れ込んできた。とっさに息を止め、その場を離れて手鼻をかんだ。プールで思いっきり鼻から水を吸い込んでしまったときのような痛みが、眉間の辺りでうずいた。

振り向くと、翔太は相変らず部屋の端でじっと米倉を睨んでいる。

頬の上の水滴が重力に逆らって動き出したのを感じ、米倉は首にかけていたタオルで濡れた箇所をすべて拭いとった。

「どうしてこんなことをする？」

「言っただろ」少年は膝がしらに顎を乗せた。「殺してやるって」

翔太の表情には悪びれた様子はない。ごく当たり前で正しいことを主張している、といったふうである。

米倉は唾を飲んだ。冷静になろうと意識して呼吸を整えながら、頭の中で数を数える。

二十までカウントしてから、米倉は努めて平らな口調で、ベテランの小学校教諭になった自分をイメージして、翔太に訊いた。

「僕は、君に一体なにをしたんだ？　適正距離を保って暮らしてきた僕たちの間に、そこまでの悪感情が生まれるとは思えない」

翔太の目線が険しいものになる。米倉は続けた。

「理由があるはずだ。それを聞く権利も僕にはある」

小さな膝に埋もれた唇が、冷や水を浴びせるような声を発した。

「……やっぱり覚えてないの？　僕のこと」

（覚えてない？）

わからなかった。翔太とどこかで会ったことがあるのか。

あるとすれば、翔太の年齢から推測して小学校時代なのだろうが。

クラスメイト一人一人の顔など覚えているわけもない。それなりに仲の良かった連中はおぼろげながら思い出せるが、翔太はその中にはいない。

しかし、そういえば写真を見せられたとき、米倉は『懐かしさ』を覚えたのだった。

それはどうしてだろう？

埃（ほこり）をかぶった記憶を喚起しようと、米倉は懸命に翔太の顔を見つめる。翔太はやや拗（す）ねたように横を向いた。

どうやら意味不明な敵意はひとまず矛を収めたようだ。

とりあえず朝食の支度をしようと、米倉はヤカンに水を入れて沸かす。インスタントの粉末スープをカップにぶちこんだ。少量の胡椒を振る。

沸いてきた湯が、しゅんしゅんと音を立てる。

もうそろそろ沸騰するか、というときだった。ヤカンのふたがはじけ飛び、中から熱湯がほとばしり出た。

「熱っ」

反射的に飛びのいたため、顔に向かって襲いかかってきた熱湯は右腕にかかった。みるまに皮膚に水ぶくれができる。これが顔面だったら、と米倉は戦慄した。

翔太がくすくす笑っている。

「君みたいな悪い人は、死ねばいいんだ。逃げるなんて許さない。人殺しのくせに」

「なんだって？」

本気で理解できなかった。米倉は翔太が誰か別の人間と自分を取り違えているのだと思った。そうでなければ、筋道が立たない。米倉は誰も殺したことなどないのだ、当たり前だが。

ときおりニュースになるような、いわゆる『いじめ自殺』に加担していたということもない。本当に米倉は、良くも悪くも他人と深く付き合うということがなかったのだから。転校を繰り返す境遇に不満を覚え、孤独に埋もれ、そのうちに仕方がないと諦め、どうせいつか別れるのならと、親しく誰かと関わり合いになること自体に重きを置かなくなった。仲良く『なれない』のではなく、自分の意思で『ならない』のなら、寂しさもない。プール遊びをした遠い思い出だけが、例外的にきらめいているのだ。

　ひりひりと痛む腕を水で冷やそうとして、米倉は思いとどまる。水。水道から出てくる程度のものならば動かしたところでせいぜい服を濡らされるくらいだろうが、続けざまにやられるのも気分が悪い。

　米倉は財布を上着に突っ込んで、アパートを出た。しばらく歩くことになるが、ぎりぎり徒歩圏内にファミレスがあったはずだ。そこで朝食をとり、トイレも済ませてしまうことに決める。

　歩くたびに右腕が痛んだ。米倉は上着のポケットの中で拳（こぶし）を握りしめた。

殺す、と宣言したとおり、翔太はことあるごとに水を使って米倉に挑んできた。

トイレは六号室のある二階は使わず、一階を使用した。翔太自身もトイレの水を動かすのはいささか抵抗があるらしく、せいぜい汚水を撥（は）ね飛ばされる程度で済んだが、風（ふ）呂（ろ）はさすがに気を遣わされた。

　湯船に沈めようという子どもっぽい直接的な手段を翔太は取らなくなった。かわりに石鹸（せっけん）を湯で滑らせて、米倉を転ばせようと試みるのだった。

　洗髪をしている隙に、いつしか石鹸が湯に流され、絶妙な位置で待ち構えている。米倉が踏みそうな位置に。

初めて石鹸の罠を仕掛けられたとき、米倉は見事に引っ掛かり、したたかに転がされた。うまく体をねじって左尻の頰っぺたを打ちつけるだけで済んだが、下手をしたら頭から倒れるところだった。

そのまま死に至った可能性を思い、米倉はぞっとした。全裸で石鹸に足を滑らせタイルに頭を強打する。排水口に流れていく血の赤い筋がまざまざと脳裏に浮かんだ。おそらくは不幸な、それでいて間抜けな『事故死』で処理されるだろう。

幽霊に殺されるなど、冗談ではない。

（なんでこんな思いをしなくちゃならないんだ。僕がなにをしたっていうんだ）

米倉は今度こそ大家の部屋に相談に行った。茶をいれるために湯を沸かそうとした彼を慌てて制す。だが、ヤカンの中に水は残った。

そこから、翔太の気配を感じる。

しかし、背に腹は替えられなかった。盗み聞きされているのを承知で、事情を詳らかにする。入居後しばらくして翔太から敵意を持たれたこと、稚拙ながらも下手をしたら命にかかわる風呂場の悪行、実際に「殺す」と言われたこと。

「だんだんやり口がエスカレートしている。たまったものではないです、僕に落ち度はないのに。適正距離を保って暮らしてきて、どうしてこんなことになるのか」

大家は米倉の訴えに、珍しく困った顔を隠さなかった。

「あの子によく言って聞かせますから」

だから、どうにかここにいてほしいと、米倉を引きとめた。

「あなたなら、翔太君を成仏させられると思うのです」

「どうしてそんなふうに？　僕はあの子を好きになれない。あの子も僕が好きじゃない。幽霊のくせに人間を苦しめるなんて。僕はあの子に触れたいとは思わないんだ」

「それでも、あなたしかいないのです」

米倉には大家の理屈が理解できない。

問い詰めると大家は「勘、としか言いようがないのですが」と言葉を濁した。

「あなたは、僕にむざむざ殺されろ、と言うのですか？　気が抜けなくて、ストレス溜まりますよ。悪意を向けられる理由なんてないのに。それに、もしものことがあったら、あなた自身の成仏だって遠くなりますよ」

「……それでもですよ」

大家が優しく微笑んだが、素直に受け止められない。

大家だけは頼りになると漠然と信じていた米倉は、裏切られた気分でソファから立ち上がった。

部屋を出がけに、大家の美声が鼓膜に絡んだ。

「集会室に、翔太君の溺死記事が載った新聞があります」

以前も似たような言葉を聞いたと、米倉は振り向いた。「僕に、それを読めというのですか？」

大家は否定するように緩やかに首を振った。

「ある、ということをお伝えしたかっただけです」

「読めばなにかが変わるとでも？」

「米倉さんは、悪意を向けられる理由がないとおっしゃいましたが……翔太君にとっては違うかもしれません。とにかく私からもあの子に変なことをしないよう、説得してみますので」

米倉は黙って大家の部屋を出た。

翔太のことを卑怯だと思った。恨みがあるのならば、そのことをはっきりと口にすればいいのだ。そうして、思う存分なじればいい。なにが原因なのかがわかれば、誤解を解く方法だって探れるというものを。

心当たりはないが、自分に非があるのならば詫びる用意はあるというのに。

翔太は米倉を乱すのを楽しんでいるようだ。

（最悪だ）

やみくもに絶叫し、言葉を選ばず感情を吐きだしたかった。翔太への不満、現状の危うさ、分け与えられたように自分の中に芽生えた憎しみ。

どうしてこんなことになったのか。

米倉は本能的に絵筆を取った。

言葉のかわりに、イラストボードにそれを投影する。

心の赴くままに。

絶望的な思いを胸に、ひたすら衝動的に描き始めた絵と向き合う。本当ならば自分の未来を切り開くためにも、公募用の作品を仕上げなければならないのに、とてもそんな気にはなれない。

なにかに怒り、なにかに怯えるような顔をした、唇を固く結んだ青年の図案。その青年を禍々しいものが取り巻く。それらは枯れた花であったり蛇であったり蛾であったり、あるいはなにものとも表現しがたい紋様であったりする。青年の目は誰かに似ている。線をイラストボードにトレースするときから、米倉はそれを感じ取っていた。

(誰もわかってくれない。僕は一人だ)

寂寥とした荒野にも似た風景を、米倉は見た。歩けども歩けどもおのれ以外になにも存在しない、孤独という名の世界を。

なんと寒々しいことだと、米倉は震える。さやかと別れるのが辛いと涙目になる高橋に内心呆れながら、そう口に出せる彼を羨望する。高橋とさやかはきっと、もっと美しい世界にいる、たとえ先に別れが待っていようとも。

絵の中から自分を見返す青年の目に、米倉は色を乗せる。こんな澄ましたものじゃない、こんな上っ面だけではない。

もっと自分の心に添った色を。孤独を。絵の中の青年も、果てない荒野に佇んでいるはずなのだ。米倉は夢中になって筆を走らせる。食事もほとんどとらなかった。空腹も覚えない。ときおり買い置きのカロリー補給用ゼリー飲料を口にするだけだった。自然に息が荒くなる。ふと気づけば、ろくに暖房もいれていないのに、窓は米倉の体が放つ熱気で、白く曇っていた。

窓ガラスの向こうにはきっと、胡散臭い番組のワゴン車が停まっている。

しかしそんなことはもう、米倉にとってどうでもよかった。

幽霊がいたと暴かれてしまおうが、そのままの日常が続こうが、いずれにせよ、自分の心の平安は別の場所にある。

その場所へ辿りつけないもどかしさを、米倉は筆に込める。

幾日も、幾晩も。

それから疲れきって、窓から絵の具を溶く水を捨ててから、布団に倒れ込む。

――オリオン、オリオン。

呼びかける声が、奇妙なくぐもりと共鳴を伴って聞こえる。米倉は浮遊感を覚えた。重力にもてあそばれているようだった。視界もゆらいでいる。

――オリオン。

息苦しさに気づく。とっさに右腕で前方を掻く。青をごく薄く溶かした色の水に無数の気泡が生まれ、追いかけ合いながら天へと昇ってゆく。米倉は水中にいる。呼吸ができない。

息を継ごうと水面(みなも)を見上げる。それはゆらゆらとした光の膜のようである。あそこから顔を出せば、助かる。

両手両足でもがいて上を目指したそのとき、水面が陰り、なにか大きなものが、米倉の行く手を阻んだ。

苦しさに慌てふためきつつ、阻んだものを押しのけようと試みる。動かない。

——オリオン。

これはなんだろう、この影は……息苦しさが加速する中、米倉はそれが大きなビート板だとわかる。

小学校のとき、クラスメイトと最後に遊んだプールにあった、大きくて、子どもなら楽に四、五人は乗ることができるもの。

この影は、ビート板だ。

そこまでなんとか把握したところで、苦しさが限界を超えた。米倉は無我夢中で影を押し上げた。やはり上には誰かが乗っているのだろう、びくともしない。流氷の海に落ち、氷の下にもぐりこんでしまったかのようだ。

冷静に頭が回れば、影の下を泳いで抜けようと考えつくだろう。だが、苦しさがそれを許さない。

やっきになって下からビート板を押す。押す手はなぜか小さい。大人のものではない。力で除けることはできない。

視界が両端から黒く狭まってくる。

と、米倉は狭くなったその中に、ビート板の上から水中に差しこまれる右手を見た。

手首には三つほくろが並んでいた。

（あれは……僕？）

米倉は布団を剝いで飛び起きた。鼻孔から冷たいものが流れ落ちる。口で息を吸う。恐ろしく酸素が足りない。暗がりの中、ぼんやりといつもの六畳の風景が見えてくる。朝はまだ遠いようだ。

必死で酸素を肺に取り入れ、手を伸ばしてティッシュを取る。

鼻の穴が水に濡れていた。

窓を見る。結露で窓枠の下部に水滴が溜まっていた。

ぴちゃり、と音を立てて、悪意の気配が消える。

（結露の水滴でふさいだのか）

必死に息を整えながら、米倉はティッシュを大量に使って結露を拭いた。

結露が溜まる箇所にぼろ布を敷きつめ、薄紙を窓ガラスに貼りつける。

三日、五日、十日、二週間。米倉は描き続けている。

の絵を。

ほとんど飲まず食わずで、風呂にも行かず、トイレも忘れるほどに、自分のためだけ

ふと我に返った瞬間、こんなふうに絵を描いたことなどあっただろうか、と記憶を辿った。

頻繁に転校する米倉の寂しさを紛らわせてくれるものは、好きに描けるイラストだった。そこに自分だけの世界を作った。楽しかった。見えないはずの内面が、どんどん具現化していくようだったからだ。

描くことを生業にしようと決めてから、米倉は自由を忘れた。好きにではなく公募に入選して認められるためだけに描く。絵は手段になった。

そして痛感する。自分に突出した才能はないと。

精魂込めて描いたつもりでも、米倉の絵には引きつけるものがなかった。ただ、結果が欲しくて仕上げたというだけの構図。線、色彩。

落選続きの日々。

この絵よりも、もっとやらなければいけないことがある。次の公募の締め切りまで、もうあまり時間はない。

わかっているが、米倉は自身の感情を素直にぶつけられる絵の前から離れられない。そうでもしないと、落ちつけない、息が吸えない。溺れる。

自分を見失いそうで恐ろしかった。

一線書き加えるごとに、ひと筆ごとに、それは米倉の心そのものに近づいてゆく気がした。

米倉の様子がおかしいと、他の部屋の住人たちも察している様子だった。ときおり六号室のドアの外から、こんな声がかけられた。

「米倉さん、例の話、忘れていませんよね……？」

「もうすぐ、あいつらが乗りこんでくるぞ」

「まずは翔太君を……聞いてる？　米倉さん……」

それらの問いかけに米倉は一切返事をしなかった。ただひたすら目前の絵に、時を忘れて打ち込んだ。

いつしか米倉はその絵を、自分の分身のように、大切にかけがえなく思うようになっていた。絵はもはや、今までの作品のようなただの線と色ではなかった。米倉の孤独、もどかしさ、恐怖、憎悪、憤懣、もろもろの感情が渦巻きあふれてくる。少なくとも米倉はそれを苦しいほど感じとれた。

指先で触れれば、仄かに熱を持っている気がした。耳を澄ませば鼓動が聞こえた。

誰に見せるあてもない、自分のためだけの絵。自分が命を与えた。

こんなものは二度と描けないし、描かない。

自らの手で生み出すものに対して、米倉がそんな感情を抱いたことはなかった。初めて心の奥深くから湧き出でる激しい思いに、米倉は打ち震えた。イラストボードを前に、米倉は静かに泣き崩れた。

(離れたくない。ずっとこれを描き続けていたい。誰にも邪魔をされずに)

(これは僕だけのもの)

(僕にしか描けない……)


「いつまでそうやって逃げるの?」

絵の具で濁った水を取り替えようと慎重にキッチンの蛇口を回したとき、翔太が言った。

振り向いた米倉に、少年は憎悪の視線を返した。

「僕は忘れていないよ」

膝(ひざ)がしらに顎(あご)をうずめて、両腕で自分の足を抱きかかえるような体勢で、翔太は告げた。

「オリオンだろ、君」

容器の中の水が跳ねた。翔太の仕業ではなく、米倉が腕を大きく動かしたからだった。蛇口を締め、六畳の方へ逃げ込む。米倉は混乱のまま絵筆を握った。翔太が自分の幼いころのあだ名を知っていることに、大きな衝撃を受けていた。

イラストの中からこちらを見つめる青年の首に、発作的に静脈血に似た暗い赤を乗せる。

「なんで知っているんだ」

漏らした独言に、容器の水を通して少年の声が応じる。

「僕のこと、本当に忘れたの？　オリオン」

声へ向かって絵筆を投げつける。水が飛び散る。

筆先の暗い赤が煙のように水に広がってゆく。その水を窓から捨てる。

――集会室に、翔太君の溺死記事が載った新聞があります。

大家の声が耳元で蘇り、米倉は六号室を飛び出して集会室に駆けこんだ。


ソファの奥手に積まれている古新聞に手を伸ばす。

一番上の新聞は社会面が表になっていた。

【滝つぼに落下して女性死亡　テレビ収録中に】

もう成仏した三号室の幽霊、石黒早智子の事故を報じる記事が小さく出ていた。

次の新聞を取る。

【凍結路面で転倒　男性死亡】

てふてふ荘の地縛霊たちの記事が目に飛び込んでくる。見れば、そこにある古新聞の多くは、社会面を上にしてたたまれているのだった。

そして、米倉は目指すものを見つけた。

【小学校六年生市民プールで溺死　終業式の日の悲劇】

息を詰めて記事を読む。

翔太は、米倉が遊んだ同じ日に、同じプールで死んでいた。

子どもだったとはいえ、足のつかないプールではない。記事では、Tシャツと短パンという格好で死んでいたことから、プールサイドから誤って転落したという警察の見解が書かれており、「管理者などから事情を聞いている」でしめられていた。

翌朝早くの飛行機に乗る予定の米倉は、ビート板遊びの中途で、仲間より先に家へ戻った。引っ越しの準備のためだ。夕方までには、テレビは運び出されてしまった。新聞も電話も止めた。

一緒にビート板に乗った友人たちからなんの連絡もなかったのは、気を遣ったからか、それとも彼らの親から「わざわざ言うな」と口止めされたのか。

結露の水で鼻孔をふさがれたときに見ていた夢が、まならうに浮かぶ。

あれは翔太の記憶なのか。

記事が載った古新聞を手に、米倉は六号室へ戻る。翔太少年が米倉の手にあるものを見やって、視線を鋭くした。

「僕、すごく苦しかったよ、オリオン」膝を抱えたまま翔太は細い顎を引いた。自然と睨(にら)みあげる視線になった。「君たちが僕を殺したんだよ」

「知らなかった、君がビート板の下にいたなんて」

「知らないで許されるなら警察は要らない、っていうよね」

「事故だろ？」米倉は柄にもなく声を荒らげた。「謝れというなら謝るよ。でも、あそこはそもそもビート板で遊べるプールだった。僕たちはなんの違反もしていない。殺したと責められるのはおかしい」

「言い訳をしているの？　僕は君たちのせいで死んだんだよ。下から押しても気づいてくれなかったじゃないか」

「君がどれだけ押したか知らないけど、気づかなかったものは仕方がない。わざとじゃないんだ。それに、僕たちは許可された遊び方をしていた。恨む気持ちはわからないでもないけれど、そもそもじゃあ、君はどうしてプールに落ちたんだ？　僕らが落としたわけじゃないだろう？　君の不注意だったんじゃないのか」

「違うよ。混んでいて、知らない人にぶつかって落ちたんだ」

「じゃあ、僕らを恨むよりも、ぶつかった人を恨むのが筋じゃないか」

だが翔太は「でも、その人はここにいないじゃん」と言った。

「とにかく、僕が君を殺したいと思う気持ちは、正しいよね。だって僕が先に殺されたんだもん。君たちがあの日遊んでいなければ、僕はこんなところにいないし、君みたいに大人になれていたよ」

幼稚な理屈だ――米倉は苛々した。自分の言い分のみが正しくて、相手をとにかく責める。正論を述べても、結局翔太には言い訳にしか聞こえないのだ。

「オリオン、覚悟しなよ」

「……君は、どうして僕のあだ名を知っているんだ？」

「忘れたんだ。やっぱり忘れたんだ、僕のことなんか」

不貞腐れたように、しかしどこか悲しげに翔太が呟く。

「僕は覚えているのに。みんな忘れる……」

記事に書かれていた翔太の小学校は、転校前に米倉が通っていた学校だった。だが、米倉はどうしても翔太を思い出せない。成人してなお、小学校の級友の顔とフルネームを覚えているほうがまれだ。

「わがままだよ、君は。勝手で自己中心的だ」米倉は膝を抱えて顔を伏せる翔太に告げる。「今度は忘れたから許せない、という理由で、僕を殺すのか？」

翔太が顔を上げた。米倉はぎょっとなった。翔太の頬は涙でぐしょぐしょだった。この部屋で翔太が泣くのは初めてだった。泣かせるほど深い付き合いなどなかった。

でも、泣きながら翔太は嗤ってこう言った。

「……僕に殺されるのって、やっぱり怖い？」

「怖くないと言ったら、どうするんだ」

「だったら、君の一番大切なものを、殺すよ」

一番大切なもの。

聞いて、米倉の頭に真っ先に『あれ』が思い浮かんだ。

六畳に駆けこむ。

窓ガラスに貼った薄紙と窓枠の下部に詰めたぼろ布から、白くけぶるものが立ち上る。それは一塊に集まって凝縮され、透明に変わった。

ピンポン球一個ほどの大きさの水が、宙に浮いている。

米倉は机の上の絵に身を投げ出した。

だが、水の塊は米倉の脇をすり抜け、赤を乗せた青年の首のあたりにぶつかり、弾(はじ)けた。

米倉の視界が一瞬紅(くれない)に染まった。

両手で抱え上げたイラストボードの表面を、水と、水に混じった赤い色がゆっくりと流れた。

取り返しがつかないことを、米倉は悟った。

震える手でイラストボードを置き、米倉は六畳の入口を振り返った。暗い目をした翔太がぽつりと立ってこちらを見ていた。

（こいつ）

猛然と米倉は翔太に向かった。

（殺してやる）

ためらいはなかった。米倉は少年の細い首に両手をかけた。指があまって親指が交差した。

米倉はそのまま力を込めた。喉に指が食い込んだ。

翔太の顔がゆがむ。小さな手が首を絞める手首を摑んだ。

その感触に遠い日の記憶が蘇る。

教室移動で音楽室へ向かう途中、ふざけていて階段からかかとを滑らせた米倉の右手首を捕らえ、踊り場に引き留めてくれた少年。

逆光で顔はよく見えなかった。でも、この手は。

「おまえは……」米倉は力を緩めた。「もしかして、あのとき階段で？」

米倉の手から逃れた翔太は、絞められた首をちょっとだけさすってから、米倉の三つ並んだほくろに目をやった。

「……隣のクラスだったんだよ。うちも引っ越しが多くて、僕はあの年の四月に転校してきたばかりで、誰も友達がいなくて。君も転校生だったことは先生から聞いた。同じクラスになっていたら、仲良くなれたかな、って思ったよ」

あの日、僕たちのクラスは音楽室から帰ってくるところだったと翔太は続ける——君の手首を握ったのは、たまたまだよ。運が良かったね。そのとき、君がオリオンと呼ばれている理由がわかった。

翔太は幼い口調で話し続ける。

「ずっと一人で寂しかった。生きてるときは転校ばかりで友達ができなかったし、ここでも僕だけ子どもだった。大家さんは優しいけど、みんなの大家さんだし。僕のことを選んでくれる人なんているのかな、って、考えるたびに泣きたくなってた。だから、君がこの部屋に来たとき、嬉しかった。遊んでくれるかも、僕と話してくれるかも……絵を描く人みたいだから、もしかしたら、一緒にお絵描きしてくれるかも……って」

ああ、と米倉は手のひらに爪を立てる。そんな期待をしている子に自分は『適正距離』などと持ちだしたのだ。

「でも、そのほくろで、君が誰かわかった」

右の手首に目を落とす。翔太もきっとこの輝かないオリオンを見ているだろう。

「思い出して、君をすごく嫌いになったよ。でも君は、僕なんてどうでもよかったんだろ。大体、僕のことすっかり忘れてるし。死んだことすら知らないなんて、頭に来たよ。どんなにちょっかい出しても、自分以外に誰もいないみたいにしてさ。二人でいるのに、一人で誰かがこの部屋に来るのを待っていたときより、ずっとずっと寂しかった。君は生きている僕を殺しただけじゃなくて、残った僕の心まで無いことにしようとしたんだ。それってひどいよ」

だからって、おまえのやったこともとんでもないだろ、という反論は、米倉にはできなかった。翔太はもう一度首を触った。米倉が殺すために触れたその部分の感触を確認するように。

それから、少年は少し声音を変えた。

「ひどいけど……今は、僕のことを思い出してくれたんだよね？　君の心の中で、僕は生き返ったんだよね？」

「おまえ……」

「だったら、ちょっとは寂しくないかも」

翔太はそこで軽く唇を噛み、うろちょろと視線をさまよわせ、最終的に水に濡れた米倉の絵を眺めた。

「ごめんね、もうしないから。なにもしないから、安心して寝ていいよ」

おやすみなさいと言い残して、翔太は八畳の部屋に歩み去った。

イラストボードの上で流れた赤を、米倉は時を忘れて凝視する。まだ神経が昂っていて、ときどき脈が乱れる感じがした。

しばらく経ってから気づく。翔太に触れたことに。

不思議だった、なぜ触れられたのだろうか。あの子に特別な好意は持ってはいない、むしろ正反対だ。怒りにまかせて、殺そうとしたくらいなのだから。

そして、もう一度思い至る、殺そうとしたからだろうか、と。

幽霊を『殺そう』などとは普通思わない。相手は生きていないのだから、その必要がない。

幽霊だということを忘れるくらい、強い気持ちを持てたら、すり抜けずに触れると、大家は言っていた。

確かにこれ以上ないくらいの強い気持ちを抱いた。負の感情ではあったが。

（こんなことってあるのか？）

気づけばとうに夜は更け、ガラス越しに雨音が聞こえてきていた。ずっと雪に覆われていた街で、雨音はいわば春の証（あかし）だった。凍りついた季節は去っていく。雨音は静かで穏やかだった。ぽつん、ぽつんと、優しく、間断なく耳に届いた。

米倉は絵をそっと窓枠に立てかけた。

首を絞めた後、今のうちに伝えておかなければいけないとでもいうかのように、翔太は自分の心の内を喋（しゃべ）った。幽霊に触ることができたら、彼らは成仏する。彼もきっと知っていたのだろう、だから消える前に急いで話したのだ。

寂しかった、と訴えた声が米倉の中で残響する。

わがままで利己的な翔太の所業は、やっぱり腹立たしい。だが、米倉が乱暴を働こうとしたのも、翔太の心を顧みようとしなかったのも事実である。首を絞められたとき、小さな彼は怖くなかっただろうか。

米倉は六畳を見回し、普段は使わないその画材を探しあてた。

そっとふすまを開けて八畳を見やると、いつもの場所で膝（ひざ）を抱えていた翔太が顔を上げた。米倉は後ろ手でそろそろと彼に近づく。

「さっき君、一緒にお絵描きって言ったよね……絵を描くのが好きだったの？」

翔太はこくりと頷（うなず）いた。「うん、お絵描き大好きだよ。お絵描きって楽しいよね」

「どんな絵を描きたいの？」

「ええとね……」翔太の顔が少し和らぐ。「海があって、空があって……鳥が飛んでいて。白い鳥だよ。何羽もいるんだ。猫もいていいかなあ。そしてね、木があって、道があって……このアパートがあるんだ」

夢見るように翔太が続ける。

「大家さんも、みんなもいるんだよ。君も描いてあげていいよ」

「そう……」

背に隠していたものを差し出すと、彼は目を丸くした。「あ、お絵描き道具だ」

「貸してあげる……好きに描いていいよ」

「本当？」翔太の表情がぱっと輝いた。「本当に貸してくれるの？　描いていいの？」

「うん、いいよ」

「ありがとう」

米倉は翔太の前に開いたスケッチブックとクレヨンを置いて、その場を離れた。

しばらくしてから八畳の様子を窺う(うかが)と、翔太は部屋の隅でうたた寝していた。スケッチブックとクレヨンはそのままだった。水は動かせても、直接物体をどうこうはできないのだろう。それでも目を閉じた顔には、明るく輝いた表情の名残があるように思われた。

米倉はつい微笑んだ。やはり子どもだと思ったのだ。

声をかけずに戻って、ただじっと雨だれを聞いているうちに、今までの緊張が解けたせいか眠気が襲って来て、米倉は布団に臥(ふ)した。

翌朝、米倉はなにも描かれていないスケッチブックの上に、緑色のビリヤードの的球(まとだま)ナンバー6を見つけた。


的球を手に大家の部屋に行くと、目を真っ赤にした高橋に出くわした。

高橋の手には、黄色の的球があった。

「……さやかちゃんに、どんなふうに触ったんだ？」

米倉が尋ねても、高橋は涙ぐんで首を横に振るだけだった。

大家は二人の的球を、優しい笑顔で受け取った。


『それでは、いよいよ例のアパートに突撃してみたいと思います！』

ローカルタレントのアップで、『ザ・潜入霊場――春の生中継スペシャル』はいったんCMに入った。ワンセグの小さな画面ながら、米倉はその黒々とした鼻の穴の大きさにたじろぐ。

四号室の窓から外の様子を窺っていた長久保が、住人たちと大家に声をかけた。

「来るぞ、あいつら。今こっちに動いている」

四号室の住人平原が、深いため息をつく。「俺、まだ玄関先に結構荷物あるのに……」

前期から大学に再入学する平原は、今日の夕方てふてふ荘に戻ってきたばかりだった。二階の角部屋で道路に近い四号室がテレビクルーの監視に一番適している、という理由で住人らが集結したため、平原はまだ満足に荷ほどきできていないのだ。

「せっかくだから平原さんの荷物を運びがてら、お出迎えしようか」

「長久保さん、助かります」平原はほっとしたようだ。「しかし、なんなんだ、あいつら」

四号室を出ていく長久保と平原に、米倉も続く。高橋と美月もついてきた。さやかが成仏した日から既に二日経っているのに、高橋はまだ目が赤い。

玄関を入ってすぐの場所に、小型テレビや組み立て式のデスク、一人暮らし向きの家電用品、その他の家具と段ボールが二箱置かれてある。

「どれからいく？」

長久保が訊き、平原が「じゃあ、その冷蔵庫から」と答えたとき、チャイムが鳴った。

誰も返事をしないうちに、ドアは開かれた。撮影用のライトが容赦なく浴びせられ、米倉は顔をしかめる。

「皆さん、ここの住人の方ですか？　こんばんはー、あの、僕たち、潜入霊場スペシャルのものなんですけどー」

ボウリングのボールみたいな顔のタレントが、わざとらしい遠慮を見せながら入ってくる。その後ろには、やたらと頭髪の濃いプロデューサーと、スペシャルのために呼んだ女の霊能力者がいた。

「あのですね、ここのアパートには幽霊がいるっていう情報をゲットしましてね。こっちのオバサンもここらへんで強い霊気を感じるとかなんとか……それで今晩お邪魔しているわけなんですけど」

タレントの後ろから「しっかりしろよ」と笑いを含んだ岡本の声が飛ぶ。長久保の眼光が鋭くなった。

「あんたらね、人気番組だからって、こういうのは失礼にもほどが……」

平原が不満を口にしかけたときだった。

「快適ですよ、ここ」人が変わったかのように長久保がにこやかに言った。「今日も新しい住人がきて、荷ほどきを手伝っているところなんです。ほら、こっちの」

視線で促された平原が戸惑いを見せつつ頷く。岡本が「あれ、あなたは以前……」と頭をこちらに突き出したが、長久保は無視をした。

「でも、あなたたちがこんな根も葉もないレッテル貼りをして、彼がやっぱりここを出ていく、となったら……」長久保はそこで一拍間を置いた。「損害が出ますよね、彼に対してもこのアパートに対しても。補償してくれるんですか……ああ、そうか」

長久保の口調は間の取り方はもちろん、抑揚、声色が絶妙だった。なるほど、さすがは元詐欺師だと、米倉は変な感心をする。

「なるほど。この番組、表向きは突撃ってことになってますけど、実際は……テレビじゃよくある手法ってやつですか？　いや、すみません、大家さんから聞いていなくて」

やらせをほのめかす言葉に、岡本がいきまいた。「ちょっとあんた、なに言ってるんだ」

しかし長久保は動じない。

「気が利かなくて申し訳ない。いくらなんでも現在人が住んでいるところに突撃するなんて、非常識すぎますよね。そうかそうか、打ち合わせ済みだったか」

美月が米倉の横でぷっと吹き出した。平原も肩を震わせている。事前アポイント無しの行き当たりばったりを売りにしている番組だけに、生放送で取材対象から『これはやらせである』と匂わせられるのは、大きなダメージとなるだろう。米倉も胸のすく思いがした。

そのとき、同行していた中年の女性霊能力者がふいに言った。

「……以前感じたような霊気は、ここには無いわ……間違えたのかしら」

「ええ？」岡本がわめいた。「そんな、今さらそりゃないよ」

「だって、本当になにも感じないのよ……一年前は確かに六体くらいいたようなのに」

ローカルタレントが目を泳がせている。「スタジオに戻せ」という小声がし、照明が消えた。

「あれ、帰っちゃうんですか？」

口ではそう言いつつ、長久保は既に手を振っている。平原も美月も高橋も、そして米倉も、同じようにした。ワンセグの画面を見ると、戸惑い顔をした幾人かのゲストタレントが、スタジオのひな壇に並んでいた。気の利いたコメントを発せるものは一人もおらず、なんとも形容しがたい微妙な空気が伝わってきた。

潜入霊場取材班は撤収していった。

集会室で住人たちは大家を囲んで祝杯をあげた。平原はそこで初めて大家の秘密を知らされた。

「え、じゃあ、なんであの霊能力者は大家さんには反応しなかったんだ……？」

それは米倉も疑問だった。米倉に限らず他の住人たちもそうだろう。住人らの目が集中する中、大家はそれでも微笑みを絶やすことはなかった。

「私は彼らとは違いますから……より強くこちらに縛されたかわりに、すっかり人間に近くなってしまったようです。真由美さんだけには通用しませんでしたが」

「より強く縛された、って……どういうこと？」

美月の問いに、大家は「それだけ生前罪深いことをしたのでしょう」と答え、座が一瞬静まる。大家は滑るように歩いて、的球がすべてそろったビリヤード台にそっと右手を下ろした。

「大家さん、あなたはどうしたら……」

成仏できるのかと問おうとしたのだろう高橋の口は、大家の微笑に止まってしまった。

「皆さんのおかげで、彼らは無事成仏しました。良かった……本当にありがとうございました。私のことは、気にしないでください。私は皆さんがてふてふ荘を住みよいと感じてくださるなら、それで十分なのです」

こんな私でよければ、これからも大家を続けて良いですか——大家の美声に反論するものなどいるはずがなかった。大家は一人一人の顔を見つめ、もう一度「ありがとうございます」と言った。


【あの人気番組にやらせ疑惑？　生放送アクシデントの一部始終】

新聞広告に載った週刊誌の見出しに、そんな文字が躍っていた。

そして、日常が戻る。高橋はバイトに、美月はスーパーに、長久保はガソリンスタンドに、平原は大学に通う日常が。

しかし、米倉は彼らがどこか心の中に寂しさを抱えていることを感じている。

翔太が水をかけたイラストボードを見つめる。

皮肉な話だった。米倉以外の住人は、部屋の幽霊たちとそれぞれ事情は異なるものの、好意的な感情を持って触れ合ったはずだった。詳しくは聞いていないが、雰囲気で伝わるものだ。特に高橋はそうだろう。

米倉と翔太だけが違った。『適正距離』で親しくなることを意識的に避け、最終的には殺意で触れた。

そんな関係だったのに、翔太だけが存在の痕跡を残した。

描かれた青年の首にかかった水は、その部分に乗った赤に混じり、下部に流れて、まるで傷ついて流血しているようだった。

（あいつ）

すっかり乾いてしまったそこに、米倉は触れた。

（あっちでも一人で膝を抱えてるのかな）


「おや、どちらへ？」

Ｂ４判が入る大きな封筒を手にてふてふ荘を出ようとしたところを、大家に見つかった。米倉は観念して白状する。

「イラストを送るんです。今日が公募の締め切りなので」

「ああ、なるほど。いい結果が出ると良いですね」

「まあ、毎度のように出品料の無駄になるだけかもしれませんが」

すると、大家はいつもの彼らしからぬ面白そうな表情になった。

「それ、まだ封をしていないのですね」

「ええ、落選のことを考えたらオリジナルは取っておきたいので。カラーコピーを取って、そっちを送るんです」

「よかったら、見せていただけませんか？」

この美声には抗えない。米倉は言われたとおりにする。

大家は目を細めて、しばし絵を眺めた。

「そこ……濡れてしまったんですね」

「はい」

「やりなおさないのですか？」

返答をわかってなお、訊いているのだと、米倉も大家の心を酌みつつ、そのとおりの言葉を返す。

「やりなおしません」

一人の青年と、それを取り巻く様々なもの、紋様が描かれた、孤独に満ちたはずの絵。これを完成させたのは自分ではないことを、米倉は知っている。

「そうですか」大家は頷いた。「私は門外漢ですが……いい絵だと思います」

まるで絵の中の彼と話がしたくなると、大家は評してくれた。

「ありがとうございます」

「題名はなんていうんです？」

米倉は彼のことを思い出しつつ答えた。「『ふたり』にしようかと思っています」

「なるほど」

大家は優しく頷いてから、荷物を抱えた米倉のために玄関のドアを開けてくれた。

「今日も、いい天気ですね」

ほんのりと暖かい春空を見上げ、米倉も頷く。「本当に」

それからいつものように「いってらっしゃい」と声をかけてくれた大家に、

「いってきます」

応(こた)えて、米倉は少し笑った。

集会室

——私のことは、気にしないでください。

——これからも大家を続けて良いですか。

元詐欺師長久保の機転で、失敬極まりないテレビクルー一行を追い払った夜、大家は確かにそう言った。言葉のとおり、大家は以後も変わらず住人に尽くす毎日を送っている。自分はこれでいいと主張するように。

バイトに出かける高橋に、大家は美声で送りだす。帰ってきたときは優しく迎え入れてくれる。そんな毎日にほっとしながらも、本当にこのままでいいのかと悩まずにはいられなかった。テレビクルーらに一泡吹かせてやったことに後悔はないが、高橋はできるならばずっと、一号室の幽霊さやかと共に過ごしたかった。それでも触れたのは、彼女の望みを叶えるためと、あと一つ、大家の成仏に必要なプロセスと思ったからだ。

いつかさやかは、集会室で言った。忘れてなどいない。

——あたしだけじゃない、このアパートの霊たちはみんなしたいと思う。そう見えない人もいるかもしれないけど、でも本当はきっと……。

情けないが、さやかのことを思い出すと、まだ鼻の奥がつんとなる。無意識に自分の唇を触っていたことに気づいて、高橋は幻影を追い払うべく頭を振った。

「大家はあんな調子だが、おまえはどう思う？」

風呂（ふろ）で顔を合わせた長久保が訊いてきたのは、大家が自分のことは気にするな、と言ったその晩だった。

「今はそれでいいだろう、来年も、五年後もたぶん大丈夫だ。だが、ずっとというわけにはいかない。俺たちがいなくなったら、あの人どうするんだ？　たった一人、建物が崩壊した後も、この土地に居つくのか、地縛霊として」

　それから数日後、長久保の音頭で住人たちは集会室に顔を揃えた。

「大家さんを成仏させてやれないだろうか」

　長久保の発言に反対する者はいなかった。高橋のみならず、みんなかいがいしい大家に好意を抱き、情を感じているのだ。

「でも、どうすればいいの？　部屋の幽霊たちは触るだけで良かったけど、大家さんは違うんでしょう？」

　スーパーから帰ってきたばかりの井田美月の顔には、ごく薄い自然な化粧の上に、まだうっすらとマスクのあとが残っていた。彼女の発言に対して、米倉が「思うんですが」と絵の具の付いた手でビリヤード台を指した。

「部屋にいた彼らは、成仏すると『あれ』になりましたよね」

「ビリヤードの的球（まとだま）……」平原が頷いた。「薫はナンバー4になった」

「おっちゃんは2だったわ」

「年増女は3だ」

「翔太君は6でした。槇さんは5だったし、高橋君のところも」

「さやかは、ナンバー1だった。彼女はあれを『重石』だって言っていました。あれが取れたら、成仏できるって……」

誰からともなくビリヤード台に近づき、みんなで囲んだ。高橋は黄色い球を拾い上げた。さやかが着ていたTシャツと同じような色合いの球。彼女が最後に口ずさんだ名の知れぬ曲も、耳を澄ませば聞こえる気がした。

滲む視界をごまかそうと、高橋は的球をラシャの上に戻し、かわりにかゆみに耐えかねるふりをして指で目を擦った。

「的球は全部揃ったんですよね」

確認するように米倉は、それぞれの的球をトライアングルラックにおさめた。

「これが大家さんの成仏に関係あるのでは、と」

「俺もそう思うな」長久保が同調した。「幽霊たちの大家でもあったんだから、当然だろう」

「でも、具体的にどうするかはさっぱりだね」

平原は呟きながらラックの中の的球ナンバー4に手を伸ばしかけ、自重するように引っ込めた。そんな平原を横目に美月があっさりと提案した。

「大家さんに直接訊けばいいんじゃないの？」

尋ねたところですんなり教えてくれるだろうか——高橋は大家がそれを拒む気がしてならなかった。実際一度美月が尋ねたときも、彼は答えなかったのだ。

そして案の定、高橋の予感は的中したのだった。

「それは、私からは申し上げられないのですよ」

なぜだと食い下がる住人らを申し訳なさそうな表情で見やってから、大家はいったん引っ込み、経年で変色した一枚の紙を手に戻ってきた。「これは、私がこのアパートに縛されたとき、既にテーブルの上にあったものです……一種の契約書でしょうか」

大家は紙の下部だけが見えるように軽く折って、住人らに示した。そこにはこのような文言があった。

『自らの成仏方法は誰にも語るべからず。語れば永遠にこの地に留まるであろう』

だから私になど構わず、今までどおり普通に暮らしていてくださいと、大家は微笑した。

「仕方ない。とりあえずまた集まろう」

集会室に戻って散会の一言を発した長久保に、平原がちょっと待って、と後を継いだ。

「次までに、可能な人はビリヤードや大家さんのことを調べてみませんか。なにかヒントが得られるかもしれない」

とはいえ、調べるとなっても、これといってなにをしていいものやらわかりかねる高橋だった。さやかの成仏について、それとなく方法を聞かされた夜、大家自らキューを持っている姿を目にしたことが思い出されるくらいである。そういえば大家は『ビリヤードで遊んで欲しい、使われないビリヤード台は可哀想だ』という趣旨のことを口にしていた。ビリヤード講師をしていたくらいだから、愛着は人一倍あるのだろう。

（みんなでビリヤードで遊べばいい、とか？）

部屋に戻ってしばし思案していると、ノックの音が聞こえた。自分のいる一号室にではなく、向かいの管理人室のドアを叩いている。

「四号室の平原です。大家さん、いらっしゃいますか？」

調べようと提案した平原が、既に動き出しているようだ。高橋は思わずドアに耳を押しあて、様子を窺った。直接的なことは訊けないだけに、どこからアプローチする気なのか、興味があったのだ。

ドアが開く音がした。中へ、と誘う美声を、平原はすぐ済むからと辞退した。

「一つ教えてほしいだけなんです」

「なんですか？　平原さん」

「この『てふてふ荘』って、どなたが名前を決めたんですか？」

大家が柔らかく微笑んだ気配が、一号室の内まで漂ってきた。

「私です。私が決めました」

平原はその答えで満足したようだった。彼は「ありがとうございました」と礼を述べ、二人の会話はそこで終わった。

高橋は歯を磨いてから着替えた。どうして平原はあんな質問を投げかけたのだろうかと思い、ふと、関連するなんらかのことを思い出しかけた気がしたが、結局記憶の尻尾(しっぽ)は摑(つか)めぬまま布団へと入った。

次の会合は二日後に設定された。まず口を切ったのはやはり平原だった。

「俺、初めてここに入ったときから、なんとなく気になっていたんだ」

「なにを?」

スーパーで人数分買ってきたという缶ビールを飲みながら問うた美月に、平原は「どうして『てふてふ荘』っていう名前なのかなって」と答えた。美月は拍子抜けしたようで、顔をしかめながら口の中のビールを無理やり飲み下した。

「なんだ、そんなこと?」

「普通、こういう古いアパートで『なんとか荘』だと、なんとかの部分に入るのは家主の苗字(みょうじ)が多くないか? てふてふってないだろう、あんまり」

「言われてみれば……そうですね」米倉がプルトップを開けつつ同意する。

「いや、とにかくさ。敢(あ)えて『てふてふ荘』にしたなら、意味はありそうだろ? だから誰がこのアパートの命名者なのか、大家さんに訊(き)いたんだよ」

長久保が缶ビールの半分ほどを一気飲みして、先を促した。「で、どうだったんだ」

「大家さんが自ら名付けた、って」

美月と米倉が顔を見合わせた。

「てふてふって単語、聞いたことある」

美月の言葉に米倉が答える。「蝶のことですよ」

「そうだ、蝶々のことだよ。でもなあ」平原が何度も頭を振った。「アパートのどこにも蝶をイメージさせるものなんて無いのに、なぜ大家さんはこの名前にしたんだろう？」

ふいに米倉がズボンのポケットから携帯電話を取り出した。長久保が目ざとく問う。

「誰にかけるんだ？」

「真由美さんにです」米倉はメモリから電話番号を引き出したようだ。「彼女、一人でここで遊んでいることがありました。それなりに上手だったようだし、もしかしたらビリヤードと蝶で連想するものがあるかも」

槇真由美が一人で球を撞いているところを、高橋も目にした記憶があった。米倉が携帯を耳に押し当てる。他の住人らは自然と口をつぐんで、米倉の周囲を取り囲んだ。

「あ、お久しぶりです。米倉です」

微かに明るい女性の声が漏れ聞こえてきた。

「ええ、実はちょっとつかぬことを訊きたいんですけど……」

電話の向こうの真由美が、なにごとかを米倉に話している。米倉はそのたびに逐一

「はい」「ええ」と丁寧に相槌を打った。

電話を切った米倉に、住人らは口々に尋ねた。

「真由美さん、なんて言っていた？」

米倉は一同を見まわした。

「ビリヤードのトリックショットに、バタフライショットというものがあるそうです」

平原が顎に指を当てた。「バタフライ……蝶か」

「そういえば確かに名前だけは聞いたことがあるが……どんなやつだ？」

長久保の問いに、米倉は的球を六つラシャの上へ置いた。

「中央に置いた六つの的球を、手球のワンショットで」米倉は実際には撞かず、手でボールを転がした。「それぞれのポケットに落とす、というショットだそうです」

最初に置く的球の形が蝶に似ているので——米倉のその言葉のおかげで、高橋は先日摑めなかった記憶の尻尾に手が届いた。

「ぼ、僕、それ見たことある」

思わず叫ぶと、住人の衆目が高橋に集中した。高橋は臆せず続けた。

「大家さんがやっていたんだ。そのときはショットの名前を教えてくれなかったけど」

「本当か？」

長久保の鋭い眼光に高橋は大きく頷いて、さらに思い出したことをそのまま述べた。

「かわりに、こう言っていた。この台の中央から右上コーナーのポケットの延長線上に」喉に唾が絡んで、声が変になった。「延長線上に、さやかが殺されたマンションがあるって」

「……へえ。なるほどね」

美月がなにか思いついたように、集会室奥に積まれてある古新聞に目をやった。

「この、右上コーナーポケットの延長線上に、さやかちゃんの死亡現場」

再度の会合の席で主役になったのは、美月だった。美月は市街地周辺地図を左手にしつつ、右手に持ったキューをビリヤード台の中央に立ててから、ゆっくり右上ポケットの方向へと倒した。横から高橋が地図を覗き込むと、ペンでつけられたと思しき青い長方形が一つと、そこを中心に放射線状に散らばるように、赤のバツマークが六つあった。

美月は高橋の視線に気づいたのだろう、地図を卓上に置いた。

「ここがてふてふ荘で、ビリヤード台はこの長方形ね」

「玄関がこっち向きだから……台の角度は間違っていないね」

米倉のチェックに美月がふん、と鼻息を荒くした。「当たり前でしょ、一番重要なんだからしっかり調べて書きいれたわよ」

「で、他の連中はどうなんだよ」

先を急かしたのは長久保だった。美月はそれに頷き、

「石黒さんが滑落したハッカリベツの滝は地図でいうとここ。だから、大体左下ポケッ

トの先になる。槇さんのバイク事故現場はここから一番近くて、左中央の角度とどんぴしゃり。薫君は埠頭だから、右下ポケット。これはちょっとずれているけど、誤差の範囲内でいいと思う。市民プールは右の真ん中、翔太少年ね。で、おっちゃんが転んだのは……」言いながらキューをパタパタと動かしていた美月の手が、一呼吸の間止まった。「これも少しずれてはいるけど、左上コーナーポケットのずっと向こうだった」

　高橋をはじめ、しばらく住人は押し黙った。

「……つまり、六つのポケットはそれぞれの幽霊が死んだ場所を示している、ってことか」

　沈黙を破ったのは平原だった。

「ていうことは、単純に考えて、対応するポケットに、それぞれの的球をバタフライショットで落とせばいいんじゃないかな？」

「私も調べながらそう思った」

　高橋も異論はなかった。だが、同意の言葉を継ごうとしたとき、米倉が「ちょっと待ってください」と軽く右手を上げた。

「バタフライショットはいいとして、肝心の手球は廊下側と窓側、どちらから撞くのが正解だと思いますか？」

　美月と平原が顔を見合わせた。美月は発端となったポケットを指差し、

「廊下側だとばっかり……だってここが右上って言われたら基準はそうなるじゃない？

高橋君、大家さんが右上っていう言葉を使ったの？」

と、高橋に振った。

いきなりの追及にへどもどしつつも、高橋は記憶をさらう。

「……ごめん、言わなかった気がする。ただキューでそのポケットを示しただけで……

僕は大家さんがそれこそ廊下側に立っていたから、つい」

「やっぱり、確実じゃないですね」

「どっちでも変わらないんじゃないのか」

平原の言葉を、米倉は否定した。「六つのポケットと的球に相関性があるなら、手球の撞き方にも意味がある可能性を考えた方がいいと思います」

「ま、それは俺に任せろよ」

胸を張ったのは長久保だった。

「あの大家がどうして一人だけ妙な地縛霊になっちまったのか。そこだって結構重要だろ？　俺はそれを知りたい。で、今調べているんだ。それがわかったら、撞く方向の答えも出るかもしれない」

次の会合までに目鼻はつけると、長久保は請け合った。五日後がその日となった。

――それだけ生前罪深いことをしたのでしょう。

大家は以前そう言っていた。あの美声の、虫も殺さぬような大家が、なにをしたというのか。高橋も引っ掛かってはいたのだった。

それを、長久保が明らかにしようとしている。

ビリヤード台を囲んで集った面々は、一様に緊張を帯びていた。

「そもそも大家の本名を知っているか？」

そんな言葉で長久保は話の口火を切った。長久保の問いかけに、盲点を突かれたといったふうに各々(おのおの)首を横に振る。

「だろう？　俺も知らない。〝大家さん〟でずっと通ってたからなあ……」

だから、調べるのにちょっと苦労したと、長久保は言った。

「とりあえず、片っぱしからいろんなカルチャーセンターに電話をかけて、古いビリヤードの講座について教えてもらった」

「大家さんが講師をしていた時期って、わかったんですか？」

「いい質問だ、高橋君」長久保は口の端を押し上げた。「大家は不動産業をやっていたと聞いている。そして、俺もこう見えて詐欺をやる前は不動産業界にいたんだ。俺の会社がまだ息をしていたころ、つまり二十年近く昔だが、同業者で副業にビリヤード講師をやっている男がいるという噂を聞いたことがあった。で、一番の古株職員を出してもらって、そこらへんで講師をやっていたやつの名前を訊いた」

「そういうのって教えてもらえるの？　個人情報関係でうるさそうだけど」

「案外そうでもなかったぜ。受講生の名前を教えるならまずいだろうが、講師名ってのはパンフレットなんかで公になっているからな。まあ、ちょっと怪しまれたかもしれないが、そこは、な」

昔取った杵柄（きねづか）で、口先でいいように相手を誘導したのだろう。

「個人情報うんぬんより、年月が経っているほうがネックだったな。それでも——見つかったよ。講座が途中で中止になったから、あの職員も記憶に残ってたんだろうな」

長久保はポケットからメモ用紙を取り出し、ラシャの上に置いた。

『加藤和夫（かとうかずお）』

「この名前でビリヤードを教えていた。ありふれすぎているから、案外講師ネームかとも思ったんだが、ちゃんと本名だった。この加藤さん、講座が中止になる直前、こんな事故を起こしていた。部屋の連中のことが書かれた新聞は置いてあるのに、あの人のだけはここに無かったから、結局図書館の縮小版をあさったよ」

もう一枚取り出したのは、記事の拡大コピーだった。

【凍結路面で玉突き事故　死亡者七名の大惨事】

「大家さんの車が原因なのか」平原が唇を曲げた。「わき見運転の可能性とは、大家さんらしくないね」

「そうだな。だが、それよりもここを見てほしい」

長久保は記事中にある死亡者一覧を示した。

「加藤さんこと大家さんの他に、この事故で六人死んでいる。そいつらの性別と年齢に、なにかピンとこないか？」

　コピー用紙を住人らがいっせいに覗き込んだ。

「三十九歳の女性とその子ども二人……十五歳と十一歳の兄弟？　十五歳っていったらうちの薫と同じだ……」

「翔太少年は十一歳でした。長久保さん、三十九歳はもしかして？」

　米倉の問いかけに長久保は首を縦に振る。「あの年増女が確かそのへんだ」

　高橋も気づく。「こっちは三十歳の男と二十一歳の女か。恋人同士だったのかな……槇さんと、さやかの年齢ですよ」

「六十四歳の男性もいる」美月が口を手で押さえながら言った。「おっちゃん……」

「つまり、大家の巻き添えを食った事故被害者の性別年齢は、ここの地縛霊と一致している」

「罪深いって言ってたのは、こういうことだったのかな」平原はしんみりした顔だ。

「自分が起こした事故のせいで六人も」

「でも、この人たちがてふてふ荘に居ついたわけじゃないんだね」

　高橋がそう言うと、米倉は肩をすくめた。「被害者は無事成仏しているからこそ、ここにいなかった、と思いたいね」

「おっちゃんたちは、彼らの身代わりで引き寄せられちゃったのかなあ。私たちが入居するまでここってどんな感じだったんだろう」

前回と同じ地図を開きながら美月がそんなことを漏らした。長久保は顎を手で擦った。

「あの世に関することだ、死亡時期も場所もまちまちなあいつらが、どういうふうにここへ引き寄せられて、かつ、俺たちが住むまでどう過ごしていたかなんて考えても無駄だ。だが、身代わりかどうかという点で言えば、少なくとも大家はそう思っていただろうな。事故に直接関係ない連中なんだし」

平原がため息をついた。「あの人なら気に病んでいたはずだ」

大家が彼らの成仏を喜んでいた真の理由が、高橋には見えた気がした。その上で、大家は六人を成仏させた結果だけで満足してしまっているのでは、とも思った。自分のことは気にするな、と言い切ったのは、贖罪の気持ちがあるからこそだろう。

「で、本題はこれからなんだが」

ちょっと貸してくれと、長久保が美月の手にある地図を取りあげ、「大家が事故を起こした現場は、ここだ」と地図の一点に人差し指を置いてから、真っ直ぐに長方形の印へと進ませた。

長久保の指は、長方形の一辺にぶつかった。

「……え、これは」

長久保以外の住人たちは、長方形の一辺に該当する台の部位を見やる。

「そうだ、窓側だ」長久保がその場所へ移動した。「廊下側からじゃない、撞くとしたら、たぶんこっちからだ」

「……じゃあ、長久保さんがいる方向から、大家さん成仏して、とか念じながら手球を撞いて」

美月の後を米倉が受ける。「幽霊たちの的球を、それぞれの死亡現場に向かうポケットに落とす」

「バタフライショットで、だ」平原も続いた。「もしそれに成功したら」

「大家さんもここから解放される……そういうことですかね？」

最後を締めた高橋に視線が集まった。それから確認するように住人らは頷いた。

「じゃあ、さっそくやってみようか」

言いだした長久保を米倉が制した。「ちょっと待ってください」

「なんだよ」

「そのショット、誰もやったことないでしょう？　僕は球の並べ方も知らない。もし失敗してもやり直しは利くんでしょうか」

キューを手にしかけた長久保が動きを止めた。

「……もし成功したとして、いきなり大家さんがいなくなっても困るな」

ここ、どうなるんだろうという平原の疑問に、答えられる人間がいるはずもなかった。

美月も首を傾げた。「そもそもなんで、大家さんだけこんなにビリヤードがらみなのかな？　いくら玉突き事故だからって……」

五人は黙った。静けさが集会室を包む。

それを破ったのは、遠慮がちなノックの音だった。

「お集まりのところ、失礼します」

聞き違えるわけのない美声。大家がそこにいた。彼は静かに住人たちへ近づき、頭を下げた。

「突きとめてくださったのですね。皆さんお忙しかったでしょうに、感謝の言葉もありません」

「ということは……」

確証を求めて身を近づけた長久保に、大家は頷いた。

「ええ、あれで正解です」

高橋は他の住人を見まわした。同じような目線の動きを彼らもしていた。視線が合った先から目くばせを交わす。『てふてふ』『ビリヤード』『六つの的球』『それぞれの死亡現場に向かうポケット』『大家の過去』。すべてを満たした結論に自信が無いわけではなかったが、改めて大家の口から正解と告げられると、達成感が胸の底からわき上がる。

「そのショットですが」一同の高揚を打ち消すように、大家が淡々と続けた。「チャンスは一度きりです」

住人らの顔から一瞬で昂りが消え去る。

「無理に実行する必要はありません。こんな私のためにここまで考えてくれた、それだけで十分すぎるほど嬉しいのです」

「こんな私、って……どうしてそんなに自分を卑下するみたいに言うんです？」

尋ねた平原に大家は微笑んだ。

「事故は私に全責任があります。美月さん、あなたは私の成仏にどうしてビリヤードがこれほど関係してくるのか、とおっしゃいましたね」

美月が頷く。「ええ」

「少し、お話ししていいですか」

そして、大家は語り始めた。


長久保さんのおっしゃるとおり、私は不動産業の傍ら、ビリヤード講師もやっていました。

本業よりもずっと球を撞いているときの方が楽しかったですね。

事故の日、私は自分用に作らせた特注のキューを後部座席に置いていました。トランクに入れておけばよかったのでしょうが、職人から受け取ったばかりで嬉しくて、手元から離したくなかったのです。さっそく撞きに行くつもりで、高速道を飛ばしていました。路面状態もそんなに良くなかったというのに。

緩いカーブに差しかかったとき、車が少し揺れて、キューケースが下に落ちそうになりました。私は思わずハンドルから片手を離して、それを受け止めようとした。

気づいた時には前方のセダンがもうすぐそこに迫っていました。ブレーキを踏んでハンドルを切りましたが、判断ミスでした。そして、ああいう結果になったのです。目が覚めたら私はここにいました。ここは私が扱っていた物件の中で、一番評価が低いものでした。手放したくて仕方が無かった。皮肉だと思いましたが、すべてにおいてビリヤードを優先したあげく、六人もの方の命を奪い、彼らの周囲の人々も悲しませたのですから、当然の報いです。私はここに永遠に縛されて罰を受けるべきなのです。

「だから、私などのためにこれ以上時間を費やす必要はありません」

もう皆さん、お休みください——また深々と一礼して、大家は部屋を去った。

しばらく誰もなにも喋らず、ビリヤード台の周囲でじっとしていた。ナンバー1から6までの的球が転がるラシャは、高橋にはとても美しく見えた。埃一つない。丁寧に管理されているのがはっきりとわかる。

大家はどんな思いでこの大きな台を手入れしてきたのだろう？

「あの人はああ言ったけど」高橋の口から言葉がこぼれた。「やっぱり成仏はしたいはずだよ。絶対に」

——このアパートの霊たちはみんなしたいと思う。

——そう見えない人もいるかもしれないけど、でも本当はきっと……。

さやかは知っていたはずだ、大家の正体を。同じ幽霊なのだから。その彼女が『みんな』と言ったのならその中には当然大家も含まれるに相違ない。

いつも住人たちのことを一番に考え、住みよいようにどこもかしこもぴかぴかにしてくれていた大家。高橋は訴えを続けた。

「あの人がずっと何年も何十年も、もしかしたら地球が爆発して無くなるまでここに縛りつけられるなんて、僕は嫌だよ」

「本音と建前ってやつだろうな」まず同意したのは長久保だった。

「そして僕たちはそれを突き止めた。ここまで来たら、やるしかないでしょう。やりましょう、みんなで」

そう言い切った米倉の顔には、見なれた翳りはまったくなかった。全員が頷いた。

「それにしても、ラッキーだったな」

ふいに明るい声を出したのは平原だった。高橋は訊き返した。「ラッキー？」

「だってそうだろう？　チャンスは一回だけだったんだ。あのとき米倉さんが止めなければ、百パーセント失敗していた。それを免れたんだ、ツイているよ」

長久保が若干眉を上げたが、すぐに「それもそうだな」と不敵に笑った。

「なるほどね、そういう考え方もあり、か」

美月もつられたように笑んだ。平原のポジティブさに、重苦しい空気は一掃された。

高橋は卓上の的球ナンバー1に目をやった。さやかがいたら、きっと同じようなことを発言しただろう。いつも明るく音痴な歌を口ずさんでいた彼女の重石に、高橋は触れた。

「大家さんは以前、的球をちゃんと並べて真っ直ぐに手球を打てば、誰でもできるとは言っていた」

「でも高橋、それって裏を返せば、少しでも並びがずれたり手球に角度がついたりしたら、失敗するってことだろ？」

　平原の指摘の正しさは明白だった。一度きりのチャンス。その成功を目指して、住人たちはそれぞれショットの練習にいそしむこととなった。

　長久保と美月はゲームセンターのビリヤードコーナーに通い始めた。平原は大学近くのネットカフェに併設されているところを利用しているらしい。当初は、集会室で一緒に練習していたが、長久保と平原は「一人の方が集中できる」と言い、美月は同僚に指南してくれる人を見つけたとかで、結局各々が都合良い場所で撞くこととなった。米倉は真由美の助言を受け、図書館でビリヤードに関する書物を借りてきた。頭から入るタイプなのだろう。

　高橋は集会室の台を使い、本番とは違うストライプボールで技能を磨くことにした。とはいえ、素人である。きちんと並べて手球を真っ直ぐ撞けば、と大家は言ったが、その真っ直ぐ撞くことさえ慣れない高橋には難しかった。ちょっとした加減で手球を撞く位置がずれ、軌道もぶれてしまう。他の場所で練習を重ねる住人らも苦労しているようで、一週間経っても成功したという話を聞かなかった。

「意外に難しい」

てふてふ荘内で顔を合わせればそうこぼしあい、住人は肩を落とした。高橋はまず『真っ直ぐ撞く』ことに力を注ごうと決め、手球を向かいのレールのちょうど中央を狙って打ち続けた。さらには、クッションで撥ね返ってきた手球がこちら側のレールの真ん中に当たる——少なくとも一発勝負で成功させるにはそのくらいの正確性が最低限必要と思われた。

高橋は練習しながら、ときおりテーブルの隅に置いてある的球ナンバー1を見た。さやかがいなくなって、かわりにそれが床に転がっていた朝。そうなると覚悟していても、とめどなく出てくる涙をどうすることもできなかった。自分はまた失ったのだと、さやかが『重石』と表現したそれを床から拾い上げると、彼女が最後の夜に口ずさんだ歌が聞こえた。もういないはずなのに。

思い返しても音痴すぎて、さやかがなにを歌ったのかわからなかった。歌唱するにはかなりの技量を要しそうな洋楽だった。下手なのを自覚していたくせにあえて口ずさんだのは、それだけ歌いたかったのだろう。おそらくは、高橋に聞かせたくて。

高橋の行為を、さやかは受け入れてくれた。触れてから、来るべき未来を思ってみっともなく号泣した高橋への、最後のメッセージだったのかもしれない。

バイトのない日、高橋はひたすら集会室で練習を重ねた。そのうち米倉が高橋に協力するようになった。彼はバタフライショットの並べ方をしっかり覚え、高橋に細かく指示してくれた。

長久保らが「なんとかいけるようになってきた」と自信ありげな表情を見せ始め、ストライプボールをダミーに使って練習を重ねた高橋も、着実に成功率を上げてきたころだった。

一人集会室でトレーニングしていた高橋のもとへ、大家がやってきた。

「……申し訳ありません」

目を伏せて大家は言った。いつになく悲しげな様子に、高橋は戸惑った。

「えっ、あの、なんで謝るんですか」

「お話ししたとおり、私には成仏する価値などないのです。なのに」

「そんな」高橋はキューを持たない左手をぶんぶん振った。「そんなことないです、僕たちみんな、大家さんが好きなんです。確かに別れるのは嫌だけど……でも本当は成仏したいんですよね？　だってこのままなら、僕たちがいなくなってもずっとここに……」

思いがけず優雅な仕草で、大家は台のラシャをすっと撫(な)でた。

「……ありがとうございます、高橋さん」

「お礼なんて……」

「高橋さんにそんなふうに言ってもらえるなんて……あなたの入居当時は想像もできませんでした」

部屋を替えろと騒いだみっともないどたばたを思い出し、高橋は羞恥(しゅうち)のあまり下を向く。大家が近づく気配がした。

「あなたは一度、私のショットを見ていますね」

俯いたまま、大家の声に促されるように高橋は首を縦に振る。「……はい」

「もしも私のためにそうしてくださるというなら……私は」

大家の美声が玲瓏と響いた。

「私は高橋さん、あなたに撞いていただきたい」


ぎょっとなって顔を上げる。あの夜、ショットを見て高橋は言ったのだ、自分には無理だと。なのになぜ。大家は微かに笑んだ。ドアの開く音がし、米倉が姿を見せた。扉越しに聞こえていたのだろう、米倉も驚きの表情を浮かべていた。大家は米倉に会釈し、静かに階下へ降りていった。


「成功率が最も高い人間がショットする……つもりだったんだが」長久保の鋭い視線が、集会室のビリヤード台を睨んでから高橋に注がれた。「指名が入るとは」

「あ、あれはきっと意味ないです」高橋は弁明する。「誰が撞いても、入れば同じだと思う」

あのとき米倉が来なければ、胸の内にしまっておけたのに——高橋はやや恨めしげに米倉を見やる。米倉は「必要な情報かもしれない」と、大家の言葉をそのまま住人に告げてしまったのだった。

　高橋の主張に、しかし米倉は慎重な姿勢を崩さなかった。

「あの大家さんがあえて言ったのだから、無視はできないでしょう」

「まあ、高橋君が一番上手ければ、別に異論はないわよね」美月がまずはそれぞれの成功率を発表し合おうと提案した。「私はその日によってまちまち。調子のいいときは七回連続で成功したこともあるけれど、駄目なときは失敗ばっかり」

　平原が感嘆したように呻く。「俺はせいぜい五割だな」

　長久保は「俺は、おそらく十回撞けば八回は入る」と言った。

「で、おまえは？　高橋」

　矛先を向けてきた平原に答えたのは、傍で見ていた米倉だった。

「そうですね、八割をちょっと超えるか、という感じです。この人のいいところは、ムラが少ない点ですね」

「とりあえず、俺は除外だな」平原が頭の後ろで手を組んだ。「三人で試し打ちをして実力をみてみたらどうだろう？」

　長久保、美月、高橋の順にストライプボールでショットしてみる。長久保だけが失敗し、舌を鳴らした。「ちっ、かっこ悪いな」

（わざと外せばよかった）

　高橋の胸中に後悔の染みが広がる。

（僕にやれなんて、どうして大家さんは）

衆目が自分に集まっていることに気づいて、高橋はいたたまれなくなった。

（どうしよう、これで僕がやらされることに決まったら）

「これはやっぱり高橋君がいいんじゃないかな」

美月だった。

「ひっ」

思わず変な声をあげて紅一点の顔を見た高橋に、美月は「撞いたとき、なんていうか『違う』気がしたんだよね」と打ち明ける。

「私、長久保さんが入らなかった理由がわかるな。だって高橋君以外は外で練習していたでしょ？　とにかく練習して入れられるようになれば、っていう一心だったんだけど、考えてみれば私や長久保さん、平原さんって、行ったお店のキューや台を借りていたわけだよね。ああいうところのキューは店にもよるだろうけれど、でも確実にここよりは管理が悪いでしょ。壁に吊るすんじゃなくて、傘入れみたいなラックに詰め込まれていたもの。台だって、ここの方がずっときれいだし」

ビリヤードの知識だけは相応に得た米倉も同意する。「キューは管理が悪いと歪むといいますからね。キューを借り出すにしても、毎日同じものというわけにもいかない。ビリヤードの上達には、まずプライベートキューを持つことだ、という考え方もある」

「だから、ここのキューとテーブルに一番慣れている高橋君がショットするのがいいと思う」

　美月の言葉は自信に満ちていた。少し考えて、長久保も賛成した。「そうだな、大家もそういう意味合いで指名したのかも」

「え、ちょっと待って」高橋はうろたえる。「もう少し検討しようよ」

　その心を見透かしたように、平原が釘をさした。「押しつけじゃないぞ、確率論だ」

「そうよ。一番託すのにふさわしい練習をしてきた人にやってもらおうとしているだけ」

　しかし高橋も必死だった。「大家さんにもう一回訊こうよ。なんならみんなのショットを見てもらうとか。その上で改めて……」

「私の気持ちは変わりません」

　美しい声がした方向を、五人がそろって見る。大家がいつの間にかドアの前に立っていた。

「高橋さんにショットしていただきたいです」

「そんな」

「でも高橋さん……やりたくなければ、やらなくていいのですよ。そうです、なにもしなくていい」大家は優しげににっこりとした。「皆さんがここを住みよいと思っていただけたら、私はそれで幸せなのですから」

やらなくていい、なにもしなくていい。

またビリヤード台に集う一週間の間、大家の言葉は高橋の頭の中で回り続けた。

美月、長久保、高橋で、ストライプボールを使い一度ショットをする。長久保のみが成功したが、彼の鋭い目は高橋の嘘を見抜いていた。

「おまえには困ったもんだぜ。ちゃんと正直にもう一度やってみろ」

高橋は仕方なく従った。ショットは成功した。

「やっぱりおまえでいいだろう」

「ちょっと待ってください」決定づけようとした長久保に、高橋は抵抗した。「みんなでこの台を使って練習し直しませんか？　それからまた決めましょうよ」必死だった。

「僕、本番に弱いんです、そのせいでずっと受験も就職も駄目だったんだ。本番になると力が出せない。手が震えてお腹が痛くなって……」

——君、なんでそんなにおどおどするの？

幾度となく面接の席で言われた。高橋はかぶりを振る。

「無理だ、失敗する。一度きりしかないなら絶対」

三桁を超えた不採用通知。自分は必要とされていないと思い知らされた。

そんな高橋に、大家の「なにもしなくていい」は救いのようであった。考えてみれば、もともとなにもかもどうでもいいと、世捨て人のように引きこもる場所を求めて、このてふてふ荘へやってきたのだ。

「僕には……できっこない。できないです。こんな僕になんか……」

幾度となく自分を苛んだ腹痛が押し寄せてくる。早くこの場から解放されたいと、高橋はキューを台に立てかけて下腹を押さえた。

「無理です……」

しばらく落ちた沈黙を破ったのは、美月だった。

「……じゃあ、なんで高橋君は練習してきたの？」

問いかけにはっとなる。美月は細い目で高橋を見据えて続けた。

「今さら逃げ腰になるなら、最初から自分は本番には向きません、だから練習しませんって言えばよかったのに。ここでみんなで練習を積んで、もう少し時間を置いてから、と高橋君は提案したけど、結局そうしたところであなたはやらないんでしょ？　どんなに他の人より成功率が高くても」

長久保が「ちょっと言い方きついぞ」と窘めるが、美月はどこ吹く風だった。

「あの人がずっとここに縛りつけられるなんて嫌だ、って……高橋君言わなかったっけ。あれ聞いて私、ここに来たときに比べてこの子変わったな、と思ったんだけどね」

「そういえば、俺が一度泊まった日……おまえから話しかけてきたんだよな。道端でさ」平原が紫の的球を拾い上げ、手の中に包んだ。「俺も印象変わったって、そのとき思ったよ。学生時代のおまえは、暗いやつっぽかったから」

「さやかちゃんの影響だろ？」長久保は笑っている。「おまえら、仲良さそうだったもんな。廊下に出たら時々音痴なデュエットが聞こえてきてた……いい感じだったぜ」

「成仏したとたん、弱気な君に戻ってしまったなんて知ったら、彼女、失望するでしょうね。せっかく一号室で一緒に暮らしたのに」米倉が翳りなど微塵もない真顔を向ける。

「まるで、最初からいなかったと同じだ。君の尻ごみは、君が愛した彼女の存在を消してしまう」

「あ、愛した……」

頰が火照るのがわかった。だが、高橋以外の住人らはからかうふうもなく、あくまで真面目な眼差しを送ってくる。

「この状況で君以外の人間が撞いて、仮に失敗した場合、間違いなく君に撞かせればよかったと後悔する」米倉は珍しく断じる口調を使う。「でも、君ならいい。君の失敗なら仕方がない。大家さんだって納得するはずです」

高橋は階下の気配を窺う。大家は今、どうしているだろう。

「確かに大家さんは、高橋君にやらなくていいと逃げ道を作ってくれたわ。でも」

美月の表情がふっと綻んだ。その柔和な笑みが思いがけなくチャーミングで、高橋はつい彼女の顔を見返す。

「でもあれって……もしかしたら逃げ道以外の意味もあるんじゃないの？」

「以外の意味……？」

鸚鵡返しをした高橋に、美月が続きを話す。

「高橋君が本当に逃げ道に行っちゃうかどうか、知りたいんじゃないのかな」

「だからあえて、高橋を指名したと？」

長久保に美月が首肯する。「ここに来る前の高橋君なら、絶対やらないでしょ。けれど」

今はどうなのか？

「存在の証明、か」平原がしみじみと語る。「大家さんは俺たちだけじゃなく、ここの幽霊たちもみんな大事にしていたもんな。俺は薫のおかげで帰ってこられた。あいつは成仏したけど、でも、いるんだ。今も」

「そうだな。俺もあの最悪女のせいで……堅気の仕事してるしな。苦労させられるぜ」

うそぶいた長久保に、美月と米倉も顔を見合わせて頷きあう。

「だから、高橋君がショットするかしないか、そのこと自体も、大事だと思うのよ」

（僕がやることが、大事？）

高橋は台に立てかけたキューを見て、唾を飲み込んだ。

（僕がやることが）

「強制はしない。でも、誰かがいつかやらなきゃいけない。そして、いつかは必ずやってくる」淡々と長久保は諭した。「誰かにふさわしいのは、おまえだ。大家に教えてやれ、あの子がおまえになにを残してくれたかを」

高橋は歯を食いしばった。さやかに触れて、やっぱり自分は愛（いと）しい相手を失った。その点はてふてふ荘へ越してくる前と変わっていない。だが、『やっぱり変われなかった』で終わらせていいのだろうか。さやかと過ごした一年にも満たない月日の中で、彼女から得たものはなに一つないのか。

さやかはもういない。

けれども、さやかの存在を心に宿らせることはできるのだ。

さやかが自分を変えてくれた証（あかし）を示しさえすれば。

立てかけていたキューを握りしめる。深く息を吸って長く吐き出す。

緊張で暑いのか寒いのかわからない。高橋の脇から汗が滲（にじ）み出た。手の震えを見てとったのか、平原が助け船を出した。

「やっぱり日を改めようか？」

ひを。

その音声で、ふいに記憶のスイッチが入った。なぜか前触れなくさやかの歌が耳によぎった。

涙ぐみながら決意を固めて、そっと触れ合わせたさやかの唇。

最後にさやかが歌った曲。その歌詞。調子外れの音階が高橋の頭の中で修正され、英詩が浮かびあがる。

There's a hero

If you look inside your heart ……
And then a hero comes along
With the strength to carry on ……

あれは『HERO』(＊4)だったのだ。

わからないはずだ、あんな難曲をさやかが歌えるわけがない。ないのに。

きっと、高橋を最後まで励ますためだけに、あれを選んだ。

一号室に、もうさやかはいない。だが、いたとしたらどうだろうか。ショットを打てずに戻ってきたことを彼女が知ったら、どんな顔をするか。米倉の言うとおり、絶対にがっかりする。

――高橋君の中にも、ちゃんとヒーローはいるよ。だから、きっと……。

目をつぶる。一緒に笑い、過ごした日々の一つ一つのシーンを思い出す。逃げ出すなら、ここに来る前の自分にだってできる。

さやかを失いたくない。

失いたくない。

高橋の中から静かに恐れが退(ひ)いていく。チョークを取ってティップにつける。

「僕がやります」

自分でも驚くほど落ちついた声が出た。高橋はナンバー1から6までの的球を並べた。

いつの間にか、手の震えは止まっていた。呼吸も整っていく。

さやか。これが。

これが『今の僕』だ。

心の中で、愛しい人に胸を張る。

手球をラシャの上へ置き、高橋は蝶(ちょう)の形をした六つの重石(おもし)に狙いを定めた――。

エピローグ

もうなにもかもどうでもいい。すべてを捨ててひっそりと一人で生きていきたい。

そう思いながら同じ道を辿ったことを、覚えている。

高橋は目を細めて空を仰いだ。あの日も晴れて、朝から暑かった。ちょうど一年前だ。

たった一年なのに。

目指す場所に、人影を見る。長身の彼はどこか手持ち無沙汰なふうに手をズボンのポケットに突っ込んだり出したりしながら、防塵シートに覆われた建物を眺めていた。

「おはようございます」

高橋がかけた声に、男は振り向く。「よう、早いな」

「長久保さんこそ」

「ま、早いのはおまえだけじゃないけどな」

長久保が背後に目をやれと顎をしゃくった。振り向いた高橋の目に、三十女となかなか良い体軀をした若い男が並んで歩いてくるのが映った。美月と平原だ。美月が右手を大きく振って叫んだ。

「米倉さん、来てる？」

まだ来ていないと答えようとしたところに、防塵シートの陰からひょっこりと当人が顔を出した。

「なにやってたんですか、米倉さん」

挨拶（あいさつ）も忘れて呆（あき）れ声を発した高橋に、米倉は薄い瞼（まぶた）を少し伏せた。「土を見ていた」

「なんで？」

「……僕、窓から絵の具を溶いた水を捨ててたから」

もしかしたら、植物が枯れているんじゃないかと思って、と呟（つぶや）いた彼を、誰ひとり嗤（わら）いはしない。たとえ少しあとには解体のための重機が入り、なにかが咲いていようが枯れていようが結果は同じであることを知っていても。

高橋は他の住人らの顔を見回す。彼らも高橋を見返してくる。互いに目を合わせてから、それぞれは同じように一つところへ視線を動かした。

今日、この世界から消え去る『てふてふ荘』へと。

重い音を響かせて、重機が車道を走行してくる。軽トラックとワゴンも近づいてきた。

「大家さん、最後まで俺たちのこと考えてくれてたよな」

長久保の言に、住人たちは頷（うなず）く。

高橋がショットを決め、歓喜に沸いた直後、大家の部屋を訪れてみれば、すでに彼はいなかった。テーブルには五つ封筒があった。表には一つ一つに住人たちの名が記されていた。中には満了日が記されたてふてふ荘の賃貸契約書と、それぞれの住人の収入や生活圏に合った新しい住まいへの紹介状が入っていた。

封筒とともに一筆箋(いっぴっせん)があった。

『ありがとうございました。心から感謝いたします。どうかお元気で。皆さまのこれからの人生が幸多きものでありますよう、切にお祈り申しあげます』

高橋にあてては、こんな文言も書かれていた。

『あなたがショットしてくれて本当に嬉(うれ)しかったです』

それらの言葉を、彼の美声で聞けなかったことだけが、高橋の心残りだ。

「そうだ、おまえ契約社員から社員に格上げになったんだって?」

「長久保さんはどこでそういう情報を手に入れるの?」かなわないなあ、という口調ながら、美月は喜びの色を顔に浮かべる。「鮮魚係の係長が推薦してくれてね。平原君は？　勉強順調?」

「はい。おかげ様で体調もいいです。それより米倉さんですよ。おめでとうございます」

米倉は比較的規模の大きな公募に出品した『ふたり』というイラスト作品が、準入選の快挙を果たしたのだ。新聞の地方欄に小さくではあったが記事も出た。

「ありがとうございます。でもまだ、これからですよ……これからは僕ひとりで描いていかなくてはいけない」

「今までだって一人で描いていたんじゃないの?」

首を傾げる美月に、米倉は微笑んで答えなかった。かわりに携帯を取り出し、メモリから誰かの番号を呼び出そうとしている。

「高橋君は、ここを出てからどう？」

美月が明るく笑って訊く。大した容姿ではないのに、笑うだけでこの人は魅力的になるな、と高橋は思う。

「僕はこれといって……。バイト先も同じだし……」

「そう。でもまあ、いいんじゃない？」美月は手で目の上にひさしを作った。「高橋君はもう十分変わったもの。だからいつかまた、変わるよ。今度もきっと良い方にね」


「すいません、作業開始しますんでちょっと下がっててもらえますか」

現場の責任者らしき人物にそう言われ、五人は従う。米倉は携帯を片手に話しだす。長久保がそんな米倉に尋ねる。「誰だ？」

「真由美さんです。彼女もここの住人でしたから」

重機が動き出す。木造二階建てモルタルのボロアパートに、最初の油圧ショベルの一撃がめり込む。てふてふ荘が崩れる音が響き渡る。米倉が携帯をその方向へ向けた。

防塵シートの中で解体されていくアパートは、ひどく小さく見えた。どんどん形を無くしていく。誰も喋らなかった。ただ、アパートを構築していた一つの欠片の行く先も、崩れるどんな些細な物音も逃すまいと、全神経を集中させていた。

すべてに終わりは来る。てふてふ荘は、今がそのときなのだ。

もうなにもかもどうでもいいと思いながら、ここに来た。

自分が変わったことを、高橋も自覚している。

変えてくれた存在が無くなっても、変わった事実は消えない。それは自分の内に残って、これからの人生を共に歩んでゆくだろう。

すべてが取り壊され、瓦礫（がれき）となって、ようやく一同は息をついた。

そして、誰からとなく顔を見合わせて笑いあった。

「じゃ、行くか」

長久保の言葉に元住人は頷く。

高橋も踵（きびす）を返して数歩進んだ。

少し迷ってから振り返ろうとして、止める。

かわりに見上げた夏空は、青く眩（まぶ）しく輝いていた。

解説

藤田香織（書評家）

二〇一二年現在、世の中では「シェアハウス」が密かな人気を呼んでいる、らしい。繰り返し報じられるテレビの報道番組やネットの特集記事によると、四、五年前からその傾向はあったものの、東日本大震災後、完全なるひとり暮らしに不安を抱く若者や、適度な距離感を保ちながらも人と人との繋がりを求める単身者の間で、さらに需要が高まってきているのだという。

そんな世相を反映し、関連書籍も数多く発売されている。人気の理由や物件の選び方などを分かり易く説いた実用書はもちろん、今年二月に刊行された『荻窪　シェアハウス小助川』（小路幸也著／新潮社）のように、そのものずばり、イマドキのシェアハウス事情と、そこに暮らす人々の絆を描いた小説も誕生した。クリエイター志望の若者たちが平成のトキワ荘的アパートに集う『スロウハイツの神様』（辻村深月著／講談社ノベルス→講談社文庫）や、主人公が父の遺した古いアパートに管理人として住み込む『花桃実桃』（中島京子著／中央公論新社）、食事付きの木造二戸建て下宿に暮らす女性三人を描いた『てのひらの父』（大沼紀子著／ポプラ社）なども、ハウスシェアリング小説の類であるし、所謂「荘もの」と呼ばれる、角田光代の『菊葉荘の幽霊たち』（角川春樹事務所→ハルキ文庫）、群ようこ『れんげ荘』（角川春樹事務所→ハルキ文庫）、島本理生『真綿荘の住人たち』（文藝春秋）、三浦しをん『木暮荘物語』（祥伝社）、越谷オサム『せきれい荘のタマル』（小学館）などの記憶も新しい。

二〇一一年五月に単行本が発売された本書『てふてふ荘へようこそ』も、こうした「恋人でも友人でもない他人同士がひとつ屋根の下暮らす物語」である。

が、前述の作品と一味異なり、本書はハウスシェアリング小説であると同時に、ちょっと変わったルームシェアリング小説でもあるのだ。

舞台となるのは、起伏の多い街（恐らく小樽と推測）の高台に建つ、前世紀の遺物的木造アパート。最寄りのバス停から徒歩十分ほどかかり、玄関・風呂・トイレは共同ながらキッチン付きの八畳間＋六畳の２Ｋという間取りは全六室共通で、家賃は月に一万三千円。しかも敷金・礼金・管理費もなく、入居時の保証人も必要ないという。

本書はそんな「てふてふ荘」に、三ヶ月ほど前に大学を卒業した高橋真一がやって来ることから幕を開ける。極度の緊張症ゆえにことごとく就職試験に失敗した高橋は、卒業以来短期や日雇いのアルバイトで食いつないできたが、実家からの仕送りも止められ家賃七万円（プラス管理費五千五百円）のワンルームマンションに暮らし続ける限界を感じていた。そこで大学の学生部に安価な物件探しに出かけ「てふてふ荘」へとたどり着いたのだ。

と、ここまでは至って普通の導入部なのだが、友好的に高橋を迎えた大家が「さっそく部屋を決めましょう」と言いだす場面から、何やら空気が変わり始める。部屋を決めると言いながら大家が差し出した六枚の写真は、室内を撮ったものではなく、老若男女六人の顔写真。そのうち、三枚を伏せ、残った三枚を示しながら「この中のどれがいいです？」と大家は問いかけてくる。若い女と、中高生らしき少年、三十前後の男。大家の真意が分からぬまま、それでも一応若い男性である高橋は、無難に女の写真を選ぶと、ではここです、と、一号室へと案内された。六畳間に二つ、八畳間に一つある窓からは海が見下ろせる。悪くない。しかも、大家の説明によると最初の一ヶ月は家賃も不要だという。予想以上の好条件に入居を決めた高橋は、その週末から「てふてふ荘」の住人となった。

ところが。引っ越しの翌日、高橋は調子外れのラジオ体操の歌で目を覚ます。見れば足元に女が正座していた。「おはよう、高橋君」。輝く瞳に、中の上程度に可愛い顔立ちの女は、人の良い笑顔を形作り、こう言ったのだ。「あたし、白崎さやか。この部屋に住む地縛霊です！　一号室を選んでくれてありがとう、これからよろしくね！」。状況が理解できず、意味不明な言葉をわめきながら管理人室へ駆け込んだ高橋に、大家は全く動じず、彼女は一号室の幽霊なのだと語った。「良い子ですよ、彼女」とも。

美味しい話には罠がある。安い部屋には理由がある。そう「てふてふ荘」は、全六室にそれぞれ地縛霊が住んでいたのだ。大家が最初に見せたのは、ルームシェアすることになる幽霊のいわばお見合い写真で、契約書の一行目にも『※部屋には幽霊がいます(実害はほぼありませんので、ご安心ください)』と記されていた。高橋以外の先住者たちも、納得した上で暮らしていたのである。

かくして、一号室から六号室まで、順を追って章ごとに各部屋の住人と地縛霊の共同生活が描かれていく。スーパーの鮮魚売り場で契約社員として働く井田美月と、幽霊のくせに酒好きな「おっちゃん」こと遠藤富治が暮らす「二号室」。詐欺の前科があり服役後、定職が決まらずにいる長久保啓介と、ロケ中に事故死したタレントの石黒早智子が住む「三号室」。「四号室」では、かつてそこに入居していた平原明憲と美少年幽霊・湊谷薫の再会が描かれ、「五号室」では兄の百日参りのために短期入居した槇真由美と、バイク事故で死んだ兄・裕太郎の兄妹の絆を、「六号室」では、駆け出しのイラストレーターである米倉道則と、彼に殺意を抱く少年幽霊・山崎翔太の意外な関係性が明かされる。

家賃一万三千円の、地縛霊付きアパートに暮らす住人たちには、当然、そのとんでもない「ワケアリ」を受け入れざるを得ない事情があり、成仏できずに地縛霊となった幽霊たちにも「てふてふ荘」に留まり続ける理由があった。

まずはその、各々のドラマだけでも本書は充分に読ませる。

父親そっくりな自分の容姿に自信がなく、手痛い失恋を経験した美月に「おっちゃん」が「俺はよ、みっちゃんの笑ってる顔はいいと思うよ」「笑顔が一番の化粧なのによぅ」と諭す場面からの「二号室」の結末までには、ぐっと熱いものが込み上げてくるし、職探しが上手くいかず再び悪事に手を染めようとした長久保を、石黒が滔々と叱咤し「本気でやってる努力なら、馬鹿馬鹿しいなんてことは絶対ないわ」と言い切る場面には胸を突かれた。幽霊たちが「成仏」するための条件を知らない長久保が、本気で努力した果てに資格を取得し、ついに就職が内定し石黒とハイタッチを交わすシーンのやりとりも、思わず唸ってしまうほど巧い。

知らぬまま、おっちゃんと石黒を成仏させた美月と長久保に対し、短期入居の真由美以外の住人＝平原、米倉、そして高橋は、条件を知った上でルームメイトの幽霊を成仏させることになるのだが、そこに至るまでの揺れ動く気持ちの差異も見逃せない。

加えて、本書にはある大きな驚きも用意されている。それをここで明かすことはしないが、丁寧にエピソードを積み重ねた各々のドラマに、こうした大きな仕掛けを走らせるのが、実に心ニクイ。「恋人でも友人でもない他人同士がひとつ屋根の下暮らす物語」の主題は、初めのうちは理解し合えず、時に反発し合うこともあった住人同士が、その関係性を深め、成長していく姿を描くことにあると言っても過言ではない。

もちろん、本書にもそれは克明に描かれているのだが、それだけで良しとせず、より読者を驚かせよう、楽しませようとする作者の心意気を感じるのだ。と同時に、全ての幽霊たちを成仏させるための方法を住人たちが協力して考え、実行する「集会室」を経て、入居から一年後の高橋の視点から描かれる「エピローグ」を読み終えたとき、読者の胸に残るのは寂しさや哀しみだけではないとも確信できる。

二〇〇六年に第八十六回オール讀物新人賞を受賞したデビュー作をタイトルに据えた最初の単行本『夏光』（文藝春秋→文春文庫）の帯には「〝恐怖の女王〟降臨！」というなんとも刺激的な惹句が記されていたが、乾ルカは決して読者に負の感情だけを残したりはしない。現時点での最新作である『ばくりや』（文藝春秋）まで、約五年の間に九冊を上梓してきた彼女の作品は、時に残酷で、容赦なく読者を震え上がらせることもあるが、その根底にはいつも温かな眼差しがあるように思う。迷って、立ち止まっても、再び歩き出す勇気。傷つき、打ちのめされても、その先にある光。言葉にするとなんだか安くなってしまうけれど、「物語」のもつ力を、信じている作家だと強く思う。

シェアハウスブームを受けて、かどうかは定かではないが、本書は二〇一二年十月からNHK〝BSプレミアム〟でドラマ化されることが決定したと聞く。物語のキーマンとなる大家を演じるのは浅見光彦シリーズの主演でもお馴染みの中村俊介。〈環境音楽を聴いている気分〉になるほどの美声をどう演じるのかも楽しみだが、何よりもこのドラマ化により、さらに多くの読者が招かれることを期待したい。

扉はいつも開いている。乾ルカの世界へようこそ。

本書は二〇一一年五月に小社より刊行された単行本を加筆修正の上、文庫化したものです。

＊1　P.9・47「もう恋なんてしない」作詞／作曲　槇原敬之
＊2　P.19「ラジオ体操の歌」作詞　藤浦洸／作曲　藤山一郎
＊3　P.44「TOMORROW」作詞　岡本真夜・真名杏樹／作曲　岡本真夜
＊4　P.331「HERO」Words & Music by Mariah Carey and Walter Afanasieff

てふてふ荘(そう)へようこそ

乾(いぬい)ルカ

角川文庫 17584

JASRAC 出 1210907-201

平成二十四年九月二十五日　初版発行

発行者―井上伸一郎
発行所―株式会社角川書店
東京都千代田区富士見二―十三―三
電話・編集　(〇三)三二三八―八五五五
〒一〇二―八〇七八

発売元―株式会社角川グループパブリッシング
東京都千代田区富士見二―十三―三
電話・営業　(〇三)三二三八―八五二一
〒一〇二―八一七七
http://www.kadokawa.co.jp

印刷所―旭印刷　製本所―BBC
装幀者―杉浦康平

定価はカバーに明記してあります。

い 77-1　ISBN978-4-04-100467-8　C0193

角川文庫発刊に際して

角川源義

第二次世界大戦の敗北は、軍事力の敗北であった以上に、私たちの若い文化力の敗退であった。私たちの文化が戦争に対して如何に無力であり、単なるあだ花に過ぎなかったかを、私たちは身を以て体験し痛感した。西洋近代文化の摂取にとって、明治以後八十年の歳月は決して短かすぎたとは言えない。にもかかわらず、近代文化の伝統を確立し、自由な批判と柔軟な良識に富む文化層として自らを形成することに私たちは失敗して来た。そしてこれは、各層への文化の普及滲透を任務とする出版人の責任でもあった。

一九四五年以来、私たちは再び振出しに戻り、第一歩から踏み出すことを余儀なくされた。これは大きな不幸ではあるが、反面、これまでの混沌・未熟・歪曲の中にあった我が国の文化に秩序と確たる基礎を齎らすためには絶好の機会でもある。角川書店は、このような祖国の文化的危機にあたり、微力をも顧みず再建の礎石たるべき抱負と決意とをもって出発したが、ここに創立以来の念願を果すべく角川文庫を発刊する。これまで刊行されたあらゆる全集叢書文庫類の長所と短所とを検討し、古今東西の不朽の典籍を、良心的編集のもとに、廉価に、そして書架にふさわしい美本として、多くのひとびとに提供しようとする。しかし私たちは徒らに百科全書的な知識のジレッタントを作ることを目的とせず、あくまで祖国の文化に秩序と再建への道を示し、この文庫を角川書店の栄ある事業として、今後永久に継続発展せしめ、学芸と教養との殿堂として大成せんことを期したい。多くの読書子の愛情ある忠言と支持とによって、この希望と抱負とを完遂せしめられんことを願う。

一九四九年五月三日

角川文庫ベストセラー

タイニー・タイニー・ハッピー　飛鳥井千砂

東京郊外の大型ショッピングセンター、「タイニー・タイニー・ハッピー」、略して「タニハピ」。今日も「タニハピ」のどこかで交錯する人間模様。葛藤する8人の男女を瑞々しくリアルに描いた恋愛ストーリー。

アシンメトリー　飛鳥井千砂

結婚に強い憧れを抱く女。結婚に理想を追求する男。結婚に縛られたくない女。結婚という形を選んだ男。非対称（アシンメトリー）なアラサー男女4人を描いた、切ない偏愛ラプソディ。

ドミノ　恩田　陸

一億の契約書を待つ生保会社のオフィス。下剤を盛られた子役の麻里花。推理力を競い合う大学生。別れを画策する青年実業家。昼下がりの東京駅、見知らぬ者同士がすれ違うその一瞬、運命のドミノが倒れてゆく！

ユージニア　恩田　陸

あの夏、白い百日紅の記憶。死の使いは、静かに街を滅ぼした。旧家で起きた、大量毒殺事件。未解決となったあの事件、真相はいったいどこにあったのだろうか。数々の証言で浮かび上がる、犯人の像は――。

GOTH　夜の章・僕の章　乙　一

連続殺人犯の日記帳を拾った森野夜は、未発見の死体を見物に行こうと「僕」を誘う……人間の残酷な面を覗きたがる者〈GOTH〉を描き本格ミステリ大賞に輝いた乙一の出世作。「夜」を巡る短篇3作を収録。

角川文庫ベストセラー

失はれる物語　乙一

事故で全身不随となり、触覚以外の感覚を失った私。ピアニストである妻は私の腕を鍵盤代わりに「演奏」を続ける。絶望の果てに私が下した選択とは？　珠玉6作品に加え「ボクの賢いパンツくん」を初収録。

刑事部屋（デカ）　佐竹一彦

狛江警察署刑事課に欠員補充された見習い刑事・片岡幸男が見た「刑事部屋」の面々の深い絆と愛。元警視庁警部補の著者が、職業として、人間としての刑事の生きざまをリアルに描いた、警察ミステリーの傑作！

警視庁公安部　佐竹一彦

リンツグループ広報室の加納は、警視庁公安部から送り込まれた特務捜査員。〝死の商社〟と噂される企業へ潜入した彼が摑んだ、戦慄の「黄金文書」の極秘情報とは。ベールに包まれた警視庁公安部の実態を暴く。

天使の屍　貫井徳郎

14歳の息子が、突然、飛び降り自殺を遂げた。真相を追う父親の前に立ち塞がる《子供たちの論理》。14歳という年代特有の不安定な少年の心理、世代間の深い溝を鮮烈に描き出した異色ミステリ！

崩れる　結婚にまつわる八つの風景　貫井徳郎

崩れる女、怯える男、誘われる女……ストーカー、DV、公園デビュー、家族崩壊など、現代の社会問題を「結婚」というテーマで描き出す、狂気と企みに満ちた、7つの傑作ミステリ短編。